Wolf S. Dietrich

Eiskalter Sommer

Die Handlung dieses Romans spielt während der Hitzeperiode im Sommer 2006 zur Zeit der Fußballweltmeisterschaft. Ein Teil der Geschichte ist im Winter 1978/79 angesiedelt. Diejenigen, die diese Zeit in Norddeutschland erlebt haben, verbinden sie bis heute mit dem Begriff "Schneekatastrophe". Abgesehen von diesen Rahmenbedingungen entspringt das Geschehen in beiden Teilen – ebenso wie alle Figuren – der Phantasie. Das gilt auch für die Verquickung mit tatsächlichen Ereignissen. Darum sind eventuelle Übereinstimmungen mit lebenden oder verstorbenen Personen zufällig und nicht beabsichtigt. Nicht erfunden sind Institutionen, Straßen und Schauplätze in Cuxhaven und Umgebung.

Der Autor

Wolf S. Dietrich lebt in Göttingen und an der Nordseeküste bei Cuxhaven. Er arbeitete als Lehrer und wissenschaftlicher Mitarbeiter an der Universität Göttingen. Neben seiner Arbeit als Pädagoge schreibt er Kurzprosa und Romane. *Eiskalter Sommer* ist sein siebter Kriminalroman im Prolibris Verlag. Der Autor ist Mitglied im Syndikat, der Autorengruppe deutschsprachiger Kriminalliteratur.

Mehr Informationen zum Autor unter: www.cuxland-krimi.de

Wolf S. Dietrich

Eiskalter Sommer

Nordseekrimi

Prolibris Verlag

Originalausgabe 2007
4. Auflage 2012

Tel.: 0561/766 449 0, Fax: 0561/766 449 29

Lektorat: Anette Kleszcz-Wagner
Titelfoto: Norbert Arndt, Mulsum
Druck: CPI – Clausen & Bosse, Leck
ISBN-13: 978-3-935263-47-4

www.prolibris-verlag.de

Ich danke

Jutta Donsbach, Christine Parr, Chantal und Rüdiger Reyhn sowie Dr. Lili Seide für Unterstützung bei der Überarbeitung des Manuskripts, Sabine Heyer, Elmar Drossmann und Stephan Schulz für Tipps und Informationen zu den Cuxhavener Schauplätzen. Kriminalhauptkommissarin Barbara Kunze und Oberstaatsanwalt Dr. Wilfried Ahrens danke ich für Hinweise zu polizeilichen und ermittlungstechnischen Fragen, Prof. Dr. med. Steffen Berg für rechtsmedizinische Informationen. Erhard Rosenhagen und seiner Familie verdanke ich authentische Informationen zu den Schneeverhältnissen im Wurster Land während der Schneekatastrophe im Winter 1978/79, und Gabriele Behne und ihrer Familie aktuelle Informationen aus der Cuxland-Region. Nicht zuletzt danke ich meiner Frau Kristine für liebevolle Ermunterung und kritische Hinweise, besonders aber für den Freiraum zum Schreiben.

Wolf S. Dietrich

1

Er hätte ihn schon früher umbringen können.

Doch damit hätte er die Zeit des Hochgefühls verkürzt, das ihn seit Wochen begleitete. Es wurde aus eben diesem Abwarten gespeist, das er sich und seinem Opfer gönnte. Das Bewusstsein, den tödlichen Akt jederzeit vollziehen zu können, verschaffte ihm ein Gefühl tiefer Befriedigung. Aber dieser Reiz ließ nach. Und darum wollte er endlich jenes noch unbekannte Gefühl der Macht und Genugtuung kosten, ihn durch seine Hand sterben zu sehen.

An seinem letzten Tag erwachte Evers früher als sonst.

Er schlug die Augen auf, schloss sie aber wegen der Helligkeit sofort wieder. Einige Atemzüge später versuchte er es erneut. Mit leicht zusammengekniffenen Lidern hob er den Kopf, um die Uhrzeit abzulesen. Was die ersten Sonnenstrahlen durch die Fenster der Dachgeschosswohnung ankündigten, bestätigten die Zeiger des Weckers: Nur noch eine Stunde bis zum Aufstehen. Und er hatte gerade so schön geträumt. Sein Kopf sank zurück. Wie gern wäre er zu seinem Traum zurückgekehrt! Zu dieser Frau, ihrer leidenschaftlichen Hingabe und Ekstase. Sie war sehr jung, sie hatte ein Gesicht und einen Namen. Stefanie. Doch die Bilder ließen sich ebenso wenig wieder heraufbeschwören wie die Zuneigung der jungen Frau zurückzugewinnen war. Ein bitteres Gefühl war alles, was ihm blieb. Und eine Erektion. Zunehmender Druck der Blase ließ ihn kapitulieren.

Er warf das Laken von sich, unter dem er gelegen hatte, eine Decke wäre zu warm gewesen, und bemerkte die Schweißflecken im Stoff. Auch seine Haut war feucht. Die Hitze war auch über Nacht nicht aus den Räumen gewichen, obwohl er am Abend sämtliche Fenster geöffnet hatte. Seit Tagen ging das nun schon so. Ganz Deutschland stöhnte unter der Hitzewelle, selbst an der Nordseeküste wurde tagsüber die Dreißig-Grad-Marke überschritten. Noch nie war Evers so froh gewesen, einen Arbeitsplatz zu haben, an dem er sich bei Bedarf abkühlen konnte. Nur die Wohnung wurde von Tag zu Tag wärmer.

Er rollte aus dem Bett und bewegte sich steifbeinig zum Bad. Auf dem Rückweg zog er die Vorhänge auf der Sonnenseite zu und nahm eine Wasserflasche aus dem Kühlschrank mit. Während er trank, entschloss er sich, nicht wieder ins Bett zurückzukehren. Schlafen würde er doch nicht mehr können, vielleicht sollte er die Zeit nutzen, um die Wohnung aufzuräumen. Sie hatte es nötig. Überall lagen Kleidungsstücke herum, und auf dem Balkon standen noch die leeren Bierflaschen vom Vorabend. Ein überfüllter Aschenbecher schrie nach Entleerung.

Ohne Frau bestand das Leben nach Feierabend nur noch aus Essen, Trinken, Rauchen. Ein ziemlich beschissenes Leben.

Automatisch schaltete Evers das Radio ein. Bremen eins spielte Abba. Halblaut sang er mit, während er seine Wohnung in Ordnung brachte. „Waterloo – I was defeated, you won the war. Waterloo – promise to love you for ever more …" Das musste 1974 gewesen sein. Der Beginn seiner heißen Zeit. Bei „Waterloo" war er zum ersten Mal einem Mädchen nähergekommen. Andrea Michalski. Ihren Namen würde er wohl bis zum Grab in Erinnerung behalten. Sie war etwas älter gewesen. Ein Jahr oder zwei. Nur ein paar Tage hatte die Affäre gedauert. Aber außer heftiger Knutscherei und ausgiebigem Fummeln war nichts passiert. Er hatte sich natürlich mehr erhofft, aber sie hatte ihn schließlich sitzenlassen. Wegen eines älteren Jungen.

Ein Wort des Nachrichtensprechers unterbrach seine Erinnerungen. Der Name seiner Firma war gefallen. Evers stürzte zum Radio und drehte die Lautstärke höher.

„... teilte ein Sprecher der Banken in einer gestern Abend per E-Mail verbreiteten Presseerklärung mit, dass die Fischverarbeitung eingestellt werden soll, weil sie nicht mehr rentabel sei. Der Unternehmensteil Tiefkühl-Logistik werde jedoch unter dem neuen Namen CuxFrost weitergeführt. Diese Sparte sei europaweit gut eingeführt und bewege sich mit ihren Umsätzen im Spitzenfeld der Branche. Die konventionelle Herstellung von Fischprodukten dagegen habe in Cuxhaven keine Zukunft, weil die Arbeitskosten zu hoch seien. Zur Zukunft der betroffenen Arbeitnehmer machte der Sprecher keine Angaben. Es sei Sache der Unternehmensleitung und des Betriebsrats, eine sozialverträgliche Lösung zu finden."

Achtlos ließ Evers fallen, was er in den Händen hielt. *Sie haben uns verarscht. Die Verhandlungen, Überzeugungsarbeit bei den Kollegen, nächtliche Sitzungen, unzählige Gespräche – alles für die Katz.*

Und das Schlimmste war – seine Kolleginnen und Kollegen würden in ihm den Verräter sehen. Sie würden glauben, dass er sie verkauft habe. Gegen einen guten Job in der CuxFrost. Aus seiner Bewerbung um die neu geschaffene Stelle eines Logistic Managers hatte er kein Geheimnis gemacht. Jeder in der CuxFrisch wusste, dass er der aussichtsreichste Bewerber war. Zumal er die Arbeit schon längst übernommen hatte. Während seine Kollegen auf die Straße gesetzt wurden, fiel er die Treppe hinauf.

Dabei hatten sie einen Sanierungsplan ausgearbeitet. Er als Arbeitnehmervertreter im Betriebsrat, Inhaber Behrendsen, sein Chef und zwei Leute von der Bank. Die Arbeitsabläufe sollten gestrafft und die Taktzahlen erhöht werden. Aber alle sollten weiterbeschäftigt werden. Wenn auch zu niedrigeren Löhnen. Und das sollte plötzlich nichts mehr gelten?

Evers griff zum Telefonhörer, zögerte, legte wieder auf. Wen sollte er anrufen? Die Bankleute waren zu dieser Zeit noch nicht zu sprechen. Oder sie würden sich verleugnen lassen. Sein Chef würde ihm raten, ein paar Tage Urlaub zu nehmen und abzutauchen. Im Gewerkschaftsbüro würde er jetzt auch niemanden erreichen.

Er fuhr zusammen, als das Telefon schrillte. Wer wollte um diese Zeit ...? Natürlich. Auch andere hatten Nachrichten gehört. Ein Kollege, der eine Erklärung verlangte? Unentschlossen starrte er auf den Apparat. Schließlich schaltete sich sein Anrufbeantworter ein. „Bitte hinterlassen Sie Ihre Nachricht nach dem Signalton."

„Hallo, Herr Evers. Hier ist Felix Dorn von den Cuxhavener Nachrichten. Wenn Sie mich hören, sollten Sie sich melden."

Unbewusst schüttelte er den Kopf. *Die Presseleute müssen warten. Zuerst muss ich mit den Kollegen sprechen. Wahrscheinlich ist in den nächsten Stunden in der Firma der Teufel los.*

*

Am Werkstor hatte sich eine Gruppe von Menschen in der blauweißen Arbeitskleidung der CuxFrisch versammelt. Evers wusste, was die Kolleginnen und Kollegen vorhatten. Sie würden die Einfahrt blockieren. Für Manager und Lieferfahrzeuge. Er selbst hatte diese Art, Druck auszuüben, vor Jahren während eines Arbeitskampfes eingeführt. Aber jetzt würde diese Maßnahme wohl nichts nützen.

Die meisten kannten seinen Wagen. Würden sie ihn durchlassen? Er ließ die Seitenscheibe herunter und streckte den Kopf durch das Fenster während er auf die Menschen zurollte. Einige strebten zur Seite, um ihn passieren zu lassen. Aber dann schrie eine Frauenstimme: „Das ist doch Evers! Na, der traut sich was!"

Sofort schlossen sich die Kollegen zu einer Mauer zusammen. Evers hielt an, sah in die Gesichter, in denen er Wut und Verzweiflung, Angst und Enttäuschung las. Sie wussten, was sie erwartete. Zwölf Monate Arbeitslosengeld und anschließend Hartz IV. Die meisten hatten Kinder, mussten Hypotheken abtragen und Raten für Anschaffungen bezahlen. Besonders bitter waren die Aussichten für die portugiesischen, spanischen und türkischen Kollegen. Sie würden in Cuxhaven wohl keine Arbeit mehr finden.

Einer der Arbeiter stemmte seine schwieligen Hände auf den Fensterrahmen. Carlos Rodriguez war schon über dreißig Jahre in der Firma - länger als Evers. „Mann", knurrte der Portugiese, „hier geht gleich was los. Die Kollegen sind total von der Rolle. Besser, du verschwindest."

Evers schüttelte den Kopf und sah dem Mann in die Augen. „Sie haben uns reingelegt, Carlos. Ich weiß selbst nichts. Habe gerade erst in den Nachrichten ..."

Ein rotgesichtiger Arbeiter drängte Rodriguez beiseite und riss die Wagentür auf. Hannes Fedder - auch er war an die dreißig

Jahre bei der CuxFrisch. „Du hast uns verschaukelt, Mann." Er packte Evers am Kragen und zerrte ihn aus dem Wagen. „Aus dir machen wir Fischfutter."

Die Situation drohte zu eskalieren. Irgendwie musste Evers die aufgestaute Wut kanalisieren. Er hob die Hände. „Lasst mich doch erst mal zu Wort kommen!"

„Dein Gequatsche kannste dir sparen", zischte Fedder. „Ihr habt genug geredet. Jetzt wird gehandelt." Er hob die Stimme. „Dreißig Jahre haben wir für die Firma geknüppelt, und jetzt wollen sie uns auf die Straße setzen. Das lassen wir uns nicht gefallen!"

„Was willst du machen, Hannes?" Evers war jetzt auch laut geworden. „Alles kaputt schlagen? Wenn wir nur Krach machen und uns gegenseitig in die Pfanne hauen, stehen wir morgen wirklich auf der Straße. Wenn wir aber die Banken überzeugen wollen, müssen wir ihnen etwas anbieten. Und das können wir nur gemeinsam."

„Lasst ihn reden", rief jemand aus der Menge. „Ja, er soll reden", bestätigte ein anderer.

„Jetzt muss dir aber was Überzeugendes einfallen", raunte Rodriguez, während der Rotgesichtige den Kopf schüttelte. „Der verarscht uns doch wieder." Aber er ließ seinen Kollegen los. Fieberhaft suchte Evers in seinem Kopf nach einer Idee.

*

An warmen Tagen nahm Marie Janssen nicht den Bus, sondern fuhr mit dem Motorroller zum Dienst. Ihr Weg von Groden zur Dienststelle in der Werner-Kammann-Straße führte sie durch die Neufelder Straße. Damit entging sie den morgendlichen Staus und Abgasen zwischen Grodener Chaussee und Konrad-Adenauer-Allee. Und sie konnte statt der Benzin- und Dieselschwaden ein wenig Hafenluft schnuppern. Wenn die Lücken zwischen Fabrik- und Lagerhallen den Blick freigaben auf die Schiffe im Neuen Fischereihafen oder auf ein Stück Nordsee, spürte Marie die Nähe des Meeres, und die Gerüche und Geräusche des Hafens vermittelten ihr das Gefühl, zu Hause zu sein.

Sie war froh, dass sie nach der Ausbildung eine Stelle in Cuxhaven bekommen hatte und so in ihre Heimatstadt zurückkehren konnte. Zum Leidwesen ihrer Mutter war sie jedoch nicht in ihr Elternhaus nach Otterndorf zurückgekehrt. In der Freiherr-vom-Stein-Straße in Groden hatte sie eine gemütliche Dachwohnung gefunden, in der sie sich wohlfühlte.

Von ihren Freundinnen aus der Schulzeit lebten die meisten nicht mehr in der Stadt. Aber sie hatte neue Freunde gefunden, mit denen sie sich an einem der Badestrände in Döse, Duhnen oder Sahlenburg traf oder Radtouren durch das Land Hadeln oder ins Wurster Land unternahm.

An diesem Morgen entdeckte sie kurz vor dem Fischmarkt an einem der Werkstore eine Ansammlung von Menschen. Rufe wehten zu ihr herüber, in der Menge entstand Bewegung, ein blauer Golf wurde von der Menge gestoppt, der Fahrer aus dem Wagen gezerrt. Menschen riefen durcheinander. Sie konnte nichts verstehen, aber es klang nach Streit. Marie stellte ihren Roller ab, tastete nach dem Handy und lief auf die Gruppe zu. Dabei drückte sie die Kurzwahl-Taste für die Zentrale. Gerade als sie sich dem Tumult näherte, setzte sich der Golf wieder in Bewegung. Die Menschen in blau-weißer Arbeitskleidung strebten zu einem Gebäude auf dem Werksgelände. Aus Maries Handy quäkte eine Stimme. „Was ist denn jetzt, Kollegin?“

„Hat sich erledigt,“ antwortete sie und klappte das Mobiltelefon zu.

Als sie zu ihrem Roller zurückkehrte, entdeckte sie auf der gegenüberliegenden Straßenseite einen Mann in dunkler Motorradkleidung, der an seiner Maschine lehnte und trotz der Wärme den Helm nicht abgenommen hatte. *Der muss ja ganz schön schwitzen.* Wegen der Hitze, die seit Tagen herrschte, trug Marie auf dem Roller nur Jeans und T-Shirt, selbst am frühen Morgen.

Während sie gemächlich weiterrollte, beobachtete sie, wie in der Niedersachsenstraße die ersten Fischläden geöffnet wurden. Beim Anblick der gelben Strandkörbe vor Ditzers Fischrestaurant befiel sie noch immer die unangenehme Erinnerung an den ehemaligen Kollegen, der sie dort angesprochen und sich mit ihr verabredet hatte. Die Begegnung hätte fast in einer Katastrophe geendet. Seitdem hatte sie sich noch nicht wieder mit einem Mann eingelassen.

Der kleine Umweg über die Zollkaje erlaubte ihr einen kurzen Blick hinüber zur Alten Liebe. Das Dach des roten Turmes nebenan, der seltsamerweise „Hamburger Leuchtturm" hieß, obwohl er ein Wahrzeichen der Stadt war, strahlte hell in der Morgensonne. Ein schrilles Hupen riss sie aus ihrer Betrachtung. Sie hatte nicht auf den Verkehr geachtet und wäre beinahe einem eiligen Sportwagenfahrer in die Quere gekommen. Den Rest des Weges bemühte sie sich um etwas mehr Konzentration ...

Die Polizeiinspektion Cuxhaven/Wesermarsch war in einem Gebäude aus roten Ziegelsteinen untergebracht, das den Charme der Siebziger-Jahre-Architektur ausstrahlte. Auf dem Parkplatz neben dem Haus stellte sie ihren Roller ab und sah auf die Uhr. *Wahrscheinlich bin ich wieder die Erste im Büro.*

Im Eingangsbereich vor der Wache empfing sie der übliche Mief aus abgestandener Luft, billigen Reinigungsmitteln und kaltem Rauch. Marie winkte den Kollegen hinter dem Fenster zu. Sie trugen noch die grünen Jacken und senfgelbe Hemden. Bald würden sie eine andere Dienstkleidung bekommen. Wahrscheinlich war ihnen das sogar recht, denn dann würde man sie nicht mehr als „Schnittlauch - außen grün und innen hohl" bezeichnen können. Marie dagegen war froh, keine Uniform mehr tragen zu müssen, denn auch die neue Farbe gefiel ihr nicht. Sie erschien ihr eher schwarz als blau, und die Kollegen wirkten darin wie schwarze Sheriffs eines Sicherheitsunternehmens.

Der Türöffner summte, und sie beeilte sich, Flure und Treppenhaus rasch hinter sich zu bringen. *Hier müsste auch mal gründlich gelüftet werden. Aber anscheinend stört die schlechte Luft niemanden außer mir.*

Wie sie erwartet hatte, war Hauptkommissar Röverkamp noch nicht im Büro. Marie öffnete alle Fenster und ließ sich zuerst auf Röverkamps Sessel fallen, um die Beschriftung der Akten zu studieren, die auf seinem Schreibtisch lagen. Ihr Chef blieb abends oft länger und befasste sich mit den Akten ungelöster Fälle. Obenauf lag der schmale Ordner mit dem Fall des Toten, den die Kollegen von der

Wasserschutzpolizei vor einiger Zeit mitsamt seinem Kleinwagen aus dem Hafenbecken gezogen hatten. Alles deutete auf eine Selbsttötung hin, aber Röverkamp hatte noch immer Zweifel.

Marie erhob sich, durchquerte den Raum, nahm die Blumengießkanne aus einem der Schränke und füllte sie am Wasserhahn über dem Waschbecken. Gewissenhaft versorgte sie die Grünpflanzen mit frischem Wasser. Seit sie Hauptkommissar Röverkamp zugeteilt worden war, hatte sie die kahlen Wände des gemeinsamen Büros durch großformatige Fotos und Poster mit maritimen Motiven verschönt, die angeschlagenen Kaffeebecher durch neue Tassen ersetzt und Topfpflanzen in die Fensterbänke gestellt. Röverkamp hatte ihre Bemühungen um etwas mehr Wohnlichkeit kommentarlos beobachtet. Eine Zeit lang hatte sie sogar das Gefühl gehabt, dass er überhaupt nichts bemerkte. Doch dann hatte er sie mit der Äußerung überrascht, sie sei wohl so etwas wie eine gute Fee. Und sie zum Essen eingeladen. Ganz nobel – ins Hotel Sternhagen in Duhnen. Bei der Gelegenheit hatte sie dann auch endlich etwas mehr über ihn erfahren. Wie er seine Frau verloren hatte, wie er unter der äußeren und inneren Entfernung zu seiner Tochter litt und warum er sich zuerst gesträubt hatte, mit einer Anfängerin wie ihr zusammenzuarbeiten.

Das Telefon unterbrach ihren Gedankenfluss. Auf dem Display erkannte sie den Anrufer. Sie nahm ab. „Guten Morgen, Konrad. Kommst du nicht ins Büro?"

„Ich muss erst ins Krankenhaus. Amelie ist gestern Abend gestürzt und war einige Zeit bewusstlos. Ich will wissen, wie es ihr geht. Außerdem hat sie hier keine Angehörigen, und irgendjemand muss sich um sie kümmern. Oder gibt es etwas, das meine Anwesenheit erfordert?"

Marie schüttelte unbewusst den Kopf. „Nein. Hier liegt nichts vor. Und falls etwas sein sollte ..."

„... kannst du mich übers Handy erreichen. Bitte ruf mich an, wenn wir einen Fall auf den Tisch bekommen sollten. Bis nachher."

Nachdenklich legte Marie den Hörer auf. Sie sah Amelie Karstens vor sich. Wie die alte Dame in leicht gebeugter Haltung durch ihre weitläufige Wohnung wuselte, um ihren Mieter Konrad Röverkamp zu versorgen. Die Kapitänswitwe war weit über siebzig, aber voller Energie und Tatendrang. Beides verschwendete sie an den Hauptkommissar, den sie auf ihre Art adoptiert zu haben schien. Sie sorgte sich um sein leibliches Wohl, achtete darauf, dass er sich warm genug anzog und hielt stets ein kühles Bier und einen Aquavit für ihn bereit. Vor einem Jahr hatte Röverkamp ausziehen und sich eine eigene Wohnung nehmen wollen. Doch dann hatte seine Wirtin ihn mit einem weiteren Zimmer bei gleicher Miete geködert. Vielleicht auch mit Bratkartoffeln und Matjes. Und mit ihrem gut gefüllten Kühlschrank.

Hoffentlich ist ihr nichts Ernstes passiert.

*

Der Klinikpförtner blickte über seine Brille hinweg zu ihm auf, wiederholte: „Karstens, Amelie ... mit K, sagten Sie. Das haben wir gleich", er tippte den Namen in eine Computertastatur. Dann suchte er in der Tabelle auf dem Bildschirm, wobei er einen Zeigefinger zu Hilfe nahm. Der Finger fuhr die Liste entlang, stoppte, glitt vor und zurück, stach dann in die Luft.

„Zimmer 206. Zweiter Stock links."

Während Röverkamp etwas kurzatmig die Stufen erklomm, nahm er in Gedanken den Dialog mit Amelie Karstens vorweg. „Na, Frau Karstens, wie sieht's aus? Bleiben Sie noch ein paar Tage hier, oder kommen Sie gleich mit?" Und sie würde antworten: „Ach, Herr Kommissar, sie lassen mich ja nicht, sonst wär' ich hier schon weg."

Röverkamp fand das Zimmer 206, klopfte, hörte nichts, trat ein. Er sah zwei Krankenbetten; beide leer. An einem war ein Pfleger damit beschäftigt, das Laken abzuziehen. „Wo ist Frau Karstens?", entfuhr es ihm. „Was ist mit ihr?"

Der Pfleger ließ sich bei seiner Beschäftigung nicht unterbrechen und antwortete über die Schulter: „Keine Ahnung. Fragen Sie im Schwesternzimmer."

Suchend wanderte Röverkamp den Flur entlang. Eine junge dunkelhäutige Krankenschwester kam ihm entgegen. „Entschuldigung", fragte er, „wo finde ich Frau Karstens? Sie sollte auf Zimmer 206 sein."

„Oh, ja, Frau Karstens", war die Antwort, „bitte folgen Sie mir."

Die Schwester führte ihn zum Ende des Flurs bis zu einer Tür, die nicht beschriftet war, und schob ihn in den Raum. Mit den Worten „Bitte warten Sie hier einen Augenblick" schloss sie die Tür und verschwand.

Röverkamp fühlte eine Ahnung in sich aufsteigen. Er wehrte sich dagegen - ohne Erfolg. Würde das Wiedersehen mit Amelie Karstens doch anders ausfallen, als er es sich vorgestellt hatte? Als ein Arzt ins Zimmer trat, ihm die Hand entgegenstreckte und fragte: „Sind Sie ein Angehöriger?" wurde die Ahnung zur Gewissheit, noch bevor der Arzt fortfahren konnte.

*

Im Schatten des Vordaches der Produktionshalle hatten sich die Arbeiterinnen und Arbeiter dicht zusammengedrängt. Evers stand auf einer Palette, die Carlos Rodriguez mit dem Gabelstapler auf einen knappen Meter Höhe gebracht hatte. Er schwitzte. Nicht nur wegen der hohen Außentemperatur. „Kolleginnen und Kollegen", begann er. „Es gibt nur einen Weg, auf dem wir aus der Misere ..."

„Die du uns eingebrockt hast", rief Hannes Fedder dazwischen.

Evers schüttelte den Kopf. „Dazu komme ich später. Jetzt geht es erst mal um eure Arbeitsplätze. Also um die Zukunft der Firma. Wenn die Banken den Geldhahn zudrehen, weil sie dem Betrieb nicht zutrauen, wieder in die Gewinnzone zu kommen ..."

„Das wäre unter dem Alten nie passiert!", rief jemand aus der Menge und erntete Beifall dafür.

Evers nickte, ging aber auf den Zwischenruf nicht ein. „Wenn also unsere CuxFrisch wieder profitabel arbeiten soll, müssen *wir* die Firma übernehmen."

„Wie soll das gehen?", rief Hannes Fedder. „Das sind doch Spinnereien!"

„Wenn du was Besseres weißt", entgegnete Carlos Rodriguez, „geh' nach vorne und erklär's uns!"

Beifälliges Gemurmel gab Evers Auftrieb. Und er begann, seine vagen Vorstellungen, noch während er redete, zu einem Konzept zu entwickeln und der Belegschaft zu erklären.

Während alle Augen auf ihn gerichtet waren, schob sich ein Mann, der hinter der Halle seine Motorradkleidung gegen einen blau-weißen Overall mit dem Emblem der CuxFrisch getauscht hatte, langsam hinter der Versammlung entlang und verschwand in Richtung Tiefkühlhalle.

2

Winter 1978/79

Frank war eindeutig zu weit gegangen.

Susanne starrte aus dem Fenster des Rheingoldwagens in die vorbeirasende Winterlandschaft, ohne sie wirklich wahrzunehmen. Zum ersten Mal benutzte sie den Intercity. In Bremen würde sie in einen Personenzug nach Bremerhaven und dort in den Bus umsteigen müssen. Wenn noch einer fuhr. Im Radio hatten sie ausdauernde Schneefälle für Norddeutschland vorhergesagt. Aber in ihrer Heimat war es noch nie besonders winterlich gewesen. Sie würde ihr Elternhaus erreichen. Vor ihrem inneren Auge sah sie das bäuerliche Anwesen, wie es sich in die Landschaft außerhalb des Dorfes duckte, sah den Rauch aus dem Schornstein kräuselnd aufsteigen und ihren Vater in Gummistiefeln mit dem Futtereimer den Hof überqueren.

Die Fahrkarte für den „Rheingold" war viel zu teuer gewesen, denn in diesem Zug gab es nur die erste Klasse. Aber sie hatte München so schnell wie möglich hinter sich lassen wollen. Und Frank.

Es war eindeutig ein Verstoß gegen alle Gesetze. Gegen die geschriebenen und die ungeschriebenen. Pärchen wurden zwar geduldet, aber es war ausdrücklich verboten, innerhalb der WG in eine bestehende Beziehung einzubrechen. So hatten sie es verabredet. Und so musste es von jedem Mitglied, das aufgenommen werden wollte, akzeptiert werden.

Susanne wäre diese Regel herzlich egal gewesen, wenn andere betroffen gewesen wären. Und sie hätte es vielleicht verkraftet, wenn es nicht Petra gewesen wäre. Ausgerechnet Petra. Ihre Freundin hatte offensichtlich nichts dabei gefunden, mit Frank zu vögeln. Und nicht nur einmal, wie sich dann herausgestellte hatte. Es war also kein Ausrutscher gewesen. Offenbar hatten alle Bescheid gewusst, nur sie nicht.

Sie waren so brünstig gewesen, dass sie es in der Küche getrieben hatten. Susanne war früher gekommen als geplant. Hatte sich auf einen freien Nachmittag mit Frank gefreut. Zuerst hatte sie nur das Stöhnen gehört. Hatte sich, von den Geräuschen angezogen und abgestoßen zugleich, der offenen Küchentür genähert.

Frank hatte angezogen auf einem Stuhl gesessen, Petra über ihm gehockt. In Reizwäsche!

Wie auf einem dieser sexistischen Titelbilder des Stern, deretwegen Alice Schwarzer und andere prominente Frauen die Zeitschrift verklagt hatten. Die gesamte WG war auf ihrer Seite gewesen. Auch Frank.

Tränenblind hatte Susanne ihre Sachen gepackt. Keinen Tag länger hätte sie mit diesem Dreckskerl unter einem Dach leben können.

Andrea hatte sie aufgehalten. „Wenn einer geht, dann ist es Frank. Das ist doch wohl klar. Du bleibst."

Am selben Tag war der Brief ihrer Mutter gekommen. Ob sie für einige Tage nach Hause kommen könnte. Sie wollte ihre Schwester in der DDR besuchen. Normalerweise hätte Susanne nach Ausflüchten gesucht, um nicht fahren zu müssen. Doch dieses Mal hatte sie sofort angerufen. „Ja, ich komme. Du kannst beruhigt fahren. Ich kümmere mich um Vater."

Wenn Mutter nicht da war, würde es keinen Stress geben. Sie würde für Vater kochen, die Wäsche waschen und als Gegenleistung seinen Mercedes benutzen. Sie würde Freunde besuchen, viel unternehmen, sich ein bisschen umsehen.

Auch nach Männern. Schon wegen Frank.

Sie versuchte, ihre Gedanken auf ihr Zuhause zu konzentrieren. Auf den Hof, das nahe gelegene Dorf, in dem sie die Grundschule besucht hatte. Auf die Zeit am Gymnasium für Mädchen in Cuxhaven. Die Freundinnen. Ihre erste Liebschaft. Den Streit mit der Mutter. Ihren Ausbruch aus dörflicher Enge und kleinstädtischer Spießigkeit. Ihre Flucht nach Hamburg. Die Wochen in verschiedenen Wohngemeinschaften. Der Umzug nach München.

Doch immer wieder drängte sich das Bild in ihr Bewusstsein. Petra und Frank. In der Küche.

*

Als der klapprige Renault R4 die Wache vor der Lüneburger Scharnhorst-Kaserne passierte, hinterließen die schmalen Räder deutliche Spuren im frischen Schnee. Tanzende weiße Flocken begrenzten die Sicht für den Fahrer, und die Wischer hatten Mühe, die Scheiben frei zu halten. Dennoch rollte der kleine Wagen zügig durch die Straßen der alten Salzstadt, überquerte den Stadtring und ließ Lüneburg rasch hinter sich.

Keiner der Insassen verschwendete einen Gedanken an die Stadt oder ihre Menschen. Die Gedanken der vier jungen Männer in dem Wagen eilten voraus, zum Ziel der Fahrt. Schon viele Male war Erik mit seinen drei Freunden im R4 von der Kaserne nach Hause gefahren. Nach Hause – das hieß, auch für ihn, Cuxhaven und Umgebung. Nur wenig mehr als zwei Stunden lagen zwischen Dienstschluss in der Kaserne und der Freiheit des Wochenendes. Jan würde er wie immer in Altenwalde absetzen, Sven in Süderwisch und Hendrik in Döse. Und wie immer würden sich die anderen am Samstag treffen und gemeinsam einen draufmachen. Ohne ihn. Er war kürzlich Vater geworden und würde das Wochenende mit seiner Frau und seinem kleinen Sohn verbringen. In der neuen Wohnung, die sie kurz vor der Geburt des Kleinen bezogen hatten, gab es noch viel zu tun. Da blieb keine Zeit für Feiern mit den Kameraden.

In dem Schneegestöber reichte der Lichtkegel der Scheinwerfer nicht sehr weit. Erik sah angestrengt hinaus und bemühte sich, den Spuren anderer Fahrzeuge zu folgen, die vor ihnen die Fahrbahn markierten. Auch sein Beifahrer Sven konzentrierte sich stumm auf den Weg. Sie kannten die Strecke, aber unter der weißen Decke sah alles ganz anders aus.

„Was ist denn das hier für eine miese Stimmung?“, durchbrach Hendrik das Schweigen und kramte in seiner Tasche. „Wir fahren ins Wochenende, Leute. Wo bleibt denn da die gute Laune? Hier! Nehmt erst mal 'n Schluck!“ Er reichte zwei kleine Flaschen nach vorne und drückte seinem Nebenmann ebenfalls eine in die Hand. „Wie sagte noch der Pfarrer von Steinhagen am Grabe?

Wieder nahm unser Herrgott einen Steinhäger zu sich. – Prost, Jungs!"

Hendriks Vorrat an Witzen reichte bis Winsen. Seine Schnapsflaschen fast bis Ottersberg. Wegen der winterlichen Straßenverhältnisse kamen sie langsamer voran als sonst. Kurz vor Bremen stellte Sven fest, dass sie eigentlich schon in Debstedt hätten sein müssen.

Die Stimmung hatte unter der Verzögerung noch nicht gelitten. „Leise rieselt der Schnee ...", sang Hendrik auf der Rückbank, Sven und Jan fielen ein. Nur Erik starrte etwas beklommen in das Schneetreiben vor dem Wagen. Ein Radiosprecher hatte von starken Schneefällen gesprochen und vor Verkehrsbehinderungen durch Schneeverwehungen gewarnt. Im Emsland waren bereits zahlreiche Straßen unpassierbar. Erik hatte den Eindruck, dass die Flocken dichter wurden. *Wenn der Wind noch stärker wird, stecken wir auch bald fest.*

Am Bremer Kreuz tauchte vor ihnen das gelbe Blinklicht eines Streufahrzeugs auf. Mit einer mächtigen Bugwelle pflügte der schwere Lkw durch den Schnee und hinterließ eine breite Spur, in die sich die anderen Fahrzeuge einreihten. Bis kurz hinter Bremerhaven rollte der Verkehr über halbwegs geräumte Fahrbahnen. Doch dann mussten sie immer öfter Wagen ausweichen, die sich festgefahren hatten, und die befahrbare Spur wurde schmaler und schmaler. Schließlich kam die Kolonne zum Stillstand. Ein Lastwagen mit Anhänger hatte sich quer gestellt.

Erik schlug auf das Lenkrad „Scheiße! Das war's dann wohl. Bis der wieder flott ist, haben wir Samstag."

Sven deutete zur Seite. „Da ist ein Parkplatz. Vielleicht schaffen wir es, über den Randstreifen zu kommen. Dann lassen wir den Wagen stehen und gehen zu Fuß weiter."

„Zu Fuß?" Der Aufschrei von Jan und Hendrik kam wie aus einem Munde. „Hast du noch alle Tassen im Schrank? Wir latschen doch nicht durch den Schnee bis nach Cuxhaven! Dann sind wir nächstes Wochenende zu Hause."

Sven drehte sich zu seinen Kameraden um. „Wir müssen nicht weit gehen. Ich kenne mich hier aus. In einer halben Stunde sitzen wir bei Bauer Clasen in der warmen Stube. Schulfreund von meinem Alten. Von da aus rufe ich meinen Schwager an. Und der kommt mit dem Unimog und bringt uns nach Dorum zum Bahnhof. Dort nehmen wir den Zug. Dann sind wir in spätestens drei Stunden zu Hause. Oder wir bleiben hier, frieren uns den Arsch ab und warten darauf, dass sie die Straße wieder frei kriegen. Und das kann ..."

„Seid mal still", unterbrach ihn Erik und drehte das Radio lauter.

„... auf allen Straßen erhebliche Behinderungen. An einigen Stellen ist der Verkehr zum Stillstand gekommen. Die Straßenmeistereien haben alle verfügbaren Kräfte und Fahrzeuge im Einsatz. Vielfach sind jedoch die Räumfahrzeuge blockiert, weil die Fahrbahnen durch liegen gebliebene Lkws und Autos versperrt sind. Der Landrat hat die Bevölkerung aufgerufen, keine Fahrten mit Kraftfahrzeugen zu unternehmen."

Hendrik kicherte. „Die Leute sollen wohl lieber mit dem Fahrrad fahren."

Niemand lachte.

„Was ist nun?" Sven deutete auf seine Armbanduhr. „Wollt ihr heute noch nach Hause oder wollt ihr hier übernachten?"

„Und was ist mit meinem Auto?" Erik starrte auf den Tacho, als könne er dort die Meinung des Vehikels ablesen.

„Das holen wir morgen ab. Ganz einfach. Ist 'ne Sache von einer Stunde. Also – wer kommt mit?"

„Lass uns erst mal die Karre auf den Parkplatz bugsieren", meldete sich Jan zu Wort. „Hier kann sie ja nicht stehen bleiben. Und dann sehen wir weiter."

Sven nickte und stieß Erik in die Seite. „Los, Alter. Du schaffst das. Mit Schwung an dem dicken Mercedes da vorne vorbei. Und dann vorsichtig nach rechts. Wir steigen aus und schieben, falls du stecken bleibst."

Wenig später verließen drei junge Männer den Parkplatz in der von Sven angegebenen Richtung. Erik blieb in seinem R4 zurück.

„Wir hätten ihn nicht alleinlassen sollen", sagte Jan, nachdem sie sich bereits länger als eine halbe Stunde durch den Schnee gekämpft hatten.

Sven ließ ein abfälliges Schnaufen hören. „Hätte ja mitkommen können. Hat doch nur Schiss um seine Karre. Als ob die heute Nacht jemand klauen könnte!"

„Trotzdem." Jan war nicht überzeugt, erkannte aber, dass es sinnlos war, mit den anderen darüber zu diskutieren. „Wo bleibt eigentlich dieser Bauernhof?", fragte er stattdessen. „Du hast gesagt, es ist nur eine halbe Stunde. Und jetzt sind wir schon ..."

„Muss jeden Augenblick auftauchen", murmelte Sven und blieb stehen. Seine Augen versuchten, das Schneegestöber zu durchdringen. „Normalerweise wären wir schon da. Der Schnee ist schuld. Wir sind zu langsam."

Jan wischte den Schnee von seiner Brille. „Hauptsache, wir marschieren noch in die richtige Richtung. Ich sehe jedenfalls überhaupt nichts."

„Er hat recht, Sven." Hendrik war ebenfalls stehen geblieben. „Wenn wir falsch gelaufen sind, stecken wir ganz schön in der Scheiße." Er trat auf der Stelle und hauchte in seine rot gefrorenen Finger „Ich weiß nicht, wie lange ich diese Kälte noch aushalte. Der Wind ist ziemlich heftig geworden."

„Wir sind bald da." Sven versuchte, gelassen zu klingen. „Es kann sich nur noch um Minuten handeln. Selbst wenn wir den Hof verfehlen - irgendwann stoßen wir auf den Weg, der uns hinführt."

„Dein Wort in Gottes Gehörgang. Oder wer auch immer für dieses Scheißwetter verantwortlich ist." Jan stapfte voran. „Mir wird kalt, wenn wir hier rumstehen. Lasst uns weitergehen."

Niemand widersprach. Stumm folgten ihm die Freunde, stemmten sich gegen den Sturm und verdrängten die aufkommende Unsicherheit, jeder so gut er konnte. Irgendwann blieb Jan wieder stehen. Sven und Hendrik, die den Blick auf seine Fußstapfen geheftet hatten und seiner Spur folgten, liefen auf.

„Was'n los?" Sven stieß seinen Vordermann in den Rücken. „Kannste nich' mehr?"

„Hab' kein' Bock mehr, vorne zu gehen. Übernimm du die Führung. Du kennst dich ja hier so gut aus."

„Ich weiß ja auch nicht ..." Sven sah sich um und hob die Schultern.

„Ach ja? Wer wollte denn unbedingt auf diese blödsinnige Querfeldein-Rallye?", höhnte Hendrik und hob die Stimme. „Ich kenne mich hier aus. In spätestens einer halben Stunde sitzen wir in der warmen Stube. – Dass ich nicht lache!"

„Fangt jetzt nicht an zu streiten, Leute!" Jan schnäuzte sich geräuschvoll. „Lasst uns lieber überlegen, ob wir umkehren. Den Rückweg finden wir leichter. Während er sein Taschentuch einsteckte und aus den Tiefen seiner Parkataschen eine Taschenlampe zog, wandte er sich um. „Brauchen bloß unseren Fußspuren ..." Stumm starrten die Freunde in den Lichtkegel. Dort, wo er endete, endeten auch ihre Spuren. Wind und Schnee hatten sie schon verwischt.

„Also weiter." Jan verstaute seine Taschenlampe, drehte sich um und stapfte voran. Seine Aufforderung schien er vergessen zu haben. Achselzuckend folgte ihm Sven. Hendrik beeilte sich, den Anschluss zu halten.

*

In der guten Stube des bäuerlichen Wohnhauses herrschte behagliche Wärme. Das bäuerliche Anwesen der Familie Clasen gehörte zu den Betrieben, die in den sechziger Jahren aus den beengten Verhältnissen des Dorfes ausgesiedelt und auf freiem Feld neu angelegt worden waren. Claas Clasen hatte sich allerdings nicht darauf einlassen wollen, in eines der modernen stillosen Häuser zu ziehen, sondern hatte das neue Gehöft mit einem reetgedeckten Fachwerkhaus versehen. Das war zwar deutlich teurer gekommen, aber Clasen hatte ertragreich gewirtschaftet und verdiente noch immer gutes Geld. Und damit es im Wohnhaus nicht nach Stall roch, hatte er es ein wenig abseits von den Wirtschaftsgebäuden bauen lassen.

Dass seine Kinder von Landwirtschaft nichts wissen und keines von ihnen den Hof übernehmen wollte, war das einzige bedeutende Ärgernis im Leben des Landwirts. Und die neue Autobahn. Man hatte die Trasse für die schnelle Verbindung von Bremerhaven nach Cuxhaven so dicht an seinem Grund und Boden vorbeigeführt, dass man bei Westwind den Verkehr als beständiges Rauschen vernahm.

An diesem Abend war davon jedoch nichts zu hören. Andauernder Schneefall hatte dafür gesorgt, dass das Land von einer Schneedecke überzogen worden war, die alle Geräusche dämpfte, und dass der Verkehr nur langsam rollte. Wenn überhaupt. Der Gedanke, dass die Autobahnraser von der Natur ausgebremst wurden, erheiterte Claas Clasen.

Sein wöchentlicher Skatabend würde jedenfalls unter der Witterung nicht leiden. Den Weg bis zur Landstraße hatte er selbst mit dem Hanomag geräumt. Und dabei hatte er auf der Straße zum Dorf den Schneepflug gesehen. Seine drei Mitspieler würden also keine ernsthaften Hindernisse vorfinden. Zufrieden kontrollierte Clasen die Biervorräte und den Doppelkorn und erinnerte seine Tochter daran, dass die Skatrunde für Bier und Schnaps eine gute Grundlage brauchte. Aber Susanne hatte mitgedacht und bereits begonnen, Wurst und Gehacktes, Soleier und saure Gurken für den Abend vorzubereiten.

Insgeheim genoss Clasen die Vorstellung, wie Susanne seine Skatbrüder beeindrucken würde. Sie hatten sie lange nicht gesehen, weil sie ein Internat besucht und nach dem Abitur im fernen München ein Studium begonnen hatte. Aus der störrischen pubertierenden Göre war eine junge Dame von auffallender Schönheit geworden. Dass sie sich in seinen Augen etwas seltsam kleidete, hielt er für eine vorübergehende Erscheinung, die sich irgendwann verlieren würde. Nicht nur in der kalten Jahreszeit lief sie in Hosen herum, die oben eng und unten weit waren, aber immerhin die Beine bedeckten. Auf Fotos, die sie aus München geschickt hatte, trug sie Röcke, die beängstigend kurz waren und in ihm einen Augenblick lang den Verdacht hatten aufkeimen lassen, sie könnte vielleicht einer ganz anderen Beschäftigung als dem Studieren nachgehen. Zumal ihre Schuhe eine Schwindel erregende Höhe hatten und wie Briketts unter den Füßen hingen und ihre üppigen dunklen Locken ungebändigt in alle Richtungen wucherten. Außerdem lebte sie in einer Wohnung mit mehreren jungen Frauen und Männern zusammen. Wie es dort zuging, mochte er sich gar nicht erst vorstellen.

Aber während Sohn Peter wenig Neigung zeigte, mehr als einen Tag bei seinen Eltern zu verbringen, war Susanne sofort bereit gewesen, im Haushalt die Mutter zu vertreten, die für einige Tage zu ihrer Schwester in die Ostzone gefahren war. Es war kompliziert genug gewesen und hatte lange gedauert, bis sie eine Besuchserlaubnis für Chemnitz – das jetzt Karl-Marx-Stadt hieß – bekommen hatte, da konnte man beim Termin nicht wählerisch sein. Und im Winter war ihre Abwesenheit allemal besser zu verkraften als in der Zeit der Frühjahrsbestellung oder während der Ernte. Zu Clasens Überraschung gingen seiner Tochter die Arbeiten im Haus und auf dem Hof leicht von der Hand.

Um nach seinen Gästen Ausschau zu halten, öffnete der Landwirt die Tür. Fast hätte der Wind sie ihm aus der Hand geschlagen. Er kniff die Augen zusammen und versuchte, das Schneegestöber zu durchdringen. Der Wind peitschte den Schnee fast waagerecht über den Hof, und das Meer der Flocken war so dicht, dass er nicht einmal die Wirtschaftsgebäude erkennen konnte. Dort, wo eine Lampe die Einfahrt beleuchtete, war kaum mehr als ein milchiger Fleck zu erkennen. Claas Clasen sah auf die Uhr. Gewöhnlich waren seine Skatbrüder pünktlich, und sie hätten schon vor einer halben Stunde da sein müssen. Waren sie doch vom Schnee aufgehalten worden?

Wenn nur dieser eisige Wind nicht wäre! Die Temperatur war drastisch gefallen. Und der Schneefall hatte auch nicht nachgelassen. Alles zusammen konnte die Straße unpassierbar machen. Während er noch überlegte, ob er den Schlepper anwerfen und ihnen entgegenfahren oder zuerst Enno anrufen sollte, mit dessen VW-Käfer sie gewöhnlich kamen, erschienen unter dem Lichtfleck in der Einfahrt die vagen Umrisse einer Gestalt, die sich durch das Schneetreiben kämpfte. An der Art, wie die Person die Füße hob und diese anschließend im Schnee versanken, erkannte Clasen, wie hoch der Wind den weißen Niederschlag auf der anderen Seite des Hofes bereits aufgetürmt hatte. Zwei weitere schneebedeckte Gestalten folgten der ersten.

Seine Freunde kamen also zu Fuß.

War wohl doch zu viel für Ennos Volkswagen, von dem er ja immer behauptet, er käme überall durch. Steckt bestimmt in einer Schneewehe. Na ja, Hauptsache sie sind da. Zur Not bringe ich sie mit dem Hanomag nach Hause. Er wandte sich um, öffnete die Tür einen Spalt und rief ins Innere: „Sie kommen, Susi. Ich glaube, die brauchen was zum Aufwärmen. Mach mal 'n Köm für alle fertig."

In diesem Augenblick schrillte in der Diele das Telefon. Susanne Clasen nahm den Hörer ab und meldete sich. „Vater!", rief sie, nachdem sie wieder aufgelegt hatte, „deine Skatbrüder kommen nicht. Sie sind schon auf der Landstraße stecken geblieben und mussten wieder umkehren. In der Senke am Heideweg liegt der Schnee über einen Meter hoch."

Claas Clasen schüttelte den Kopf. „Kind, was redest du da! Sie kommen gerade über den Hof." Dass mit seinen Besuchern etwas nicht stimmte, erkannte er erst, als der erste seine Kapuze abzog.

„Moin, Herr Clasen. Kennen Sie mich noch? Ich bin Sven. Der Sohn von Ihrem alten Schulfreund Herbert aus Cuxhaven-Süderwisch." Der Bauer starrte ihn mit offenem Mund an, während Sven sich Eiskristalle von den Augenbrauen zupfte. Er stellte seine Kameraden vor und erklärte, was ihnen zugestoßen war. Dass noch einer seiner Freunde auf dem Parkplatz im Auto saß, erwähnte er nicht.

Claas Clasen hatte sich gefangen. „Dann kommt mal rein, Jungs. Ihr müsst euch ja wohl erst mal aufwärmen. Eure Klamotten könnt ihr da aufhängen." Er wies auf einen Garderobenständer.

Während die jungen Männer den Schnee von ihren Parkas schüttelten, erschien Susanne Clasen und musterte neugierig die Besucher. Ihr Vater wies mit dem Daumen in Richtung Küche. „Bring mal den Köm, Susi. Die Herren brauchen was zum Aufwärmen."

Seine Tochter nickte, machte aber keine Anstalten, der Aufforderung zu folgen. „Erst möchte ich unseren Besuch begrüßen." Sie streckte die Hand aus, die Sven und seine beiden Freunde nacheinander schüttelten. „Guten Abend. Ich bin Susanne. Die Tochter. – Hattet ihr eine Panne?"

Jan schüttelte den Kopf. „Panne kann man nicht sagen. Wir sind auf der Autobahn liegen geblieben, weil ein Lkw quer lag. Und bei dem Schnee kann es Stunden dauern, bis die Straße wieder frei ist."

„Dann übernachtet ihr bei uns?" Susannes Frage klang eher wie eine Feststellung.

„Nein, nein", beeilte sich Sven zu versichern. „Wir wollten nur telefonieren. Mein Schwager kann uns abholen."

„Das wird wohl nichts werden", mischte sich Claas Clasen ein. „Mit dem Auto kommt hier keiner mehr durch. Inzwischen wahrscheinlich nicht mal mehr mit 'nem Traktor. Völlig aussichtslos."

„Meinen Sie wirklich?" Entgeistert starrten die Besucher den Hausherrn an. „Mein Schwager hat einen Unimog."

Clasen schüttelte den Kopf. „Der nützt jetzt auch nichts mehr. Hört euch mal den Wind an. In der Senke zwischen uns und dem Dorf lag vorhin schon ein Meter Schnee. Jetzt sind es bestimmt anderthalb. Und in einer halben Stunde zwei. Da kommt auch der Unimog nicht mehr durch."

„Also werdet ihr bei uns übernachten müssen", stellte Susanne Clasen fest. „Ob ihr wollt oder nicht. Telefonieren könnt ihr natürlich trotzdem. Zu Hause Bescheid sagen oder so." Sie deutete auf das Telefon in der Diele. „Und jetzt hole ich den Schnaps."

Wortlos starrten die jungen Männer ihr nach.

Claas Clasen kam eine Idee. „Sagt mal, Jungs, könnt ihr Skat spielen?"

Die Besucher nickten.

Dem Bauern schien die stumme Antwort zu gefallen. Er strahlte zufrieden. „Lasst eure Taschen erst mal hier stehen. Susanne zeigt euch später, wo ihr schlafen könnt. Und kommt mit. Jetzt gibt's erst mal 'n kleinen Köm. Und dann spielen wir eine ordentliche Runde. Zu essen ist auch genug da. Ich heiße übrigens Claas."

Er führte sie in die bäuerliche Stube und wies auf den vorbereiteten Spieltisch. „Heute ist nämlich mein Skatabend."

3

Stumm gingen die Menschen auseinander. Nur hier und da äußerte der eine oder andere Zweifel. Was der Betriebsratsvorsitzende erklärt hatte, erschien einerseits einleuchtend, andererseits utopisch. Und mancher hatte Mühe, sich vorzustellen, wie eine Fabrik funktionieren sollte, die allen gehörte. Wie man zu Entscheidungen kommen sollte, wenn jeder mitbestimmen konnte. Evers hatte von einem Aufsichtsrat gesprochen, in den einige von ihnen gewählt werden müssten. Von der Verantwortung jedes einzelnen Anteilseigners und von der Notwendigkeit, die Produktion effektiver zu gestalten, die Arbeitsabläufe zu straffen und die Belegschaft zu verkleinern. Sie würden selbst entscheiden müssen, wer entlassen werden sollte. Eine ungewohnte Vorstellung. Früher war alles viel einfacher gewesen. Als der Alte noch da war. Knud Behrendsen hatte die Firma CuxFrisch Ende der fünfziger Jahre, als sie noch Cuxhavener Frischfisch hieß, von seinem Vater übernommen und zu einem modernen Produktionsbetrieb ausgebaut. Er war ein strenger Chef gewesen, hatte weder Bummelei noch Unpünktlichkeit geduldet. Aber er hatte seine Arbeiter gut bezahlt und sich um die Familien gekümmert, wenn einem seiner Leute etwas zugestoßen war. Seit der Junior die Firma übernommen hatte, gaben wechselnde Geschäftsführer bei der CuxFrisch den Ton an. Von Rainer Behrendsen sahen sie meistens nur den Porsche, wenn er dem Betrieb einen Besuch abstattete.

„Das hast du gut hingekriegt. Alle Achtung." Carlos Rodriguez war Evers in den Vorraum zu den Büros gefolgt. „Aber glaubst du wirklich, dass sich die Banken auf so ein Modell einlassen?"

Evers hob die Schultern. „Keine Ahnung. Aber wir müssen es versuchen. Es ist der einzige Weg aus der Misere. Wenn überhaupt."

„Vielleicht sollten wir die Produktion auf Salzfisch umstellen", schlug Rodriguez vor. „In meiner Heimat ist Bacalao immer noch ein Geschäft. Und nicht nur dort."

Evers nickte. „Wir werden sehen. Über Details werden wir ohnehin noch mit den Bankleuten sprechen müssen. Auch Behrendsen muss mitspielen. Und der ist ..."

Die Tür flog auf und unterbrach ihn. „Moin, meine Herren. Mein Name ist Felix Dorn. Von den ..."

Evers winkte ab. „Cuxhavener Nachrichten, ich weiß." Hinter Dorn drängten sich eine junge Frau und ein weiterer Mann gleichzeitig durch die Tür. *Und die anderen sind auch schon da.* Evers erkannte die Gesichter, nur die Namen fielen ihm nicht ein. Er verspürte wenig Neigung, jetzt mit Presseleuten zu sprechen. Aber ihm würde nichts anderes übrig bleiben. Er versuchte, einigermaßen verbindlich zu klingen. „Guten Morgen, meine Dame, meine Herren. Ich nehme an, dass Sie unseren Geschäftsführer sprechen möchten. Und sicher auch Herrn Behrendsen. Aber die beiden Herren sind noch nicht im Haus. Und ich kann Ihnen nur die Sichtweise der Belegschaft und des Betriebsrates darstellen. Und das auch nur ..."

„Um so besser." Die junge Frau hatte bereits einen Notizblock in der Hand. „Sie sind doch der Betriebsratsvorsitzende Evers. Richtig?"

Evers nickte. Und in diesem Augenblick fiel ihm ihr Name wieder ein. Anne Tiedjen hatte seinerzeit über die Gründung der Logistiksparte berichtet. „So ist es, Frau Tiedjen. Wenn Sie meine Version der aktuellen Lage hören wollen, folgen Sie mir bitte in mein Büro." Er winkte Rodriguez zu, der ihm durch Handzeichen bedeutete, dass er telefonieren würde. Wahrscheinlich würde er Brütt anrufen. Sollte doch der derzeitige Geschäftsführer die plötzliche Wendung bei der CuxFrisch erklären.

Mit den drei Presseleuten im Schlepptau durchquerte Evers den Bürotrakt, in dem sich gerade die Sekretärin, der Assistent des Geschäftsführers und die Damen von der Buchhaltung auf den Arbeitstag vorbereiteten, indem sie Fenster öffneten, Computer starteten und Kaffeemaschinen füllten.

In seinem kleinen Büro fanden er und die Journalisten gerade so viel Platz, dass die Besucher sich setzen konnten. Evers öffnete ein Fenster und blieb – an die Fensterbank gelehnt – stehen.

Die junge Frau stellte sich als Redakteurin der Nordsee-Zeitung und ihren Kollegen als Mitarbeiter des Sonntagsjournals vor. Dann berichtete Evers auf ihre Fragen, wie er am Morgen im Radio von der drohenden Einstellung der Fischproduktion gehört hatte, wie die Belegschaft die Nachricht aufgenommen und ihrem Unmut Luft gemacht hatte. Diese Sachinformationen ergänzte er mit einigen Beispielen, um die Notlage zu illustrieren, in die einige Familien geraten würden, wenn der Betrieb geschlossen würde. Seine Vision von einer Fortführung der Firma in eigener Regie erwähnte er nicht. Sie erschien ihm noch viel zu vage und ihre Umsetzung allzu ungewiss.

*

Nachdem Marie Janssen die Post durchgesehen und E-Mails für das Fachkommissariat abgefragt hatte, bereitete sie die Kaffeemaschine vor und vertiefte sich in die Akte, die sie sich von Röverkamps Schreibtisch geangelt hatte. Die Rechtsmediziner hatten an dem Toten aus dem Hafenbecken keinerlei Hinweise auf Gewaltanwendung gefunden. Sie wiesen aber daraufhin, dass der Zustand der Leiche durch die lange Liegezeit im Wasser nur begrenzte Rückschlüsse auf Gewalteinwirkung zuließ, es sei denn, es hätte sich um Stich- und Schussverletzungen gehandelt. Eine Verletzung der Schläfe konnte auch beim Sturz mit dem Pkw ins Hafenbecken entstanden sein.

Marie fragte sich, ob ein Mensch, der sich vorgenommen hatte, seinem Leben auf diese Weise ein Ende zu setzen, in letzter Sekunde nicht doch versuchen würde, sich aus dem Wagen zu befreien. Vor ihrem inneren Auge sah sie einen Mann, der verzweifelt versuchte, aus dem sinkenden Auto zu entkommen.

Das Klingeln des Telefons verscheuchte das Bild. Es war die Zentrale. Spaziergänger hatten den Fund einer männlichen Leiche hinter dem Dünenweg in der Nähe des Ringwalls am Ortsende von Duhnen gemeldet. Ein Streifenwagen war zur Fundstelle unterwegs. Wenn die Kollegen den Fund bestätigten, würden sie sich um den Fall kümmern müssen. Ob sie Röverkamp deswegen schon mal anrufen sollte? Vielleicht konnten sie sich gleich dort treffen. Oder sollte sie erst einmal allein hinausfahren? Die Einschätzung des Arztes zur Todesursache entgegennehmen und nötigenfalls die Kollegen vom Erkennungsdienst informieren konnte sie auch allein. Würde Konrad Röverkamp dankbar sein, wenn sie ihm die ersten Schritte abnahm? Oder würde er sich über ihren Alleingang ärgern?

Als die Bestätigung der Funkstreife eintraf, hatte Marie sich entschieden. Sie würde hinausfahren und je nach Situation am Fundort der Leiche entscheiden.

Von der morgendlichen Frische war schon nichts mehr zu spüren, als Marie auf den Platz hinter dem Dienstgebäude trat, auf dem die Polizeifahrzeuge geparkt wurden. Die Sonne stand bereits hoch und brannte stechend. Als sie die Tür des aufgeheizten Dienstwagens öffnete, schlug ihr ein Schwall heißer Luft entgegen. Sie ließ die Tür zufallen. Heute würde sie dem Steuerzahler Benzinkosten sparen und ihren eigenen Motorroller benutzen.

Unterwegs beglückwünschte sie sich zu ihrem Entschluss. Auf dem Roller war es nicht nur angenehm luftig, sie kam im dichten Verkehr auch zügiger voran. Es war Hauptsaison, und das warme Wetter hatte der Stadt und ihren Kurgebieten zusätzliche Gäste verschafft. Vom Stresemann-Platz über den Döser Feldweg bis zum Wolgast-Weg schlängelte sie sich an den Autos vor den Ampeln entlang, und überall beobachtete sie Menschen auf dem Weg zu den Stränden.

Familien mit Kindern schleppten Sandspielzeug, Kühltaschen und Badezeug in Richtung Meer. Ältere Paare trugen zusammengerollte Decken, mit denen sie wahrscheinlich ihre Strandkörbe auspolsterten. Die wenigen jungen Pärchen, die zu dieser Zeit schon zum Wasser unterwegs waren, hatten am wenigsten Gepäck: meist nur Handtücher, Handys und MP3-Player. Im Gegensatz zu ihren älteren Zeitgenossen sprachen sie nicht miteinander, sondern bewegten die Köpfe im Takt der Musik aus ihren Ohrstöpseln. Auf der Höhe des Schleusenweges in Duhnen trottete eine weit auseinander gezogene Schulklasse hinter ihren Lehrern her. Auch die Schüler hatten sich die Ohren verkabelt.

Sie wusste, dass es unvernünftig war, aber an der großen Ampelkreuzung vor dem Wolgast-Weg bog sie rechts in die Duhner Allee ein, um ihr Ziel über den Wehrbergsweg zu erreichen. Sie war länger nicht in Duhnen gewesen und wollte sich einen Blick auf die Großbaustelle vor dem Meerwasser-Wellenbad werfen. Seit Jahren mussten Anwohner und Kurgäste Lärm und Schmutz ertragen.

Der Verkehr kam schon vor dem Robert-Dohrmann-Platz zum Stillstand. So hatte sie Gelegenheit sich umzusehen. Das Gedränge auf den Gehsteigen erschien ihr beängstigend, und sie fragte sich, ob alle diese Menschen am Strand einen Platz finden würden.

Dort, wo der Parkplatz des Wellenbades gewesen war, gähnte ein großes Loch. Bauarbeiter mit bloßen Oberkörpern schaufelten Sand, schichteten Steine auf oder bedienten lärmende Maschinen. Betonmischer und andere Lastwagen rangierten in der Baustelle. Ringsum waren mehrere neue Apartment-Häuser entstanden, grelle Plakatwände priesen Ferienwohnungen an.

Marie war froh, als sie den Ortskern hinter sich gelassen und den Dünenweg erreicht hatte. Die Fundstelle war schon von weitem auszumachen. Dort, wo sich zahlreiche Neugierige versammelt hatten, mussten die Kollegen und die Leiche zu finden sein.

„Ich kann keine Anzeichen für Fremdeinwirkung feststellen." Der Arzt begrüßte Marie mit einem Kopfnicken und deutete auf einen Mann mittleren Alters in Sommerkleidung, der im Gras neben dem Weg auf der Seite lag, als hätte er sich zum Schlafen niedergelegt.

„Todeszeitpunkt?"

„Moment bitte." Nach einem Blick auf seine Armbanduhr ging der Arzt in die Hocke und zog ein Thermometer aus der hinten aufgeschlitzten Hose des Toten hervor. Während er sich aufrichtete, las er die Temperaturskala ab.

„Vor zwei bis vier Stunden. Genaueres kann ich erst nach der Obduktion ..."

Marie nickte und wandte sich an die uniformierten Kollegen: „Gibt es Hinweise zur Identität?"

Die Beamten schüttelten die Köpfe. „Nein", sagte einer. „Keine Papiere, nicht einmal eine Kurkarte. Möglicherweise hat er seine Sachen in einem Strandkorb. Oder es handelt sich um einen Einheimischen."

„Das werden wir hoffentlich bald herausbekommen." Jetzt erst trat sie näher an den Toten heran und beugte sich über ihn.

Der Mann war zwischen fünfzig und sechzig Jahre alt, schlank und wirkte gepflegt. Unter den Schuhsohlen klebte Sand, das Oberleder war frisch poliert. Die Hose schien ebenso wenig abgetragen wie das Hemd. Sein Haupthaar war etwas gelichtet und an den Schläfen grau. Eine Fliege lief über die Wange und verschwand im Ohr des Toten. Marie widerstand dem Impuls, das Tier zu verscheuchen und richtete sich auf. *Vielleicht ist er an einem Herzschlag gestorben*. Sie musste plötzlich an ihren Vater denken. Derselbe Typ, das gleiche Alter? Achtete nicht auf seine Gesundheit. Die Vorstellung, ihn womöglich eines Tages so zu sehen, erschreckte sie.

„Wer hat ihn gefunden?"

„Die drei dort drüben." Der Beamte wies auf eine Gruppe älterer Damen, die vor der Sonne in den Schatten eines nahen Buschwerks geflüchtet waren. Alle drei trugen helle Hosen, helle Sommerjacken und weiße Hüte, was sie nach Maries Erfahrung als Kurgäste auswies. „Die Personalien habe ich schon notiert", ergänzte der Uniformierte. „Die Damen wohnen im Haus Seestern und bleiben noch knapp zwei Wochen hier."

Marie rechnete nicht damit, von den Zeuginnen nennenswerte Hinweise zu bekommen. Da die Kollegen sie aber warten lassen und ihre Personalien zu Protokoll genommen hatten, wollte sie sie auch nicht kommentarlos wegschicken. Also würde sie sich ihre Geschichte anhören und sich höflich bedanken.

*

Konrad Röverkamp war in der Zwischenzeit in der Dienststelle angekommen. Marie hatte seinen Wagen auf dem Parkplatz gesehen und sich auf Vorhaltungen eingestellt. Sie hatte ein schlechtes

Gewissen, weil sie sich nicht an die Anweisung gehalten hatte, ihn zu informieren, wenn sie einen Fall auf den Tisch bekämen. Andererseits war überhaupt nicht sicher, ob der Mann vom Dünenweg einem Verbrechen zum Opfer gefallen war. Es sah im Gegenteil alles danach aus, als sei er zwar plötzlich, aber eines natürlichen Todes gestorben.

Als sie das Büro betrat, saß Röverkamp an seinem Schreibtisch, auf dem ein Umschlag und verschiedene Schriftstücke lagen. Er las jedoch nicht darin, sondern starrte nur auf die Papiere.

„Wie geht es Amelie?", fragte sie und ließ sich auf ihrem Platz nieder. Der Hauptkommissar antwortete nicht, und sie fragte sich, ob er ihretwegen so verschlossen wirkte. Hatte ihm jemand gesteckt, dass es einen Toten gegeben hatte und sie allein zur Fundstelle gefahren war?

Sie musterte ihren Kollegen. Er sah müde aus, die Augen wirkten überanstrengt und ihr fiel auf, wie sehr sich die grauen Fäden in seinem dunklen Haar und dem Backenbart vermehrt hatten. Konrad Röverkamp gehörte wie Maries Vater zu dieser gefährdeten Altersgruppe der Mittfünfziger, die zu viel arbeiteten und zu wenig auf ihre Gesundheit achteten. Sie nahm sich vor, ein ernstes Wort mit Amelie Karstens zu sprechen. Sie durfte ihn nicht zu sehr verwöhnen. Etwas weniger Alkohol und eine gesündere Ernährung würden ihm sicher guttun. Außerdem hatte er sein Bewegungsprogramm in letzter Zeit vernachlässigt. Sie sollte ihn vielleicht daran erinnern.

„Meine liebe Marie", Konrad Röverkamp sah sie mit düsterer Miene an, „wenn du schon allein zum Fundort einer Leiche oder zu einem Tatort fährst, solltest du mich wenigstens informieren."

„Entschuldige, Konrad, ich dachte ..."

„Ich hatte dich ausdrücklich darum gebeten. Ich schätze deine Arbeit, Marie. Aber ich bin für das Kommissariat verantwortlich und muss wissen, was hier läuft. Immer und in jedem Fall. Ist dir das klar?"

„Natürlich. Entschuldige bitte. Ich wollte ..."

„Einmal reicht", unterbrach sie der Hauptkommissar knurrig. „Und nun ist's gut."

Marie nickte betreten. Wie geht es Amelie ?", wiederholte sie nach einigen Sekunden Schweigens leise ihre Frage. „Hast du mit ihr sprechen können?"

Statt einer Antwort schob er die Schriftstücke auf seinem Platz zusammen und breitete sie auf Maries Schreibtisch wieder aus. Erst dann erklärte er ihr: „Sie hatte einen Schlaganfall. Und dann noch einen. Und daran ist sie gestorben."

„Gestorben?" Marie schlug die Hand vor den Mund. „Amelie Karstens ist tot? Ich kann es gar nicht ..." Sie brach ab und schob die Papiere auf dem Schreibtisch herum, ohne es zu bemerken.

Röverkamp deutete auf die Unterlagen. „Schau dir das an! Das war alles in einem großen Umschlag. Den trug sie bei sich, als sie ins Krankenhaus eingeliefert wurde."

Marie griff wahllos eines der Blätter. „Ihre Geburtsurkunde?"

„Achte auf das Datum!"

„Karstens, Amelie Johanna Friederike", las Marie halblaut vor. „Geboren am 22. März 1918 in Cuxhaven." Sie sah auf. „1918? Dann wäre sie ja ... Aber ich dachte immer, sie war achtundsiebzig. Dann hat sie ..."

„... uns um zehn Jahre beschwindelt", ergänzte Röverkamp. Ein schwaches Lächeln umspielte seinen Mund. „Schau dir die anderen Sachen auch noch an!"

Marie nahm ein Blatt nach dem anderen auf. „Mietvertrag, Sterbegeldversicherung, Adresse eines ... ihres Sohnes? Grabpflege-Vertrag mit einer Gärtnerei, Grundbucheintragung für das Haus, ein Sparvertrag über 5000 Euro, Versicherungsunterlagen, Rentenbescheid." Sie schüttelte den Kopf. „Und das hatte sie alles bei sich?" Sie nahm ein weiteres Blatt auf und stutzte. „Mein letzter Wille. Ihr Testament? Sie hatte sogar ihr Testament dabei?"

„Lies!", forderte Konrad Röverkamp seine Kollegin auf.

Marie zögerte, doch dann siegte die Neugier. Mit zunehmender Verblüffung entzifferte sie den in kleinen gestochenen Buchstaben niedergelegten letzten Willen von Amelie Johanna Friederike Karstens.

*

Evers war müde und hungrig. Der Tag war voller Hektik gewesen. Nach den Presseleuten waren Radioreporter aufgetaucht, denen er dasselbe erzählt hatte wie ihren Kollegen von der Zeitung. Dann hatte er mit dem Geschäftsführer die Lage erörtert. Weil die Banken die notwendigen Kredite verweigerten, würden sich die Verluste aus der Fischverarbeitung nicht auffangen lassen, ohne das ganze Unternehmen zu gefährden. Gemeinsam hatten sie schließlich mit Behrendsen telefoniert. Das Schicksal der Mitarbeiter schien ihn nicht besonders zu berühren. Die Logistik-Sparte würde allemal genug abwerfen, um ihm seinen Lebensstil weiterhin zu garantieren. Bei den Banken hatte Evers keinen Verantwortlichen erreicht.

Wie nebenbei erledigte er die alltägliche Arbeit. Ein Tiefkühlschiff war aus Nordamerika eingetroffen und musste entladen werden. Angesichts der hohen Außentemperatur sorgte er dafür, dass die Vorhalle gekühlt und die Temperatur im Lagerhaus noch weiter heruntergefahren wurde. Gleichzeitig waren ein halbes Dutzend Lkw-Transporte abzufertigen gewesen. Evers hatte zwischendurch im Sekretariat den einen oder anderen Kaffee hinuntergestürzt, aber keine Zeit für einen Imbiss gefunden.

Inzwischen war Feierabend, die Sekretärinnen hatten ihre Schreibtische aufgeräumt, und auf dem Gelände war Ruhe eingekehrt, nachdem der Frachter den Liegeplatz verlassen hatte. Und er hatte noch immer nicht die eingelagerte Ware kontrolliert.

Evers seufzte, kramte in seiner Schreibtischschublade nach einem Schokoriegel, sein vorläufiges Abendbrot. Aus dem Ablagekorb zog er den Ausdruck für die Wareneingangskontrolle und verließ kauend das Büro. Normalerweise zog er einen gefütterten Parka über, wenn er sich länger als ein paar Minuten in der Kälte des Tiefkühllagers aufhielt. Aber ihm war warm von der Hitze und vom Trubel des Tages, und er nahm sich vor, die Kontrolle nicht allzu sehr auszudehnen. Gerade so lange, wie es in der Kälte auszuhalten war. Er würde eine Handvoll Stichproben nehmen und die Zahlen von fünfzehn oder zwanzig Kartons mit denen auf seiner Liste vergleichen. Dafür würde es reichen. Und dann würde er den Abend auf der Terrasse des Restaurants „Am Pier" an der „Alten Liebe" mit einem Rib-Eye-Steak und einem Jever Pils beschließen. Beim Bier durfte es auch etwas mehr sein.

Flackernd entflammten die Leuchtstoffröhren, als er die Kühlhalle betrat und den Lichtschalter betätigte. In der ersten Sekunde nahm ihm die Kälte fast den Atem. Heute empfand er den Unterschied zwischen der Wärme in den aufgeheizten Büros und der trockenen Kaltluft als besonders krass. Gut und gerne fünfzig Grad Temperaturunterschied versetzten allen Sinnen einen Schlag.

Evers beeilte sich, in den Abschnitt mit den neu eingelagerten Produkten zu kommen. Die Halle war nahezu vollständig gefüllt. In den haushohen beweglichen Regalsystemen waren die Paletten bis unter die Decke gestapelt. Tausende Kartons waren systematisch geordnet in den Regalen abgelegt. Sie unterschieden sich lediglich durch minimale Varianten in den Strichcodes. Auf jedem Paket war die Partie vermerkt, zu der es gehörte, die Bezeichnung seines Inhalts und eine entsprechende Nummer. Evers begann, die Beschriftungen einiger für ihn erreichbarer Pakete mit den Angaben auf seinen Listen zu vergleichen. Zufrieden hakte er etliche Zahlenfolgen ab. Dann zog er einen Karton von einer der untersten Paletten und trug ihn zu einem Tisch. Mit dem Teppichmesser, das dort bereitlag, schnitt er die Verpackung auf. Der Inhalt entsprach der Aufschrift: Rohe Garnelen ohne Kopf. Und sie sahen so aus, wie sie aussehen sollten. Kein Eis, kein Reif, keine Spuren unsachgemäßer Lagerung.

Er ließ den offenen Karton liegen und lief zum Ende des Hochregals. Um eine weitere Stichprobe aus einem anderen Bereich nehmen zu können, musste er das Regal ein Stück zur Seite fahren. Damit der Platz in der Kühlhalle optimal genutzt werden konnte, konnten die Regale verschoben werden. Für die Lagerung standen sie dicht aneinander, zum Be- und Entladen wurden sie elektrisch bewegt, so dass ein Zugang entstand.

Als Evers die Hand nach dem Schalter ausstreckte, hörte er ein dumpfes Geräusch. Als wenn eine Tür zufiel. Sollte außer ihm noch jemand in der Halle sein? Rasch umrundete er das Regal und musterte das andere Ende des Ganges, an dessen Ende sich die Eingangstür befand.

Da sich dort nichts rührte, kehrte er achselzuckend zur Schalttafel zurück. Auf Knopfdruck begann sich das gewaltige Regalsystem mit seinen unzähligen Paletten und den darauf gestapelten Kartons seitwärts zu bewegen. Evers stoppte die Motoren, als ein gut schulterbreiter Gang entstanden war, lief hinein und zog ein weiteres Paket hervor.

In diesem Augenblick setzte sich das Regal in Bewegung.

Evers erstarrte, dann rannte er los. Er rannte um sein Leben. Wenn er das Ende des Ganges nicht rechtzeitig erreichte, würde er zwischen den Paletten zerquetscht werden. Während das Regal brummend näher kam, wurden die Sekunden zu Minuten. Etwas hielt ihn zurück. Er riss sich los. Sein Hemd war an einer vorstehenden Palette hängen geblieben. Nur wenige Schritte trennten ihn vom rettenden Quergang. Schon spürte er die Paletten an den Schultern. Mit einem einzigen großen Satz warf er sich vorwärts. Sein Hosenbein verhakte sich, riss, löste sich zu spät. Evers schlug der Länge nach hin. Aber sein Oberkörper war frei. Als das Regal zum Stillstand kam, klemmten nur noch seine Unterschenkel und die Füße zwischen zwei Paletten. Ein stechender Schmerz durchzuckte sein linkes Fußgelenk. Und er spürte die Eiseskälte des Hallenbodens durch Hemd und Hose.

Erneut drang ein dumpfes Geräusch an seine Ohren, das er jedoch nicht zuordnen konnte. Evers fühlte Panik in sich aufsteigen und zwang sich zur Ruhe. Vorsichtig zog er das rechte Bein aus der Umklammerung und versuchte, auch das Linke zu bewegen. Der Schmerz wurde unerträglich. Anscheinend klemmte der Schuh zwischen zwei Palettenkanten fest.

Mit zusammengebissenen Zähnen richtete er den Oberkörper auf und schob sich näher an sein gefangenes Bein heran. Unter Anstrengung erreichte er den eingeklemmten Schuh und löste die Schnürbänder. Dann zog er den Fuß vorsichtig heraus. Der Schmerz trieb ihm Tränen in die Augen, und er spürte, wie sie in den Augenwinkeln zu Eis gefroren. Ein Blick auf die Armbanduhr zeigte ihm, dass er die Kühlhalle verlassen sollte. Die eisige

Luft biss von allen Seiten zu. Aus Ohren, Fingerspitzen und Zehen begann das Blut zu weichen, die Gesichtshaut spannte und sein bestrumpfter Fuß fühlte sich an wie vereist. Sogar der Schmerz im Sprunggelenk ließ nach.

Jetzt wird's aber Zeit. Bin schon viel zu lange in der Kälte.

Den linken Fuß möglichst schonend aufsetzend, humpelte er in Richtung Ausgang. Noch nie war Evers der Aufenthalt in sommerlicher Hitze so erstrebenswert erschienen.

Der Türgriff hakte, er drückte ihn erneut, legte mehr Kraft auf den Hebel. Ohne Erfolg. Verständnislos starrte er auf die Tür. Wütend riss er ein weiteres Mal an der überdimensionalen Klinke, setzte das Gewicht seines Oberkörpers ein, um sie zu bewegen. Vergebens.

Der Notausgang! Ich muss den Notausgang benutzen.

So schnell es sein schmerzender Fuß zuließ, hastete er durch die Halle. Auf der gegenüberliegenden Seite gab es eine Notfalltür, die sich nur von innen öffnen ließ. Mit beiden Händen ergriff er den Öffnungshebel. Aber auch dieser bewegte sich nicht.

Beide Ausgänge blockiert. Das kann doch kein Zufall sein. Will mich jemand umbringen?

Zitternd tasteten seine Finger nach dem Handy. Ein Kollege musste ihn von außen befreien. Doch das Mobiltelefon steckte nicht an seinem Platz. Er hatte es auf dem Schreibtisch liegen gelassen.

Evers spürte, wie eine Faust seinen Magen zusammendrückte. Ihm wurde übel und schwindelig. Seine Knie gaben nach, und er sank auf den eisigen Boden.

4

Sie hatte sich umgezogen. Statt Hose und Pullover trug sie nun eine schulterfreie schwarze Bluse und einen sehr kurzen roten Rock. Dazu rote Schuhe mit hohen Absätzen. Die Haare hatte sie hochgesteckt.

In dieser Kleidung und mit dieser Frisur ähnelte sie Olivia Newton-John in „Grease". Jan hatte das Plakat des neuen Films in einer Zeitschrift gesehen, seitdem fieberte er dem Filmstart in Deutschland entgegen. Der Anblick, den die Tochter des Landwirts bot, während sie Gläser nachfüllte und belegte Brötchen bereitstellte, elektrisierte seine Sinne und versetzte sie in kaum gedämpfte Schwingungen. Je weiter der Abend fortschritt, desto öfter hatte er Gelegenheit, einen Blick in den Ausschnitt ihrer Bluse zu werfen. Sie trug keinen Büstenhalter, und sie bewegte sich auf eine unbekümmerte und ungezwungene Weise, die ihm arglos und frivol zugleich erschien.

Immer wenn er die Karten ausgegeben hatte und eine Runde aussetzte, beobachtete er sie unauffällig. Ihm war, als gingen Signale von ihr aus, die für ihn bestimmt waren. Und keiner in der Runde schien etwas zu bemerken. Der Vater hatte missbilligend das Gesicht verzogen, als sie aufgetaucht war, sich dann aber auf das Spiel konzentriert. Seine Tochter schien er nur noch als Bedienung wahrzunehmen, die dafür zu sorgen hatte, dass Bier und Brötchen nicht ausgingen. Sven und Hendrik hatten sie zwar bewundernd angestarrt, als sie das Zimmer betreten hatte, dann aber auch nur noch Augen für ihre Skatkarten gehabt. Sie betrieben das Spiel mit wachsender Leidenschaft und reizten damit den Ehrgeiz des Bauern, der die Herausforderung sichtlich genoss.

Susanne fand zunehmend Gefallen an der Situation. Schon bei der Begrüßung war ihr aufgefallen, dass die jungen Männer sie bewundernd gemustert hatten. Ein lange nicht erlebtes Gefühl der Spannung hatte sich ihrer bemächtigt. Und sie verspürte den Drang, ihre Wirkung auf die späten Gäste zu erproben.

An den Sohn von Vaters Bekannten hatte sie eine vage Erinnerung. Doch die musste aus einer Zeit stammen, in der sie sich noch nicht für Jungen interessiert hatte. Oder aus jener Phase, in der sie die Jungmänner vom Lande generell abgelehnt hatte. Sven war zu einem attraktiven Mann herangewachsen, aber noch besser gefiel ihr Jan und sie fragte sich, ob es ihr gelingen würde, ihn aus der Fassung zu bringen. Obwohl er versuchte, sich nichts anmerken zu lassen, hatte sie sein Interesse bemerkt. Er gehörte nicht zu den Typen, die sie mit den Augen auszogen, aber sein mühsam verstecktes Begehren war nicht zu übersehen. Wahrscheinlich würden weder er noch die beiden anderen es wagen, sich offen für sie zu interessieren. Sie waren kaum älter als achtzehn und wirkten irgendwie hilflos. Und genau das war es, was Susanne reizte. In Hamburg und an der Uni in München hatte sie erlebt, wie Männer ihr ohne Umschweife eindeutige Angebote gemacht hatten. Vom Kommilitonen bis zum Professor. Selbst als sie längst mit Frank zusammen war. Nicht alle Angebote hatte sie ausgeschlagen. Aber nie war es zu mehr als einer gemeinsamen Nacht gekommen. Frank dagegen ...

Sie schob den Gedanken beiseite und beobachtete verstohlen die jungen Männer. Im Gegensatz zu ihren Münchener Bekanntschaften schienen diese Jungen männliche Jungfrauen zu sein, die ihre Kräfte ausschließlich beim Sport ausließen. Die Vorstellung, den einen oder anderen zumindest vorübergehend um den Verstand zu bringen, reizte sie auf eine schon lange nicht mehr empfundene Weise.

*

Swantje Bohm starrte abwechselnd auf das Telefon im Flur und das Radio im Wohnzimmer. Nach dem Anruf von Svens Mutter hatte sie den Empfänger eingeschaltet und wartete mit wachsender Unruhe auf die Nachrichten. Zwischendurch stand sie auf, sah nach ihrem kleinen Sohn und ging zum Fenster, um das Schneetreiben zu beobachten. Es erschien ihr undurchdringlich, und der Wind drückte so heftig gegen die Scheiben, dass eisige Luft durch die Ritzen drang.

Sie würden später kommen. Hatten den Wagen stehen lassen müssen und waren zu Fuß durch Schnee und Eis zu einem Bauernhof gewandert. Also würde Erik erst morgen kommen. Seit er bei der Bundeswehr war, musste sie während der Woche die Nächte ohne ihn verbringen. Das war ihr anfangs schwergefallen. Sie hatte sich jedoch daran gewöhnt, in das leere Bett zurückzukehren, wenn das Baby sich in der Nacht bemerkbar gemacht und sie es versorgt hatte. Jetzt aber war sie wegen Eriks Ausbleiben aufgrund des andauernden Schneefalls beunruhigt.

Als die Nachrichtensendung begann, blieb sie vor dem Radio stehen und neigte den Kopf.

> „Die Schneekatastrophe hat in Norddeutschland erste Todesopfer gefordert. Im Landkreis Cuxhaven erfror ein Mann bei dem Versuch, Verwandte in einem Nachbarort zu Fuß zu erreichen. Im Bereich des Altkreises Wesermünde wurde eine Frau erfroren in ihrem Auto gefunden. Der Verkehr ist in weiten Teilen des nördlichen Niedersachsens zum Erliegen gekommen. Für die Landkreise Cuxhaven, Osterholz, Wesermarsch und Stade wurde ein Fahrverbot erlassen. Die Räumfahrzeuge der Straßenmeistereien sind den Schneemengen nicht mehr gewachsen. Deshalb werden jetzt auch Bergepanzer der Bundeswehr eingesetzt. Vielfach macht jedoch der nicht abflauende Sturm alle Bemühungen zunichte, weil die geräumten Straßen durch Schneeverwehungen in kürzester Zeit wieder unpassierbar werden. Wie in Schleswig-Holstein ..."

Wenn es weiter so schneit, können sie morgen vielleicht gar nicht weiterfahren. Die Vorstellung, dass Erik und seine Freunde es vielleicht gar nicht schaffen würden, Cuxhaven an diesem Wochenende zu erreichen, erschien ihr unvorstellbar und war doch so nahe liegend.

*

Erik hatte es aufgegeben, die Scheiben vom Schnee zu befreien. In immer kürzeren Abständen hatte der Wind die Fenster des Wagens mit Schneekristallen zugeweht. Das Gebläse kam ohnehin kaum noch gegen die Kälte an. Zuerst hatte er den Motor alle zehn Minuten gestartet und fünf Minuten lang laufen lassen, um ein bisschen Wärme ins Innere zu bekommen. Inzwischen lag die Nadel der Tankanzeige fast auf der Null. Wenn er den Parkplatz irgendwann mit eigener Kraft verlassen wollte, durfte er kein Benzin mehr verschwenden. Statt mit der Wagenheizung Wärme zu erzeugen, hatte er begonnen, herumzulaufen. Der Schnee hatte inzwischen fast Hüfthöhe erreicht, und er konnte sich nur noch ein kleines Stück auf dem Trampelpfad seiner eigenen Spur bewegen. Den Wagen musste er über die Beifahrertür verlassen, auf der Fahrerseite hatte der Wind den Schnee bis zu den Fensterscheiben angehäuft. Und dieser Wind hatte von Stunde zu Stunde an Kraft zugenommen. Die Kälte biss in Nase und Ohren, ließ die Augen tränen und kroch über Hände und Füße in den Körper.

Verzweifelt starrte Erik in das Schneetreiben. Doch um ihn herum war nichts zu erkennen. Die Fahrbahn konnte nicht weiter als dreißig oder vierzig Meter entfernt sein. Dennoch war es unmöglich, sie zu erreichen. Und wenn – könnte er dort Hilfe finden?

Es wäre wohl doch besser gewesen, mit den Kameraden über Land zu marschieren. Wahrscheinlich saßen sie längst in der warmen Stube und schlürften heißen Tee. Vielleicht sogar Grog.

Die Vorstellung trieb ihm Tränen in die Augen. Füße und Hände spürte er kaum noch, und plötzlich erinnerte er sich an Erzählungen seines Vaters vom Russlandfeldzug. Wie ihm die Zehen abgenommen werden mussten, weil sie erfroren waren. Wie Soldaten im Schlaf erfroren waren. Wie Männer in plötzliche Euphorie ausgebrochen, sich in den Tiefschnee gestürzt und für immer verschwunden waren. Das war in fernen russischen Einöden geschehen. Sollte er hier, inmitten eines zivilisierten Landstriches, am Rande einer Verkehrsader, erfrieren?

Zum Teufel mit dem Benzin. Morgen, wenn die Straßen wieder frei sind, holen sie mich ab. Und bestimmt haben sie einen Kanister dabei. Das Auto war seine Zuflucht und seine Rettung. Er würde den Motor anlassen und das Gebläse einschalten. Das Wageninnere richtig aufheizen. Wenigstens für ein paar Minuten. Plötzlich erschien ihm nichts erstrebenswerter, als seine Hände am Luftstrom der Heizung zu wärmen. Mühsam kämpfte er sich durch den immer schmaler werdenden Pfad zu seinem Renault 4 zurück. Es dauerte eine Weile bis es ihm gelang, die Tür zu öffnen, denn seine Finger versagten ihm den Dienst. Er brauchte schließlich beide Hände, um den Knopf hineinzudrücken, der das Schloss entriegelte, und musste seine ganze Kraft aufwenden, um die festgefrorene Tür aufzureißen. Als er schließlich hinter dem Lenkrad saß und den Zündschlüssel zu fassen bekam, fehlte ihm die Kraft, ihn zu bewegen.

Er behauchte seine Finger, nahm die linke Hand zu Hilfe und konnte endlich den Schlüssel drehen. Der Anlasser gab einen Seufzer von sich, dann war Stille. Verzweifelt drehte er erneut. Diesmal rührte sich gar nichts mehr.

Erik ließ den Kopf auf das Lenkrad sinken. Er fühlte sich verlockend müde. Wie gern hätte er sich in einen gnädigen Schlaf fallen lassen – um irgendwann aufzuwachen und festzustellen, dass alles nur ein Albtraum gewesen war. Aber einschlafen durfte er nicht, zu groß war die Gefahr, im Schlaf zu erfrieren. Wie jene Soldaten in Russland, von denen sein Vater erzählt hatte.

Aber wie sollte er sich wach halten? Wieder hinaus in den eisigen Wind? Im Auto zog es nun nicht mehr, auf der Windseite war der Schnee inzwischen bis zum Dach angeweht worden. Ob die Batterie noch genug Strom für das Radio lieferte?

Er drehte den Einschaltknopf. Zu seiner Überraschung leuchtete das Skalenlicht mit leichter Verzögerung auf. Und dann hörte er den Nachrichtensprecher von Bremen eins.

„Wie in Schleswig-Holstein sind auch in unserem Sendegebiet zahlreiche Ortschaften von der Außenwelt abgeschnitten. Vielfach wurden Telefonverbindungen unterbrochen, weil Leitungen durch die Schneemassen beschädigt wurden. – In der Nähe von Bremerhaven musste eine Hebamme, die zu einer bevorstehenden Geburt gerufen worden war, unverrichteter Dinge umkehren, weil die Straßen unpassierbar waren. Auch der alarmierte Notarztwagen konnte das Ziel nicht erreichen. Die Mutter brachte unterdessen einen gesunden Jungen mit Hilfe einer Nachbarin zur Welt. – Der Transitverkehr nach Berlin wird durch die Witterung erheblich behindert. Während in der DDR Einsatzkräfte der Volksarmee gegen die Schneemassen kämpfen, wird in der geteilten Stadt ..."

Die letzten Sätze erreichten seine Ohren, drangen aber nicht bis in sein Bewusstsein vor. In Gedanken erlebte er die Geburt seines eigenen Kindes. Es war noch nicht lange her. Ein halbes Jahr vielleicht. Swantje war froh gewesen, als die Schwangerschaft zu Ende ging. Die Sommerhitze hatte ihr zu schaffen gemacht. Als die Wehen einsetzten, waren sie mit der vorbereiteten Tasche ins Krankenhaus gefahren. „Ein gesunder Junge", hatte die Schwester gesagt. „Herzlichen Glückwunsch, Herr Bohm."

Es war nicht geplant gewesen. In aller Eile hatten sie geheiratet. Die Eltern hatten ihnen eine kleine Wohnung eingerichtet. Und sie unterstützten Swantje, solange er bei der Bundeswehr war. Es war nicht einfach, aber sie waren glücklich. Auch wenn der kleine Daniel seine Mutter stärker in Anspruch nahm, als es ihm lieb war.

Erik schloss die Augen, sah, wie Swantje den Kleinen stillte, wanderte mit seinem Sohn im Arm durch die Wohnung, beobachtete, wie er schließlich einschlief.

Aus dem Autoradio erklangen die Stimmen von Boney M.: „By the rivers of Babylon, there we sat down ye-eah we wept, when we remembered Zion ..." Der Sommerhit des Jahres. Obwohl Swantje hochschwanger war, hatten sie versucht zu tanzen. Er sah ihr Gesicht. Dann sah er sie im Hochzeitskleid in der Frühlingssonne. Damals konnte man noch nichts erkennen.

Die Klänge aus dem Radio wurden leiser und verebbten schließlich ganz.

Nichts erkennen ... nichts ... Die Bilder zerflossen, verflüchtigten sich, verschwanden ganz und hinterließen nichts als Dunkelheit.

Im Traum kehrten sie noch einmal zurück. Er streckte die Hand nach Swantje aus, konnte sie aber nicht erreichen, denn Füße und Hände gehorchten ihm nicht. Als sie sich entfernte, begann er zu fliegen, und er wunderte sich, wieso er zuvor nichts von dieser Fähigkeit geahnt hatte. Aus der Luft erkannte er die Straßenzüge von Altenwalde, lenkte seine Bewegung in Richtung Finkenbarg. Dort hatten sie sich immer getroffen. Swantje würde am Kapellenweg auf ihn warten. Aber seine Flugbahn beschrieb einen Bogen in Richtung Himmel. Unbekannte Kräfte leiteten ihn weiter und weiter ins All. Unter ihm verschwand die Erde. Schließlich stürzte er in die unendliche Tiefe des Universums. Eisige Kälte umfing ihn, drang in ihn ein und floss durch ihn hindurch. Am Ende seiner Flugbahn erschien ein Licht, das rasch größer und heller wurde. Erik wusste plötzlich, dass dieses Licht sein Ziel sein würde.

*

Clasens Wohnstube war eingerichtet, wie man es sich bei einem wohlhabenden Landwirt vorstellt. Altmodisch, aber gediegen. Ein großer Wohnzimmerschrank mit dunkel verglasten Türen, gegenüber die Anrichte mit einer alten Tischuhr. Die Polstergarnitur in Brokat fehlte ebenso wenig wie der Fernseher in der Zimmerecke. Eine Standuhr schlug neun mal, als sie sich auf ihren Plätzen niedergelassen hatten. Dazu ließ die Uhr auf dem Büffet ein helles Glockenspiel erklingen. Sie saßen an einem runden Tisch, der wahrscheinlich der Familie an Sonn- und Feiertagen zum Essen diente und heute für die Skatrunde vorbereitet worden war.

Schon bald war die Luft angefüllt mit Zigarettenrauch, Bierdunst und den Kommentaren der Skatspieler. Zu Beginn der Partie hatte der Bauer verloren. Aber jetzt holte er auf. Drei Runden in Folge hatte er hoch gewonnen. Vor seinem Platz stapelten sich Türme aus Pfennigen, Fünfern und Groschen.

Susanne sorgte für Salzstangen und Getränke. Sie blieb mal hinter dem einen, mal hinter dem anderen Spieler stehen und schaute ihm über die Schulter ins Blatt. Dabei stützte sie sich auf der Stuhllehne ab, wobei ihr Haar oder ihre Hand, gelegentlich auch ihr Busen, die Schultern der Gäste streifte und ein Hauch ihres Parfüms ihre Nasen umwehte. Die zunehmenden Gewinne ihres Vaters hatten wohl auch mit der abnehmenden Konzentration der anderen Mitspieler zu tun.

Als die Uhren elf schlugen, wies Clasen mit dem Daumen über die Schulter. „Für mich wird's Zeit. Muss morgen früh raus. Melken, füttern und so weiter. Ihr könnt ja ohne mich weitermachen. In eurem Alter habe ich manchmal ... Na ja. Man soll ja kein schlechtes Vorbild sein. Also gute Nacht, Jungs." An der Tür drehte er sich noch einmal um und deutete auf die Münzen an seinem Platz. „Den Gewinn könnt ihr euch teilen. Will euch nichts von eurem kargen Sold wegnehmen."

Hendrik und seine Freunde hoben die Gläser. „Danke, Herr Clasen!"

Und Sven fügte hinzu: „Auch fürs Telefonieren und die Übernachtung. Das ist wirklich sehr freundlich von Ihnen."

Der Bauer winkte ab und verschwand durch die Tür.

„Wer gibt?" Jan ließ den Kartenstapel durch seine Finger laufen.

Hendrik lehnte sich zurück und sah Susanne an. „Wie wär's? Hast Du Lust?"

Statt einer Antwort zog sie eine Tür des altdeutschen Wohnzimmerschrankes auf. Dahinter kam eine moderne Stereoanlage zum Vorschein. Susanne lächelte vieldeutig. „Lust hätte ich schon. Aber nicht auf Karten."

„Alle Achtung!" Hendrik war aufgesprungen. „Grundig Kompaktanlage Studio 3000. Ihr seid ja gut ausgestattet. Meine Alten haben immer noch diese Musiktruhe, die sie gekauft haben, als ..., jedenfalls ist die älter als ich. Eine *Saba Bodensee sonorama.* Klingt zwar noch ganz gut. Aber das hier ist doch was anderes. Seht mal, mit Kassetten-Tonband."

Sven und Jan hatten sich erhoben und bestaunten das moderne Gerät. Susanne klappte den transparenten Kunststoffdeckel hoch, zog eine Schallplatte aus dem Fach unter der Anlage und hielt sie hoch. „Wie wär's? Und wie wär's damit?"

Jan hob unsicher die Schultern, Sven reckte den Hals, um den Titel auf der Platte zu erkennen. Hendrik reagierte als erster. „Na klar! Leg auf!"

Susanne ließ die schwarze Scheibe auf den Plattenteller fallen und drückte einen Knopf. Zuerst war nur das Kratzen der Nadel zu hören, dann ertönten die ersten Takte. Baccara. Susanne bewegte ihre Hüften im Rhythmus des Liedes, dann fiel sie ein: "Sorry I'm a lady, sorry I'm a lady, I would rather be, rather be – just a little shady, just a little shady ..." Tänzelnd hangelte sie sich eine Zigarette aus einer Packung auf dem Spieltisch, steckte sie zwischen die Lippen und sang wieder mit: „Have you got a light, got a light for me tonight?"

Hendrik zog sein Feuerzeug aus der Tasche und ließ es aufschnappen. Susanne hielt für Sekunden seine Hand fest und entzündete ihre Zigarette an der Flamme. Sie inhalierte und blies den Rauch über die Köpfe der drei Jungen hinweg. „Ich meinte tanzen. Habt ihr nicht Lust zu tanzen?"

Ohne eine Antwort abzuwarten, legte sie einen Arm um Hendrik und drängte ihn von der Musikanlage fort zur freien Fläche vor dem Tisch. Hendrik versuchte, ihren Bewegungen zu folgen. Zuerst schien er gehemmt, doch dann ging er zunehmend aus sich heraus und passte seine Bewegungen denen seiner Partnerin an. Jan und Sven beobachteten die Szene mit einer Mischung aus Unsicherheit, Staunen und Bewunderung. Jan putzte aus Verlegenheit seine Brille mit dem Taschentuch, setzte sie aber rasch wieder auf, als Susanne sich gegen Hendriks Körper drückte und mit den Hüften laszive Bewegungen vollführte. Plötzlich stieß sie sich von ihm ab und bewegte sich im Takt der Musik auf die Beobachter zu. Im nächsten Augenblick wirbelte sie mit Sven und Hendrik über das Parkett der Wohnstube. Als die Musik erstarb, hielt sie beide Tanzpartner eng umschlungen und rief Jan zu: „Leg mal die nächste Platte auf!"

Mit fliegenden Händen wechselte Jan die schwarzen Scheiben, ohne auf den Titel zu achten. Wieder erklangen die Stimmen von Baccara: „Mister, your eyes are full of hesitation ..."

Susanne sang mit: „Yes Sir, I can boogie, but I need a certain song. I can boogie, boogie woogie all night long.“ Sie lachte erneut. „Wisst ihr, was damit gemeint ist?“

„Keine Ahnung“, riefen Hendrik und Sven wie aus einem Munde und bewegten Hüften und Schultern im Rhythmus der Musik. „Irgendwas mit tanzen“, fügte Sven hinzu, und Hendrik nickte. „Boogie-Woogie eben.“ Jan glaubte plötzlich zu wissen, was Susanne meinte, schob den unaussprechlichen Gedanken jedoch beiseite und hob die Schultern. Hastig griff er zu seinem Bier und leerte das Glas in einem Zug.

Die Musik brach ab, die Tänzer standen – etwas außer Atem – wieder neben ihm und leerten ebenfalls ihre Gläser.

„Zur Abwechslung jetzt mal was Langsames.“ Susanne durchsuchte den Schallplattenstapel. „Hier. Peter Maffay.“ Kichernd bediente sie den Plattenspieler. „Meine Mutter findet das Lied unanständig.“ Als sich die Scheibe drehte, wurde sie ernst und sah Jan in die Augen. „Und jetzt tanzen *wir*.“

Sie zog ihn an sich, umfasste seine Taille und begann sich in den Hüften zu wiegen. Jan blieb nichts anderes übrig, als ihren Bewegungen zu folgen.

„Es war ein schöner Tag, der letzte im August. Die Sonne brannte so, als hätte sie's gewusst. Die Luft war flirrend heiß und um allein zu sein, sagte ich den andern: Ich hab' heut keine Zeit. Dann traf ich sie und sah in ihre Augen. Und irgendwie hatt' ich das Gefühl, als winkte sie mir zu und schien zu sagen: Komm setz dich zu mir.“

Jan versuchte, sich auf die Stimme des Sängers zu konzentrieren, aber die Nähe des weiblichen Körpers – vielleicht auch der Alkohol und die aufgeladene Atmosphäre – benebelten seine Sinne. Als Susanne ihre Wange an seine schmiegte und mit den Lippen sein Ohr berührte, durchlief ihn ein wohliger Schauer. In diesem Augenblick erschien es ihm folgerichtig, dass er ihre Lippen und ihre Zunge plötzlich auf seinen Lippen spürte. Er öffnete den Mund.

Sein Körper reagierte rasch. Susanne lächelte hintergründig. „Oh“, flüsterte sie, „du fühlst dich nach mehr an.“

5

Irgendwann zwang ihn die Kälte aus dem Beton, sich aufzurichten. Heftig atmend sah er sich um. Er musste es schaffen, die Tür aufzubrechen. Sein Blick fiel auf den Gabelstapler. Der Gabelstapler würde ihn retten. So oder so. Die Fahrerkabine war beheizbar, darin konnte er ein paar Stunden aushalten. Vielleicht ließ sich das Rolltor ein wenig anheben. Zur Not musste es dran glauben. Er würde einen Stapel Paletten auf die Gabeln nehmen und das Tor durchbrechen.

Evers hastete, so schnell es sein schmerzender Fuß zuließ, erneut durch den Raum, erreichte das Fahrzeug, riss die Tür auf und schwang sich hinein. Sein Griff zum Zündschloss ging jedoch ins Leere. Jemand hatte den Schlüssel abgezogen. Wütend schlug er auf das Lenkrad ein.

Mit der Verzweiflung kam die Angst. Wie lange konnte ein Mensch bei minus fünfundzwanzig Grad durchhalten? Füße und Hände waren kaum noch zu spüren, mit jedem Atemzug kühlte sein Körper weiter aus.

Ich muss mich bewegen, anstrengen. Wärme produzieren.

Evers verließ die Kanzel des Gabelstaplers und humpelte zurück zum Eingang. Er würde mit irgendetwas gegen die Tür donnern. Notfalls mit Garnelenkartons. Vielleicht hörte draußen jemand das Geräusch.

Draußen. Unvorstellbar, wie warm es dort war. Mindestens achtundzwanzig Grad. Zwischen der Eishölle und dem Paradies befand sich nur eine Wand aus Stahl.

Der Versuch, einen der Kartons aus dem Regal zu ziehen, trieb ihm die Tränen in die Augen. Seinen klammen Fingern gelang es nur mit Mühe, die Packung zu bewegen. Und er wusste, dass er keine Chance hatte, sie derart kraftvoll gegen die Tür zu werfen, dass er dadurch Aufmerksamkeit erregen würde. Er zerrte sie so weit hervor, dass sie auf seine Unterarme rutschte. Mit mäßigem Schwung beförderte er sie gegen das Blech. Mehr als einen gedämpften dumpfen Ton ergab das nicht. Aber Evers spürte die

Wärme, die von der Anstrengung ausging. Rasch zog er einen weiteren Karton aus dem Regal und warf ihn ebenfalls gegen die Tür. Dann den nächsten. Er arbeitete wie von Sinnen, um die Muskeln in Bewegung zu halten.

*

Von der Redaktionskonferenz hatte Felix Dorn grünes Licht bekommen. Das Ende des alteingesessenen Betriebes CuxFrisch würde morgen die erste Lokalseite beherrschen. Daraufhin hatte er mit dem Geschäftsführer Brütt, mit Firmeninhaber Behrendsen und mit der Bank telefoniert, aber wenig Erhellendes in Erfahrung gebracht. Weil Politiker in solchen Fällen erfahrungsgemäß gesprächiger waren, hatte er auch den Oberbürgermeister und den Landtagsabgeordneten Ostendorff angerufen. Der OB war unerwartet zurückhaltend gewesen, so dass Dorn ihm nicht mehr als die üblichen Worte hatte entlocken können, die das Stadtoberhaupt bei Werksschließungen für die Öffentlichkeit bereithielt. Dafür war Ostendorff um so auskunftsfreudiger gewesen. Zwar hatte auch er zur Schließung des Fisch verarbeitenden Betriebes nur ein paar Allgemeinplätze über das unternehmerische Risiko parat, sich aber dann zu einer Andeutung hinreißen lassen, dass demnächst in Cuxhaven durch einen Bremerhavener Investor neue Arbeitsplätze geschaffen werden könnten.

Weil er mit seiner Kollegin Anne Tietjen von der Nordseezeitung gelegentlich Informationen austauschte, hatte er sie angerufen und ihr von der Andeutung des Abgeordneten berichtet. Anne stellte genau die Frage, mit der er sich gerade beschäftigte: „Hat Ostendorff konkrete Zusagen für seine frohe Botschaft in der Hand?"

„Das habe ich ihn natürlich auch gefragt. Ich hatte das Gefühl, dass er mehr weiß, als er mir verraten hat. Aber natürlich gibt so einer seine Quellen ebenso wenig preis wie wir. Jedenfalls rechnet er fest mit der Ansiedlung eines Stahlbauzentrums in Cuxhaven. Wenn das Unternehmen in die Produktion von Fundamenten und Turmsektionen für Offshore-Windparks investiert, will er sich dafür einsetzen, dass das Land planungstechnisch und finanziell mitzieht. Angeblich steht der Wirtschaftsminister dem Projekt positiv gegenüber."

„Klingt noch ziemlich vage", wandte Anne ein.

„Das habe ich ihm auch vorgehalten."

„Und?"

„Er meinte, ich könnte seinem politischen Instinkt vertrauen. Aus Vorgesprächen mit unserem OB entnimmt er, dass sich alle Beteiligten ausnahmsweise einmal einig sind. Demnächst wird ein öffentliches oder wenigstens halböffentliches Hearing beim nautischen Verein stattfinden, auf dem Einzelheiten präsentiert werden sollen."

„Na gut. Warten wir's ab."

„Ich werde natürlich nicht warten, Anne, sondern schon mal ein paar Details erkunden. Vielleicht kannst du dich auch mal umhören. Wenn die CuxFrisch tatsächlich den Bach runtergeht, wären neue Arbeitsplätze nicht nur gut für Cuxhaven, sondern auch das nächste Thema für uns."

„Womit du sicher recht hast, Felix. – Übrigens solltest du dich noch mal mit diesem Evers unterhalten. Ich hatte das Gefühl, dass der uns auch nicht alles gesagt hat. Und über eine Freundin, deren Schwester bei CuxFrisch arbeitet, habe ich läuten hören, dass die Belegschaft irgendetwas plant. Sie hat aber nicht erfahren, was."

„Danke für den Hinweis, Anne. Daraus lässt sich immerhin eine Frage formulieren. Und mit Evers spreche ich noch."

Nachdem Felix Dorn aufgelegt hatte, ergänzte er seinen Text und wählte die Nummer der CuxFrisch. Während er auf das Rufzeichen lauschte, korrigierte er ein paar Fehler in seinem Artikel und passte die Länge auf die Vorgaben des Layouts an.

Da sich niemand meldete, versuchte er es bei Evers' Privatnummer. Ohne Erfolg. Er nahm sich vor, den Betriebsrat aufzusuchen. Für die morgige Ausgabe war es sowieso zu spät. Wenn an dem Hinweis seiner Kollegin etwas dran war, gäbe es übermorgen einen Anschlussartikel. Und das wäre auch nicht schlecht.

Noch einmal überflog er seinen Text.

„Nach 30 Jahren Arbeit landen wir auf der Straße"

Firma CuxFrisch stellt am 31. August Fischverarbeitung ein.

Von Felix Dorn

„Man hat uns von einem Tag auf den anderen vor vollendete Tatsachen gestellt. Und das, obwohl wir mit Banken und Betriebsleitung einen Sanierungsplan für die Sparte ausgearbeitet haben." CuxFrisch-Betriebsrat Evers drückt die Enttäuschung seiner Kolleginnen und Kollegen sehr gemäßigt aus. In der Belegschaft kursieren andere Vokabeln für das Vorgehen der Verantwortlichen. Vieles ist nicht zitierbar, aber aus den Worten wird deutlich, was die von der Entlassung Bedrohten empfinden. Nicht wenige arbeiten 30 und mehr Jahre in ihrer Firma, haben sie seinerzeit mit Inhaber Knud Behrendsen zu einer der erfolgreichsten Fisch verarbeitenden Betriebe in Cuxhaven gemacht. Nun sollen sie auf die Straße gesetzt werden, weil die Banken die Kredite gekündigt haben. Von den angekündigten Maßnahmen der Agentur für Arbeit erwarten sie nicht viel. „Angst vor Hartz IV, das ist alles, was uns bleibt", sagt Carlos Rodriguez. Der sechsundfünfzigjährige Portugiese gehört seit 1975 zur Belegschaft. „Aber die Banken interessiert das nicht."

Hannes Fedder (58) wird deutlicher: „Die verarschen uns doch." Fedder und seine Frau verlieren beide ihre Arbeitsplätze bei CuxFrisch. Und sie sind sicher, dass sie keine Chance mehr auf einen Job haben.

Ein Sprecher der Bank äußerte ebenso wie Firmeninhaber Rainer Behrendsen Bedauern angesichts der bevorstehenden Entlassungen. Man sehe aber keine Möglichkeit, die Frischfischabteilung des Unternehmens in die Gewinnzone zu bringen. Behrendsen verweist auf den ertragreichen Zweig des Unternehmens: „Die Tiefkühlsparte ist von der Schließung nicht betroffen. Sie wird unter dem Namen CuxFrost weitergeführt."

Für die Belegschaft der CuxFrisch ist das kein Trost, denn es wird dort kaum neue Arbeitsplätze geben. Angesichts der Art und Weise, wie hier mit der Belegschaft umgegangen wurde, stellt sich die Frage, ob das letzte Wort schon gesprochen ist. Oder ob Betriebsratsvorsitzender Evers noch einen Trumpf in der Hinterhand hält.

Felix Dorn schloss zufrieden das Fenster für die Texteingabe und begann, seinen Schreibtisch aufzuräumen. Nebenher betätigte er die Wahlwiederholung seines Telefons, um Evers doch noch zu erreichen. Aber der Betriebsrat meldete sich an seinem Firmentelefon nicht. Dorn beschloss, ihn außerhalb des Betriebes zu treffen. Er suchte im Telefonbuch nach einem Eintrag, aber es gab zu viele mit dem Namen Evers. Vielleicht konnte ihm einer der Kollegen einen Hinweis geben. Er fand die Nummer von Rodriguez. Gerade als er wieder auflegen wollte, meldete sich der Portugiese. Evers ginge nach der Arbeit gelegentlich ins „Brauhaus“. Bei dem warmen Wetter sei er vielleicht auch bei „Ditzer“ oder vor der „Fischkiste“ zu finden. Jedenfalls irgendwo auf der Fischmeile, wo man draußen sitzen konnte.

Dorn machte sich auf den Weg. Einen Informanten dort zu treffen, wo Einheimische und Touristen einen lauschigen Sommerabend bei Meeresfrüchten und Wein oder Bier verbrachten, war möglicherweise nicht ganz einfach, aber durchaus verlockend.

*

Konrad Röverkamp hatte die Vorstellung, in die Wohnung der verstorbenen Amelie Karstens zurückzukehren, schon den ganzen Tag bedrückt. Zwar ließ ihn die in langen Kriminalistenjahren erworbene Routine nicht im Stich und er hatte die notwendigen Ermittlungen eingeleitet, um zumindest die Identität des bei Duhnen aufgefundenen Toten festzustellen. Aber seine Gedanken waren immer wieder abgeschweift.

Je näher der Feierabend rückte, desto größer wurde sein Wunsch, dem Alleinsein in der großen Wohnung am Hamburg-

Amerika-Platz auszuweichen. Am liebsten wäre er zu Sabine nach Debstedt gefahren, aber da er wusste, dass sie Dienst in der Anästhesie hatte, würde er ihr nicht zumuten, ihm zwischen zwei Operationen seelischen Beistand zu leisten. Irgendwie war sie ja auch betroffen. Und das machte die Sache noch komplizierter.

Marie hatte seine Stimmungslage gespürt und kurzerhand entschieden, dass er heute – angesichts des lauschigen Abends – unter Menschen gehen müsse, anstatt zu Hause Trübsal zu blasen oder sich Gedanken über seine Bleibe zu machen. „Was hältst du davon", hatte sie rundheraus gefragt, „wenn du mich heute Abend zu einem Glas Wein einlädst?" Auf seinen irritierten Blick hatte sie hinzugefügt: „Nicht weil ich das bräuchte, sondern du."

Nun saßen sie vor dem Restaurant „Meeresfrüchte" bei gegrillten Garnelen und einer Flasche trockenen Weißweins. Um sie herum herrschte Urlaubsstimmung. Wie an einem Badeort der Mittelmeerküste. Lebhafte Unterhaltung und vielstimmiges Gelächter erfüllten die Straße. Und noch immer strebten unternehmungslustige Menschen zu den Restaurants und Kneipen des Hafenviertels. Die Wirte hatten alle verfügbaren Sitzgelegenheiten nach draußen gestellt, dennoch wurden die Plätze knapp. Cliquen, Pärchen und einzelne Gäste hielten Ausschau nach freien Stühlen oder einem Platz an der Theke. Ein gut aussehender junger Mann grüßte im Vorbeigehen und sah sich suchend um. Sein Blick blieb kurz an Marie hängen. Er lächelte verhalten, ging dann aber weiter.

„Kennst du den?" Marie sah ihren Kollegen fragend an.

Röverkamp nickte. „Du kennst ihn auch. Zumindest vom Telefon. Felix Dorn. Redakteur bei den Cuxhavener Nachrichten."

Marie drehte sich noch einmal um und sah ihm nach.

Ihr Kollege schmunzelte. „Ein netter junger Mann. Sehr engagiert. Und nicht unattraktiv."

Marie schüttelte abwehrend den Kopf. „Kein Bedarf."

Konrad Röverkamp war anderer Meinung, behielt diese aber für sich. Er schenkte Wein nach und hob sein Glas. „Lass uns auf

Amelie anstoßen. Sie hatte ein langes Leben und einen schnellen Tod. Beneidenswert."

„Ja", ergänzte Marie. „Und sie war eine kluge Frau. Dass sie dir ihre Wohnung vererbt hat, finde ich großartig."

Röverkamp seufzte und stellte sein Glas ab. „Ich weiß gar nicht, was ich mit den vielen Räumen anfangen soll. Die Wohnung ist doch viel zu groß für mich."

Marie sah ihn mit großen Augen an. „Erstens kann eine Wohnung nie groß genug sein. Zweitens wolltest du doch sowieso nicht mehr als möblierter Herr leben und dir etwas Eigenes suchen. Und drittens wäre da noch eine Dame, die vielleicht gerne nach Cuxhaven ziehen und mit dir zusammenleben möchte."

„Ich weiß nicht, ob Sabine das wirklich will."

„Hast du sie denn schon mal gefragt?"

Er schüttelte den Kopf.

„Dann solltest du das vielleicht einmal tun", empfahl sie leise.

„Vielleicht hast du recht." Er nickte nachdenklich. „Aber ich möchte Sabine nicht mit der Wohnung unter Druck setzen."

Marie lächelte. „Ich glaube nicht, dass sich eine Frau wie Sabine Cordes unter Druck setzen lässt. Aber sie muss wissen, was *du* willst. Und das musst du ihr *sagen*. Du möchtest doch mit ihr zusammenziehen. Oder?"

*

Irgendwann versagten seine Kräfte. Evers zitterte am ganzen Körper, und das Bedürfnis, sich auszuruhen, wurde übermächtig. Doch er durfte nicht innehalten, wollte sich weiter bewegen, zwang sich, den nächsten Karton in Angriff zu nehmen. Es gelang ihm, das Paket aus dem Regal zu ziehen. Aber seine Arme schafften es nicht mehr, es an die Tür zu werfen. Der Karton fiel zu Boden. Er starrte auf die hervorquellenden Garnelen, ohne sie wirklich wahrzunehmen.

Um wieder zu Kräften zu kommen, würde er sich einen Moment ausruhen. Nur ganz kurz. Aber nicht auf dem Betonboden. Humpelnd kehrte er zum Gabelstapler zurück, erklomm unter

Aufbietung aller Energie den Fahrersitz und ließ sich darauf fallen.

Wie durch ein Wunder wurde ihm warm. Evers lachte. Er schloss die Augen und lehnte sich zurück, um sich ganz dem angenehmen Gefühl hinzugeben.

Das war eine gute Idee. Die Heizung in diesem Ding funktioniert auch ohne Motor. Das muss ich unbedingt Carlos erzählen. Und Brütt. Keiner hat das bisher bemerkt. Die werden sich wundern. Ich habe es ganz allein herausgefunden. Ganz allein ... Ich bin ganz allein. Zwischen all diesen Kartons. So viel Fisch. So viele Garnelen ... Die Garnelen kriegt Mama. Die weiß schon, was man damit macht. Zum Geburtstag hat sie immer Kartoffelsalat gemacht. Dieses Jahr schmeckt er besonders gut. Dazu gibt es Würstchen. Für jedes Kind eins. Auch für die Großen. Und hinterher Wackelpudding. Und Brause. Meine Freunde kommen gern zu meinem Geburtstag. Jeder hat etwas mitgebracht. Von Tante Inge und Onkel Werner habe ich ein Feuerwehrauto bekommen. Von Mama ein Paar Schuhe. Oma und Opa kommen erst heute Abend. Was sie mir wohl mitbringen? Das schönste Geschenk ist von Papa. Ein Märklin-Metallbaukasten. Auf dem Deckel ist ein Bagger. Den baue ich zuerst. Papa will mir helfen. Aber ich kann das schon alleine. Warum mir die Augen zufallen? Nein, Mama, müde bin ich nicht. Ich bin noch gar nicht müde. Überhaupt nicht müde. Es ist nur so warm hier ...

*

Carlos Rodriguez ärgerte sich über seinen Kollegen. Evers war gestern Abend einfach abgetaucht. Und dem Typen von der Zeitung war nichts Besseres eingefallen, als ihn zu löchern. Er müsse doch wissen, wo sein Kollege zu finden sei. Und ob es stimme, dass die Belegschaft irgendwas vorhabe.

Wie kommt der bloß darauf? Hat ihm einer was gesteckt? Aber dafür weiß er zu wenig. Vielleicht will er nur auf den Busch klopfen. Hoffentlich ist Evers jetzt schon in der Firma. Ich habe keine Lust, mich wieder mit dem Zeitungsfritzen herumzuschlagen.

Während Rodriguez seinen Wagen auf dem Firmenparkplatz abstellte, entdeckte er Evers' blauen Golf. Er stand dort, wo der

Kollege ihn immer abstellte. Also war er schon im Büro. Oder in der Kühlhalle.

Vielleicht hat er die Warenkontrolle gestern Abend nicht mehr geschafft.

Rodriguez schnappte sich seine Tasche und schlenderte in Richtung Verwaltungsgebäude. Auch die Kollegen, die durchs Werkstor strömten, bewegten sich heute gemächlicher als sonst. Es war, als würden sie die Arbeit der letzten Tage hinauszögern wollen. Als erlebten sie den Weg zum Arbeitsplatz zum ersten Mal bewusst. Eine seltsame Stimmung lag über dem Gelände. Während gewöhnlich laute Stimmen, Rufe und Gelächter den Weg zur Produktionshalle begleiteten, weil man sich über die Fußballergebnisse vom Vorabend oder das Fernsehprogramm auseinandersetzte und einige Männer mit anzüglichen Bemerkungen die Schlagfertigkeit der Frauen herausforderten, war heute nur gedämpftes Gemurmel zu vernehmen. Wahrscheinlich wogen die Kolleginnen und Kollegen die Chancen für Evers' Plan ab.

Im Büro waren die Sekretärinnen damit beschäftigt, den Arbeitstag vorzubereiten. Rodriguez grüßte und fragte nach Evers. Sie zuckten die Schultern. „Bei uns hat er sich noch nicht sehen lassen."

„Das verstehe ich nicht." Er deutete auf die Tür, die zum Büro des Betriebsratsvorsitzenden führte. „Vielleicht war er schon vor euch da. Sein Auto steht nämlich auf dem Parkplatz."

Nein, in seinem Büro ist er nicht, da hat Elvira gerade was reingelegt. Aber er muss schon hier gewesen sein. Es war nicht abgeschlossen. Und sein Handy liegt auf seinem Schreibtisch."

Rodriguez bedankte sich, verließ den Bürotrakt und ging rüber zum Lager. Die Tür zur Kühlhalle war ebenfalls unverschlossen. Aber sie ließ sich nur einen Spalt öffnen. Etwas drückte von innen dagegen. Mit der Schulter presste sich Rodriguez gegen den Widerstand. Aber die Tür gab keinen Zentimeter nach.

Irgendetwas stimmt da nicht. Unwillkürlich sah er sich um. Aber es war niemand in der Nähe, der ihm hätte helfen können.

Die Nottür auf der gegenüberliegenden Seite ließ sich nur von innen öffnen. Und bei den herrschenden Temperaturen das große Rolltor hochzufahren, verstieß gegen alle Regeln. Ohne triftigen

Grund konnte er sich darüber nicht hinwegsetzen. Also musste er Brütt informieren. Sollte der Geschäftsführer entscheiden. Den Schlüssel konnte er schon mal holen. Rasch kehrte Rodriguez zu den Büros zurück.

„Ich brauche den Schlüssel für das Rolltor!", rief er den Sekretärinnen zu. Plötzlich stand Peter Brütt in der Tür. „Was haben Sie dort zu tun? Sollten Sie nicht drüben in der Produktion sein? Noch ist der Betrieb nicht stillgelegt."

Er ließ sich nur ganz kurz irritieren. „Die Tür der Kühlhalle", stieß Rodriguez dann hervor. „Sie lässt sich nicht öffnen. Irgendwas liegt davor. Innen."

„Das beantwortet meine Frage nicht." Brütts Stimme bekam einen drohenden Unterton. „Außerdem ist Evers für die Hallen zuständig. Sprechen Sie mit ihm."

„Mann." Rodriguez stöhnte. „Das ist es ja gerade. Er ist nicht da. Nur sein Auto. Und die Tür zur Halle war nicht abgeschlossen. Aber man kommt nicht rein, weil ..."

„Ich komme mit." Brütt wandte sich um und ging voraus. „Kann doch nicht sein, dass um diese Zeit schon jemand in der Halle ..."

Carlos Rodriguez folgte ihm mit einem halben Schritt Abstand.

6

Als Jan die Augen aufschlug, brauchte er einige Zeit, um sich zurechtzufinden. Er lag unter einem Federbett, das er weder in der Kaserne noch zu Hause benutzte. Die schmale Zimmerdecke über ihm wurde von zwei Dachbalken gestützt. Durch ein kleines quadratisches Fenster, das von geblümten Gardinen umrahmt wurde, fiel fahles Licht in die Kammer. Auf der gegenüberliegenden Seite hing ein Gemälde. Eine Winterlandschaft.

Plötzlich stürzte die Erinnerung auf ihn ein. Die endlose Fahrt über verschneite Straßen, der Marsch durch Sturm und Schneetreiben, die Skatrunde. Das Spiel mit dem Feuer.

Susanne.

Ein zugleich wohliges und beängstigendes Gefühl durchströmte ihn. Er hatte mit ihr geschlafen. Genauer gesagt: sie mit ihm. Auf unerhört schamlose Weise. Die Erinnerung beschleunigte seinen Pulsschlag. Jan glaubte sein Blut in den Adern rauschen zu hören. Mehr als Knutschen und Petting hatte er zuvor noch nicht erlebt. Sein erster Versuch, *es* mit einer richtigen Frau zu machen, war kläglich gescheitert. Er war nach Hamburg gefahren und in der Herbertstraße auf Sankt Pauli mit einer Frau handelseinig geworden. Doch es hatte nicht geklappt. Die Frau hatte ihn trösten wollen, doch er war davongerannt.

Aber jetzt war etwas Besonderes geschehen.

Er warf das Federbett zur Seite und sprang auf. Rasch zog er den Vorhang zur Seite. Eisblumen zierten die Scheiben von innen, von außen waren sie fast vollständig mit Schnee bedeckt. Es war kalt in dem kleinen Zimmer. Hastig schlüpfte er in seine Kleidung. Er musste dringend zur Toilette. Und ins Bad. Und dann würde er mit Susanne sprechen. In dieser Nacht waren sie ein Paar geworden. Susanne war eine wunderbare Frau. Ein wenig zu offenherzig und vielleicht zu unbekümmert im Umgang mit Männern. Aber das würde sich ändern, wenn sie erst verlobt wären.

Auf der Suche nach dem Badezimmer hörte er plötzlich Stimmen aus dem Erdgeschoss, dazwischen Susannes helles Lachen und das Klappern von Geschirr. Vorsichtig tastete er sich die Treppe hinab. Offenbar waren Hendrik und Sven schon aufgestanden und waren bei Susanne in der Küche. Die Tür stand einen Spalt offen.

„Mein Vater ist im Stall", hörte er sie sagen. „Zum Füttern. Schweine, Kühe, Hühner. Braucht alles seine Zeit."

„Meinst du, er hat was mitgekriegt?" Die Stimme von Sven.

„Keine Sorge. Mein alter Herr arbeitet vierzehn Stunden am Tag. Und wenn er schläft, dann schläft er. Da weckt ihn so schnell nichts auf."

„Solange er im Stall ist", meldete sich Hendrik, „könnten wir noch mal ... du weißt schon: I can boogie, boogie-woogie ..."

Jan hörte, wie Susanne lachte. „Gestern Abend, das war okay. Es hat mir Spaß gemacht. Mit jedem von euch. Sogar mit ... Jan. Aber das war's dann auch. Ihr fahrt heute nach Hause, und ich fahre nächste Woche wieder nach München. Ich habe nicht die Absicht, euch wiederzusehen. Und Beziehungsstress will ich schon gar nicht. Höchstens noch ..."

Jan erstarrte. Sekundenlang verharrte er unschlüssig auf der Treppe. Dann eilte er die Stufen hinauf und öffnete eine Tür nach der anderen, bis er das Bad gefunden hatte, um dort sein heißes Gesicht mit kaltem Wasser zu kühlen. Er wusste nicht, wie lange er auf dem mit orangefarbenem Plüsch bezogenen Hocker gesessen hatte. Wirre Gedanken hatten ihn geplagt. War Susanne ein Flittchen? Offenbar hatte sie auch mit Sven und mit Hendrik ... Die Vorstellung war unerträglich.

Ein dicker Kloß saß in seiner Kehle, als er zum zweiten Mal die Treppe hinabstieg. Susanne und seinen Kameraden gegenüberzutreten erschien ihm nahezu unmöglich. Vorsichtig näherte er sich der Tür, die jemand in der Zwischenzeit geschlossen hatte.

Er verharrte und lauschte. Nichts. Zögernd drückte er die Klinke nieder und zog die Tür auf. Hendrik und Sven saßen auf einer Eckbank an einem Tisch mit weiß-blauem Frühstücksgeschirr. *Sie* war nicht in der Küche. Erleichtert trat Jan ein.

„Wo ist Susanne?" Er versuchte, seine Stimme so beiläufig wie möglich klingen zu lassen.

Seine Kameraden hoben die Schultern. „Komm, setz dich!", forderte Hendrik ihn auf. „Frühstück. Wir müssen bald los. Clasen bringt uns ins Dorf. Vorher müssen wir noch den Hof freischaufeln. Damit er mit dem Trecker überhaupt rauskommt."

Jan wagte nicht, seine Frage zu wiederholen. Auch Hendrik und Sven blieben einsilbig. Die ausgelassene Stimmung, die er zuvor wahrgenommen hatte, schien verflogen.

Als der Hausherr eintrat, musterte er die jungen Männer aufmerksam, blieb jedoch ebenfalls stumm. Er goss sich einen Kaffee ein und nahm eines der aufgebackenen Brötchen aus dem Korb. Schweigend saßen die vier Männer am Tisch. Clasen ließ sich das Frühstück schmecken, Hendrik und Sven langten ebenfalls zu. Jan rührte nichts an. Als der dumpfe Glockenschlag der Standuhr aus der Wohnstube die Stille durchbrach, erhob sich der Landwirt. „Sie sind dabei, die Landstraße zum Dorf zu räumen. Bis wir so weit sind, dürfte sie wieder frei sein. Wenn ihr hier fertig seid, könnt ihr schon mal anfangen. Ich habe noch in den Ställen zu tun."

„Wo ist Susanne?", wiederholte Jan seine Frage, nachdem Clasen den Raum verlassen hatte. Erneut hoben seine Kameraden wortlos die Schultern. Ohne ihn dabei anzusehen.

*

Konrad Röverkamp hatte schlecht geschlafen. Obwohl er sich nach dem Wein mit Marie Janssen noch einen Aquavit und später zu Hause einen weiteren und dazu eine Flasche Bier gegönnt hatte, war es ihm nicht gelungen abzuschalten. Voller Unruhe hatte er sich im Bett von einer Seite auf die andere gewälzt. Im Halbschlaf hatte er auf Amelies schlurfende Schritte gelauscht und war aufgeschreckt, wenn ihm bewusst wurde, dass er sie nie mehr hören würde. Dann hatte er versucht, sich vorzustellen, wie Sabine reagieren würde, wenn er ihr vorschlug, mit ihm zusammenzuziehen. Und war zu keinem Ergebnis gekommen.

Schließlich war er doch noch einmal eingeschlafen. Und hatte die Frage in seine Träume mitgenommen. Im Traum hatte er Sabine die Wohnung gezeigt. Amelie Karstens' Räume waren leer, denn Marie Janssen hatte für ihn entschieden, dass die Wohnung renoviert und neue Möbel angeschafft werden mussten. Im Flur hatten sie Amelies Mobiliar zum Abholen bereitgestellt. Doch als die Möbelpacker geklingelt hatten, war keiner zur Tür gegangen, um ihnen zu öffnen. Und so schrillte die Klingel weiter und weiter.

Bis Röverkamp aufwachte und ihm dämmerte, dass es das altmodische Telefon in der Diele war, das den schrecklich-schrillen Ton verursachte. Er wälzte sich aus dem Bett und stapfte auf steifen Beinen hinaus. Als er den Hörer abnahm, hatte der Anrufer bereits aufgelegt. Missmutig machte Röverkamp kehrt, um sich wieder in das zerwühlte Bett fallen zu lassen. Kaum hatte er dem Telefon den Rücken gekehrt, schrillte es erneut.

„Du hast ja einen guten Schlaf", begrüßte ihn Marie Janssen. „Hab's schon ein paar Mal probiert. Auch auf deinem Handy."

Röverkamp stieß ein unwilliges Knurren hervor, das man mit etwas gutem Willen als „... nicht gehört" deuten konnte.

„Wir haben eine neue Leiche", fuhr die Kommissarin fort. „Im Kühlhaus eines Logistik-Unternehmens. Nach Aussage der Kollegen von der Streife sieht alles nach Fremdverschulden aus. Den Arzt habe ich schon verständigt. Wollen wir uns am Fundort treffen? Die Firma heißt CuxFrisch. Neufelder Straße. Weißt du, wo das ist?"

Röverkamp knurrte erneut. Marie schien das als Bestätigung zu nehmen, denn sie verabschiedete sich. „Bis gleich."

*

Der Anblick eines ermordeten Menschen war immer erschreckend. Besonders, wenn die Leiche längere Zeit – möglicherweise sogar im Wasser – gelegen hatte. Oder wenn sie durch Misshandlungen entstellt war. Röverkamp hatte im Laufe seiner langen Dienstzeit zahlreiche Tote gesehen. In keinem Fall hatte der Körper eines Toten so natürlich und friedlich ausgesehen wie der Mann auf dem Gabelstapler. Marie Janssen, der Arzt und ein Mann der Firma hatten vor der Kühlhalle auf ihn gewartet und ihn nach der Begrüßung ins Innere der Halle geführt.

Röverkamp musterte den Toten und wandte sich an den Arzt. „Ist es das, wonach es aussieht?"

Der Mediziner nickte. „Der Mann ist wahrscheinlich erfroren. Theoretisch könnte er auch vergiftet oder auf andere Weise ums Leben gekommen und dann hier abgelegt worden sein. Ein endgültiges Urteil ist erst nach der Obduktion möglich. Die dürfte allerdings innerhalb der nächsten achtundvierzig Stunden nicht möglich sein. Wir müssen ihn erst ... auftauen."

„Solange dauert das?"

„Haben Sie schon mal ein Seelachsfilet aufgetaut? Das hat vielleicht zweihundertfünfzig Gramm." Der Arzt deutete auf den Toten. „Der wiegt an die achtzig Kilo. Die brauchen ihre Zeit. Wenn wir ihn noch untersuchen wollen, können wir ihn auch nicht in heißes Wasser oder unter einen Heizstrahler legen."

Hauptkommissar Röverkamp gab sich beeindruckt. „Sie werden das wie immer richtig machen."

„Die Umstände deuten darauf hin", mischte Marie Janssen sich ein, „dass der Mann in der Kühlhalle eingeschlossen worden ist. Der Notausgang auf der Rückseite war von außen blockiert. Wahrscheinlich auch die vordere Tür."

„Dann brauchen wir die Spurensicherung", murmelte Röverkamp.

Marie nickte. „Ich habe schon angerufen."

„Gut." Röverkamp nickte dankbar. Er fröstelte. Erst jetzt bemerkte er, dass seine Kollegin einen gefütterten Parka übergezogen hatte. *Wo hat sie den her?* Er selbst trug ein dünnes Hemd zur leichten Sommerhose. Die Kälte biss schlagartig in Haut und Glieder. „Wie kalt ist es hier eigentlich?"

„Minus achtundzwanzig bis zwanzig Grad", antwortete der Mann, der sich als Peter Brütt, Geschäftsführer der Firma Cux-Frisch, vorgestellt hatte.

„Wie lange kann man das aushalten?"

Brütt hob die Schultern. „Kommt darauf an, ob man Kälteschutzkleidung trägt. So wie wir und er" – er wies mit dem Daumen auf den Toten – „ich meine Herr Evers, angezogen sind, vielleicht vier Stunden. Je nach Konstitution auch kürzer oder länger."

„Haben Sie eine Erklärung dafür, warum der Mann auf dem Gabelstapler sitzt?"

Erneut hob der Geschäftsführer die Schultern. „Evers konnte eigentlich nichts damit anfangen. Der Schlüssel hängt im Büro."

Röverkamp nickte. „Ist Ihnen sonst etwas Ungewöhnliches aufgefallen?"

„Wie die junge Frau schon gesagt hat: Die Ausgänge waren blockiert. Mit Eisenrohren. Und wir sind zuerst auch gar nicht reingekommen." Er deutete hinter sich. „Hinter der Tür lagen etliche Pakete. Evers ... also ... irgendjemand ... muss sie da hingeworfen haben. Wir sind durchs Rolltor rein und haben sie weggeräumt. Ja, und dann haben wir ihn gesehen."

„Wer ist wir?"

„Ich und ... ein Mitarbeiter. Carlos Rodriguez."

„Wo ist der Mann?"

„Drüben. In der Produktion. Soll ich ihn holen lassen?"

„Später. Haben Sie außer den Kartons irgendetwas verändert?"

Brütt schüttelte den Kopf.

„Können Sie sich vorstellen, wer Herrn Evers in der Halle eingesperrt hat?"

Der Geschäftsführer zögerte, dann schüttelte er wieder seinen Kopf. „Nicht im Entferntesten. Betriebsrat Evers ist ... war ... bei allen gut angesehen."

Hauptkommissar Röverkamp nickte, als hätte er diese Antwort erwartet. Gern hätte er die Halle verlassen, denn die Kälte hatte sich mittlerweile durch Mark und Bein gefressen und schien seine Körperfunktionen zunehmend zu lähmen. Die Zeitangabe des Geschäftsführers erschien ihm übertrieben. Ihm war, als könnte er diese Temperaturen nicht mal eine Stunde überleben. Aber der Tatort – wenn es denn einer war – musste vollständig erfasst werden. Sie mussten alles gesehen haben, bevor sie das Feld den Kollegen des Erkennungsdienstes überlassen konnten. In diesem Augenblick beneidete er den Arzt, der seine

Sachen zusammenpackte und sich verabschiedete. Auch dafür, dass es nicht zu seinen Aufgaben gehörte, Angehörige zu benachrichtigen.

Röverkamp wandte sich an Brütt. „Wo ist der Notausgang?"

Nachdem der Geschäftsführer ihnen die Tür und ihren Mechanismus gezeigt hatte, konnten sie endlich die Halle verlassen. Glücklicherweise waren keine weiteren Zeugen im Kühlhaus zu befragen. Den Arbeiter, der zusammen mit Brütt die Leiche gefunden hatte, würden sie in einem Büroraum der Firma vernehmen. Angenehme Sonnenwärme empfing sie draußen, dennoch wich die Kälte nicht aus ihren Gliedern.

Marie Janssen nahm ihrem Kollegen die unvermeidliche Frage ab. „Wir müssen die Angehörigen benachrichtigen. Können Sie uns Namen und Adresse geben?" Brütt schüttelte den Kopf. „Evers lebt ... lebte allein. Soweit ich weiß, hat er keine Familie in Cuxhaven. Die Eltern leben im Ruhrgebiet. Ich kann die Adresse aber für Sie heraussuchen."

Die Kommissarin und ihr Kollege nickten, ohne ihre Erleichterung darüber zu zeigen, dass ihnen dieser Gang erspart blieb. „Dann rufen Sie bitte jetzt Ihren Mitarbeiter", sagte Röverkamp.

Carlos Rodriguez konnte ebenso wenig zur Aufklärung des Todesfalles beitragen wie Geschäftsführer Brütt. Alles, was der Hauptkommissar und seine Kollegin den Äußerungen des Zeugen entnehmen konnten, war, dass Evers wohl schon gegen Abend das Kühlhaus aufgesucht hatte.

„Was war eigentlich gestern Morgen hier am Werkstor los?", fragte Marie, nachdem sie Rodriguez' Aussage aufgenommen hatte.

Sichtlich überrascht sah er sie an und öffnete den Mund. *Wahrscheinlich willst du fragen, woher ich das weiß.* Marie lächelte entwaffnend. „Ich kam zufällig vorbei. Es ging ziemlich hoch her."

„Ach das." Rodriguez machte eine wegwerfende Handbewegung. „Es gab ein bisschen Aufregung. Wegen der Schließung."

„Nur ein bisschen? Immerhin steht Ihre Zukunft und die Ihrer Kollegen auf dem Spiel."

Der Arbeiter knetete seine Hände. „Da kann man wohl nichts machen."

„Aber so schicksalsergeben sind doch bestimmt nicht alle Betroffenen. Auf mich hat das gestern wie eine sehr lautstarke Auseinandersetzung gewirkt. Worum ging es dabei, Herr Rodriguez?"

Der Arbeiter hob die Schultern. „Einige sind immer etwas laut. Aber das beeindruckt sowieso keinen von denen."

„Wen meinen Sie damit?"

„Die von der Bank."

„War denn jemand von der Bank da?"

Rodriguez schüttelte den Kopf. „Von denen war noch nie einer da."

Marie sah ihren Chef fragend an. Der schüttelte unmerklich den Kopf.

„Danke, Herr Rodriguez. Das war's. Im Augenblick jedenfalls. Eventuell müssen wir Sie später noch einmal sprechen."

Auf dem Weg zu seinem Auto fror Hauptkommissar Röverkamp noch immer. Auch Marie, die den geliehenen Parka im Büro wieder abgegeben hatte, fröstelte trotz der sommerlichen Wärme.

„Ich brauche jetzt was Warmes", murmelte der Hauptkommissar. „Außerdem habe ich noch nicht gefrühstückt."

„Dann lass uns zum Stadtcafé Itjen fahren. Das ist nicht weit und da gibt's garantiert was Passendes. Wenn du mich mitnimmst, zeige ich dir den kürzesten Weg."

„Und dein Roller?"

„Den lasse ich hier stehen und hole ihn heute Abend wieder ab. Oder nachher. Falls wir noch mal herkommen."

Während er den Wagen in Richtung Zentrum in Bewegung setzte, berichtete Marie, was sie über CuxFrisch in der Zeitung gelesen und darüber hinaus vom Geschäftsführer in Erfahrung gebracht hatte.

„Das ist ja unglaublich", kommentierte ihr Kollege. „Da werden Leute entlassen, obwohl das Unternehmen expandiert. Jetzt fangen die Kleinen auch schon so an wie die großen Konzerne. Was nicht genug Profit abwirft, wird abgestoßen oder platt gemacht. Erinnert mich an Siemens und BenQ."

Marie bat ihn, sich links einzuordnen. „Vielleicht hängt der Fall Evers ja mit der Betriebsschließung zusammen. Gestern erfährt die Belegschaft, dass die Firma dichtgemacht wird, und heute ist der Betriebsratsvorsitzende tot. Das kann doch kaum Zufall sein."

„Da vorne links?" Er zeigte auf die Ampel vor ihnen.

Marie nickte. „Wir fahren zur Lehmkuhle. Da finden wir um diese Zeit einen Parkplatz. Von da aus sind es nur noch ein paar Schritte."

„Wenn die Betroffenen den Firmenchef ins Kühlhaus gesperrt hätten, könnte ich das ja noch verstehen. Aber ausgerechnet einen Betriebsrat? Der sitzt doch mit der Belegschaft in einem Boot."

„In diesem Fall nicht unbedingt. Dieser Brütt hat angedeutet, dass Evers in die Tiefkühlsparte übernommen werden sollte. Damit wäre er der einzige Mitarbeiter, der nicht entlassen werden sollte. Vielleicht hat er mit der Firmenleitung irgendeinen Deal gemacht. Zustimmung zur Betriebsschließung gegen den neuen Job. Oder so ähnlich."

„Und du meinst, das hat einer der von Entlassung bedrohten Kollegen herausbekommen und ihn deswegen umgebracht?"

„Vielleicht wollte er ihm nur einen Denkzettel verpassen. Und irgendwelche Umstände haben ihn daran gehindert, die Sache rechtzeitig abzubrechen."

Röverkamp rangierte den Wagen in eine Parklücke und stellte den Motor ab. „Das klingt einleuchtend. Es würde bedeuten, dass wir uns in der Belegschaft umhören müssen."

„Das sollten wir sowieso tun. Es sei denn, wir kommen zu dem Schluss, dass keine Fremdeinwirkung vorgelegen hat. Aber damit ist ja wohl nicht zu rechnen."

Das Café am Penzancer Platz befand sich in der zweiten Etage über einem Bäckereigeschäft. Sie stiegen eine schmale und steile Treppe hinauf, und Röverkamp rechnete mit einem engen, dunklen Raum. Überrascht sah er sich um. Der halbrunde Raum besaß eine hohe, durchgehende Fensterfront mit auf halber Höhe gerafften Gardinen, die viel Licht hereinließen. Polierte Kirschholzmöbel sorgten für eine gediegene Atmosphäre. Die gepolsterten Stühle mit ihren geschwungenen Lehnen wirkten bequem und einladend. Der Anblick erinnerte ihn an ein Wiener Kaffeehaus. Es waren nur wenige Gäste anwesend, so dass sie sich an einem Fensterplatz niederlassen konnten, der den Blick in die Nordersteinstraße und hinüber zum neuen Parkhaus am Holstenplatz erlaubte.

„Kannst du was empfehlen?“, fragte Röverkamp und blätterte in der Karte.

Marie nickte. „Chocolattino. Heiße Schokolade mit Espresso und Milchschaum.“

„Klingt lecker.“ Er ließ seine Zunge über die Lippen wandern. „Zwei Chocolattino und ein Frühstück bitte.“ Seine Bestellung schien die Bedienung zu irritieren. Wahrscheinlich hatte sie in diesen Tagen ausschließlich Eisbecher zu servieren. „Ich brauche etwas zum Aufwärmen“, wollte er hinzufügen, besann sich aber eines anderen. Damit hätte er erst recht Erklärungsbedarf verursacht.

„Warum sollte ich bei diesem Rodriguez nicht weiter bohren?“, nahm Marie den Faden wieder auf. „Ich hatte das Gefühl, dass er mit der ganzen Wahrheit nicht herauswollte.“

„Genau deshalb. Er hatte sich vorgenommen, uns dazu nichts zu sagen und war dabei, sich zu verschließen wie eine Auster. Vielleicht hat er dafür Gründe. Wenn wir die herausbekommen wollen, müssen wir aus anderer Quelle erst mal in Erfahrung bringen, was da los war. Mit diesem Wissen können wir vielleicht einschätzen, was ihn so wortkarg gemacht hat.“

„Und ihn uns dann noch einmal vornehmen?“

„Genau. Sein Verhalten würde übrigens zu deiner Theorie passen, wonach ein Arbeitskollege für die Tat in Frage kommt. Möglicherweise hat Rodriguez einen Verdacht, möchte aber seinen Kollegen nichts anhängen.“

Während die Bedienung Chocolattino servierte, verstummte das Gespräch. Marie und Röverkamp griffen zu den heißen Getränken, kaum dass sie vor ihnen standen.

„Das tut gut“, seufzte Marie. „Wärmt bis in die Fußspitzen.“ Dann beugte sie sich vor und flüsterte: „Schau dich mal unauffällig um. Wie die alle glotzen. Die halten uns wahrscheinlich für abartig.“

Röverkamp warf einen Blick in die Runde und grinste, als ob ihm ein Streich gelungen wäre.

*

„Ihr werdet erwartet!", rief die uniformierte Kollegin, mit der sich Marie gelegentlich zu gemeinsamen Fahrradtouren verabredete, als sie die Wache im Polizeigebäude passierten. Auf Maries fragenden Blick deutete sie mit dem Daumen aufwärts. „Die Herren sind schon oben. Staatsanwalt Krebsfänger und Begleitung."

Röverkamp verzog das Gesicht. „Was will der denn schon wieder hier?"

Ohne Eile stiegen sie die Treppe hinauf. Mit jeder Stufe war die Stimme des Staatsanwalts deutlicher zu vernehmen. Offenbar hielt er auf dem Flur einen Vortrag. Über Organisationsentwicklung in seiner Behörde.

Röverkamp erkannte den einsamen Zuhörer zuerst. „Krebsfänger übernehme ich", raunte er Marie zu. „Du kannst dich um den anderen kümmern."

Als sie den anderen Besucher erkannte, war es zu spät, um der Begegnung auszuweichen. Während ihr Kollege den Staatsanwalt, der den Hauptkommissar auffallend höflich und freundlich begrüßte, sie dagegen schlicht übersehen hatte, ins Besprechungszimmer komplimentierte, stellte sich der junge Mann vor: „Guten Tag, Frau Janssen. Mein Name ist Felix Dorn. Ich bin Redakteur bei den Cuxhavener Nachrichten und würde gern mit Ihnen sprechen."

Marie spürte, wie ihr Herz schneller schlug. Sie sagte sich, dass es dafür überhaupt keinen Grund gab, und bemühte sich, möglichst geschäftsmäßig zu klingen. „Wenn Sie mir bitte folgen wollen. Wir gehen in unser Büro."

7

Trotz der eisigen Kälte gerieten Jan und seine Kameraden rasch ins Schwitzen. Zum Glück hatte der Schneefall nachgelassen, so dass sie mit der Räumarbeit zügig vorankamen. Sie hatten bereits einen Gang von der Haustür bis zum Hoftor und zu den Stallungen freigeschaufelt, als Clasen auftauchte. In der Hand trug er eine Lötlampe.

„Ich brauche mal einen von euch. Im hinteren Stall ist die Wasserleitung eingefroren. Wir müssen sie auftauen." Sven stieß seine Schaufel in einen Schneehaufen. „Ich komme mit."

Die beiden verschwanden, und Jan und Hendrik nahmen ihre Arbeit wieder auf.

Als Sven nach einer halben Stunde zurückkehrte, hob er den Daumen. „Das Wasser läuft wieder. Clasen hat noch zu tun. Ist in einer Stunde fertig. Wenn wir bis dahin den Schnee vor dem Scheunentor weggeräumt haben, bringt er uns ins Dorf."

Schweigend arbeiteten die jungen Männer weiter. Einmal trat Susanne vor die Tür und warf ihnen einen schwer zu deutenden Blick zu. Bevor Jan sich entschieden hatte, sie zu begrüßen, war sie wieder verschwunden. Er verspürte einen Stich in seinem Inneren, wusste aber nicht, wie er mit seinen widerstreitenden Gefühlen umgehen sollte. Also stieß er die Schaufel tief in den Schnee und arbeitete sich mit aller Kraft durch die weißen Massen.

Es dauerte eine Weile. bis er bemerkte, dass er allein auf dem Hof gegen den Schnee ankämpfte. Er hielt inne und sah sich um. Sven und Hendrik waren nirgends zu sehen. Zögernd zuerst, doch dann mit zunehmender Entschlossenheit, setzte er seine Arbeit fort, während die Bilder der vergangenen Nacht weiter in seinem Kopf kreisten.

Gerochen hatte er es schon seit Minuten, aber erst nach einiger Zeit erreichte die Botschaft sein Bewusstsein. Er stützte sich auf die Schaufel und reckte den Kopf schnuppernd in die Höhe. Riecht irgendwie verbrannt.

Er erinnerte sich an das Kaminfeuer in Clasens Wohnstube. Wahrscheinlich heizt jemand den Kamin an. Jan wandte sich wieder seiner Arbeit und seinen durcheinanderwirbelnden Gedanken zu. Irgendwann beschlich ihn ein mulmiges Gefühl. Erneut sah er sich um. Seine Kameraden blieben verschwunden. Der Rauch aus dem Kamin wehte über den Hof und ballte sich dunkel über dem Stallgebäude zusammen.

Jan stieß die Schaufel in einen Schneehaufen und stapfte in Richtung Haus, egal ob er Susanne jetzt begegnen würde oder nicht. Langsam könnten die anderen wieder mithelfen. Suchend wanderte sein Blick über den Hof. Und plötzlich erkannte er seinen Irrtum. Der Rauch stammte nicht aus dem Kamin, sondern quoll aus dem Stallgebäude hervor.

Hastig stürzte er ins Haus.

„Hendrik! Sven! Susanne!"

Niemand antwortete, und Jan begann, nacheinander alle Türen aufzureißen. Nirgends waren das Mädchen oder seine Kameraden zu entdecken. Aufsteigende Panik ließ ihn aus Leibeskräften schreien. „Es brennt! Hendrik! Sven! Susanne! Der Stall brennt!"

Als er die steile Treppe hinaufstürzte, vernahm er plötzlich Stimmen.

„Hör dir den an." Hendrik kicherte. „Der will uns verarschen." Sven keuchte, Susanne stöhnte.

Jan riss die Tür zum Schlafzimmer auf und erstarrte angesichts des Anblicks, den das Trio bot.

„Es brennt!", stieß er tonlos hervor. „Der Stall ..."

Dreifaches Gelächter war die Antwort. „Wir kommen gleich!", schnaufte Sven, und Hendrik brach in hemmungsloses Kichern aus. Susanne, die sich über Sven bewegte, warf Jan einen herausfordernden Blick zu.

Er schlug die Tür zu und stolperte nach unten. Wie in Trance durchquerte er den Flur und stürzte ins Freie.

Clasen kam ihm atemlos entgegen. „Der Rinderstall brennt!", keuchte er und zerrte einen Schlauch hinter sich her. „Schließ den da drüben an!", rief er und deutete auf einen Außenhahn am Wohnhaus. „Ich stelle das Wasser an."

Er ließ das lose Ende fallen und stürzte zurück zum Stall. „Ich muss mich um die Tiere kümmern!", schrie er über die Schulter. „Susanne soll die Feuerwehr anrufen!"

Mit fliegenden Fingern schraubte Jan das Anschlussstück an den Wasserhahn und öffnete das Ventil. Unschlüssig starrte er auf die Stalltür, hinter der Clasen verschwunden war. Sollte er ihm folgen? Oder sollte er noch einmal versuchen, die anderen zu Hilfe zu holen? Als plötzlich Flammen am Dachfirst des Stallgebäudes züngelten, rannte er ins Haus. Im Flur fand er das Telefon auf einer Kommode, nahm den Hörer ab und wählte die 112.

Nachdem er aufgelegt hatte, hörte er oben Türen klappen. Er wollte rufen, brachte aber nichts heraus. In hilfloser Wut begann er, mit den Fäusten auf die Kommode zu hämmern.

Dann erschien Hendrik auf der Treppe. Aufreizend langsam kam er Stufe für Stufe herab, während er an seinem Gürtel nestelte. „Was ist los? Warum machst du so einen Wind? Es brennt doch nicht wirklich. Oder?" Der Gesichtsausdruck seines Kameraden schien ihn zu verunsichern. „Oder?", wiederholte er.

Jan nickte schwach. „Ja, doch. Der Rinderstall brennt. Clasen ist ..."

Hendriks Stimme dröhnte durch Haus. „Susanne! Sven!"

Kurz darauf stürzten die Männer aus dem Haus und starrten entsetzt auf das brennende Gebäude. Susanne folgte ihnen Sekunden später. Aus dem Dach des Rinderstalls schlugen Flammen. Schwarzer Rauch quoll aus der offenen Tür, und in den Ohren schmerzte das Gebrüll verängstigter Rinder.

„Wo ist Vater?" Susannes Stimme drohte überzukippen.

Jan deutete in Richtung Stall. „Ich nehme an, er will das Vieh retten." Susanne rannte los, ohne sich um seine warnenden Rufe zu kümmern.

Er setzte sich so hastig in Bewegung, dass er auf dem glatten Schnee fast gestürzt wäre. Stolpernd und rutschend erreichte er die Stalltür, doch der beißende Qualm verschlug ihm den Atem. Verzweifelt rief er nach Susanne. Im nächsten Augenblick taumelte sie ihm entgegen, das Gesicht voller Ruß, hustend und nach Luft ringend. „Mein Vater! Er ist noch da drin!"

Jan wollte sich an ihr vorbeidrängen. Doch zwei kräftige Arme rissen ihn zurück. Hendrik hielt ihn an den Schultern fest. „Das hat keinen Zweck. Das überlebst du nicht."

„Aber ihr Vater!" Jan deutete auf Susanne und dann auf das brennende Gebäude.

„Es gibt bestimmt einen anderen Ausgang."

Jan wandte sich Susanne zu. Sie hustete und würgte und wurde von einem Weinkrampf geschüttelt. Alles, was Jan aus ihrem unartikulierten Schluchzen heraushörte, war, dass sich die anderen Türen nicht öffnen ließen, weil der Sturm den Schnee bis unter das Dach aufgehäuft hatte.

Voller Angst und Entsetzen flog sein Blick zwischen ihr und dem brennenden Gebäude hin und her. Würde Claas Clasen mitsamt seinen Tieren bei lebendigem Leibe verbrennen?

*

„Ist er schon wieder weg?" Konrad Röverkamp steckte den Kopf durch den Türspalt. Marie nickte stumm. Er trat ein und schloss die Tür hinter sich. „Und? Wie war's?"

„Herr Dorn wollte sich über den Fall Evers erkundigen. Im Gegenzug hat er uns ein paar interessante Informationen mitgebracht."

„Herr Dorn?" Röverkamp ließ sich auf seinem Schreibtischstuhl nieder. „Ich dachte immer, ihr jungen Leute duzt euch alle. Und besonders in diesem Fall ..."

„... wäre das sicher nicht angemessen", unterbrach sie ihn. „Schließlich geht es hier um dienstliche Angelegenheiten. Und außerdem ..."

Er hob entschuldigend die Hände. „Ich wollte dir nicht zu nahe treten, Marie. Also gut, dann kommen wir zum Dienstlichen. Welche Informationen hatte denn Herr Dorn für uns?"

Marie heftete ihren Blick auf den Notizblock, der vor ihr lag. „Er hat herausgefunden, dass Evers angeblich vorhatte, die Firma CuxFrisch zu übernehmen. Nicht er persönlich, sondern mit der gesamten Belegschaft. Wie das genau funktionieren sollte, wusste anscheinend noch keiner. Wahrscheinlich nicht einmal Evers selbst. Vielleicht war es nur eine spontane Idee, als er von der Schließung gehört hatte. Im Übrigen hat es tatsächlich Streit gegeben. Und Drohungen gegen Evers. Besonders durch einen gewissen Hannes Fedder. Der soll schon mal wegen Gewalttätigkeit mit dem Gesetz in Konflikt gekommen sein."

„Interessant." Röverkamp nickte. „In zweifacher Hinsicht. Zum einen scheint dieser Journalist ziemlich auf Draht zu sein. Das mit dem Fedder hätten wir bei unseren Gesprächen in der Firma eigentlich selbst herausfinden müssen. Auf jeden Fall müssen wir schauen, ob dieser Fedder was auf dem Kerbholz hat. Zum anderen finde ich es erstaunlich, dass Dorn diese Informationen an dich – ich meine: an uns – weitergibt. Hat er keine Gegenleistung verlangt?"

Sie schüttelte den Kopf. „Nicht wirklich. Er wollte eigentlich nur wissen, ob wir von einem Unfall ausgehen oder von Fremdverschulden."

„Und was hast du ihm gesagt?"

„Wie wir es besprochen hatten – dass wir in alle Richtungen ermitteln, aber noch keinen konkreten Verdacht haben."

„Sehr gut, Marie. Dabei sollten wir auch so lange wie möglich bleiben. Kannst du es übernehmen, mal ins Strafregister von diesem Fedder zu schauen? Und dann nehmen wir uns den Herrn zur Brust."

„Selbstverständlich." Marie zog die Computertastatur zu sich heran. Doch dann hielt sie inne. „Was wollte eigentlich Staatsanwalt Krebsfänger?"

„Dasselbe wie dein Besucher. Einzelheiten zum Fall Evers. Außerdem zu dem Toten vom Dünenweg in Duhnen. Und ob wir schon etwas Konkretes in der Hand haben. Und ein bisschen angeben. Weil er doch für die Einführung neuer Organisationsabläufe seiner Behörde verantwortlich ist. Hat mir einen Haufen klangvoller Begriffe an den Kopf geworfen. Justizmanagement, Benchmarking, Budgetierung, Kosten-Leistungsrechnung und was weiß ich noch alles."

Marie lachte. „Hat er dir auch erklärt, was das alles bedeutet?"

Er winkte ab. „Gegen diese Art Wichtigtuerei bin ich allergisch."

„Da haben wir ihn schon." Marie hatte nebenbei den Namen in die Suchmaske der Fahndungsdatei eingegeben. „Fedder, Hannes, geboren am 22.10.1948 in Cuxhaven. Wohnhaft in Cuxhaven-Altenbruch. Leider ist das Delikt nicht mehr verzeichnet."

„Also keine allzu schwerwiegende Tat", murmelte Röverkamp. „Oder eine, die länger zurückliegt. Kümmerst du dich darum?"

„Natürlich. Wenn in unserer Aktenhaltung auch nichts mehr vorliegt, frage ich beim LKA nach. Oder bei Krebsfänger. Die müssen ihre Akten immerhin zehn Jahre aufbewahren. Da kann er gleich zeigen, wie gut sein neues Organisationsmodell funktioniert."

„Gut." Er erhob sich. „Während du nach der Akte Fedder fahndest, gehe ich zu den Kollegen der Kriminaltechnik. Mal sehen, ob sie verwertbare Spuren gefunden haben. – Wollen wir nachher zusammen eine Kleinigkeit essen? Ich habe das Bedürfnis, diesen aufgeheizten Kasten heute möglichst früh zu verlassen. Bei dem schönen Wetter könnten wir ..."

Sie schüttelte den Kopf. „Tut mir Leid, Konrad. Aber ich bin schon verabredet."

Er stutzte. Dann huschte ein Lächeln über sein Gesicht. „Kriminaloberrat Christiansen begrüßt es sehr, wenn die Zusammenarbeit zwischen Polizei und Presse gut funktioniert."

Ehe Marie reagieren konnte, war er durch die Tür verschwunden.

Sie stützte das Gesicht in die Hände und richtete den Blick in die Ferne. War sie so leicht zu durchschauen? Und war es nicht ein Fehler, sich mit Felix Dorn zu verabreden? Eigentlich hatte sie seinen Vorschlag zu einem gemeinsamen Abendessen ablehnen wollen. Eigentlich wollte sie sich gar nicht mehr mit Männern verabreden. Seit jenem beinahe tödlichen Abenteuer ... Aber sie hatte Ja gesagt. Ihr Verstand musste sie im Stich gelassen haben. Marie seufzte. *Immerhin ist er kein Kollege.* Und gegen ein harmloses Glas Frascati zum Rucola e Pomodorini bei Giancarlo war schließlich nichts einzuwenden.

*

Nachdem er alle Unterlagen über den toten Betriebsratsvorsitzenden vernichtet hatte, vertiefte er sich in das Dossier über den Koch. Evers hatte es ihm leicht gemacht. Seine Lebensumstände, seine Gewohnheiten und seinen Arbeitsalltag auszuforschen war ein Kinderspiel gewesen. Mit der Tätigkeit bei der Firma Cux-Frisch hatte er ihm eine Todesart auf dem Silbertablett serviert, die in jeder Hinsicht angemessen war. Der Gefahr, dass unfähige Kriminalpolizisten sein Werk als Unfall missverstehen würden, war er durch hinreichend deutliche Spuren begegnet. Nun war zu hoffen, dass der Koch intelligent genug war, die Bedrohung zu erkennen. Sollte der Mann so unbedarft sein, Evers' gewaltsames Ende nicht auf sich zu beziehen, würde er ein wenig nachhelfen müssen. Denn die Angst des Opfers, auf die er im ersten Fall hatte verzichten müssen, war gewissermaßen die Vollendung seines Kunstwerks – wie das Sahnehäubchen auf einer gelungenen Tortenkreation. Angesichts des Berufes dieses Mannes ein recht passendes Bild.

Ein kaum wahrnehmbares Lächeln umspielte seinen Mund, als er das Foto hervorzog und zum Licht drehte. Köche waren zahlreichen Gefahren ausgesetzt. Darunter gab es eine, die zwar nicht die Nächstliegende war, aber seinen Vorstellungen in besonderer Weise entsprach. Dafür hatte Evers ihm unwissentlich auch gleich das passende Instrument geliefert.

8

Wenn Jensen im Stress war, wurde er laut. Und Jensen war im Stress. Wegen der Hitze, wegen der Arbeit und wegen der Gäste. Viel zu tun gab es in der Hauptsaison immer. Heiß war es in der Küche auch fast immer. Und nervig waren die Gäste sowieso immer. Aber in diesen Sommertagen spielten sie völlig verrückt. *Liegen trotz der Hitze den ganzen Tag am Strand in der Sonne, essen nichts, und wollen sich abends den Wanst vollschlagen. Und alle möglichst zur selben Zeit.*

Das Restaurant war ausgebucht, jeder Gast erhob Anspruch auf perfekte Bedienung und höchste Qualität bei allen Speisen. Die Karte war wie immer zu umfangreich, weil man wieder nicht auf ihn hatten hören wollen. Als Inhaber des Cap Cux waren Isabelle und Enno Wilckens darauf bedacht, ihren Gästen nicht nur eine Spitzenküche, sondern auch eine breit gefächerte kulinarische Auswahl zu bieten. Ein Anspruch, der das Personal der Restaurantküche an die Grenzen des Machbaren brachte. Und die Verantwortung blieb an ihm hängen. „Wenn wir die Karte etwas weniger umfangreich machen", sagte er jedes Mal zu Beginn der Saison, „können wir leichter bessere Qualität liefern."

„Mit Ihnen als Chef de Cuisine schaffen wir das auch so, mein lieber Jensen", lautete stets die Antwort der Chefin. „Unsere Gäste schätzen nun mal die Auswahl." Dabei legte sie ihre gepflegte Hand auf Jensens Unterarm und lächelte so herzlich und gewinnend, dass er immer wieder nachgab.

In dieser Zeit durfte niemand ausfallen oder schlappmachen. Jensen verlangte vollen Einsatz von jedem, ließ keine Ausflüchte zu und dirigierte die Mannschaft mit kurzen und vor allem sehr lautstarken Kommandos. Wenn es in den Töpfen brodelte und in den Pfannen zischte, wenn Gasflammen fauchten und Küchenmaschinen rumorten, Geschirr klapperte und Besteck klirrte, während die Kellner ihre Bestellungen in den Raum riefen und „Gardemanger" und „Entremetier" ebenso wie „Rôtisseur" und „Poissonnier" Befehle an ihre „Commis" weitergaben, entstand ein Geräuschpegel, der übertönt werden musste. Hörfehler führten leicht zu einer Katastrophe, darum durfte niemand seine Stimme so weit erheben wie der Küchenchef. Wenn er gegen Mitternacht das Cap Cux verließ, spürte er die Arbeit des Tages in allen Knochen. Und wie jedes Jahr in der Hauptsaison sagte er sich, dass er diesen Stress nicht mehr lange mitmachen würde.

Trotz der Müdigkeit, die sich in ihm breitmachen wollte, nahm Jensen bei sommerlichen Temperaturen stets einen Umweg über den Strand. Und wenn die Flut das Wasser nahe genug gebracht hatte, ließ er Hemd und Hose an einem Strandkorb zurück und stürzte sich ins erfrischende Nass. Mit der Abkühlung beruhigte sich sein Herzschlag, und die Last des Tages fiel von ihm ab.

Vor ein paar Stunden hatte jedoch eine andere Anspannung von ihm Besitz ergriffen. Im Radio hatte er von dem Unfalltod des Betriebsratsvorsitzenden gehört, und seitdem beschlich ihn immer wieder das Gefühl, dass es vielleicht kein Unfall gewesen sein könnte, der das Leben seines ehemaligen Kameraden beendet hatte.

Und jedes Mal fragte er sich, ob er versuchen sollte, den Abgeordneten zu erreichen. Seit damals hatte er ihn nicht mehr getroffen. Nur hin und wieder sein Bild in der Zeitung oder im regionalen Fernsehprogramm gesehen. War es an der Zeit, sich mit ihm zu treffen und zu beraten? Andererseits gab es vielleicht gar keinen Grund zur Beunruhigung. Weil Evers wirklich durch einen Unfall ums Leben gekommen war. Oder weil ihn jemand umgebracht hatte, der überhaupt nichts von ihnen wusste. Und wenn er versuchte, den Abgeordneten zu erreichen, würde man ihn möglicherweise gar nicht zu ihm lassen. Er hatte noch nie mit einem Landtagsabgeordneten gesprochen und keine Vorstellung, wie man mit solchen Leuten umging.

Wahrscheinlich bilde ich mir sowieso alles nur ein. Und mache mich nur verrückt. Es kann doch nicht sein, dass ein erwachsener Mann sich von Hirngespinsten in Angst und Schrecken versetzen lässt. Energisch schüttelte Jensen die beklemmenden Gedanken ab und kraulte kraftvoll durch die sanfte Dünung der Nordsee.

Nachdem er aus dem Wasser zurückgekehrt war, ließ er sich im Sand nieder, um die Haut an der noch immer warmen Luft trocknen zu lassen. Obwohl der Nachthimmel frei von Wolken war, hatten sich Luft und Boden kaum abgekühlt. Unter den glitzernden Sternen lag das Meer nahezu bewegungslos, und Jensen fühlte sich für einen Augenblick an die Küste eines südlichen Landes versetzt. Aber während dort winzige Fischerboote auf dem Wasser schaukelten, zogen in der Fahrrinne hinter der Kugelbake riesige Containerschiffe entlang. Zwischen den spärlich beleuchteten Frachtern tauchte ein Kreuzfahrtschiff mit unzähligen Lichtern auf, man glaubte, eine schwimmende Stadt zu sehen.

Jensen dachte an seine Kollegen, die dort um diese Zeit noch immer in der Kombüse schufteten. Dort ging es ähnlich zu wie in der Küche des Cap Cux, nur dass sie dort keine Gelegenheit hatten, nach der Arbeit im lauen Meer zu baden oder am Strand zu liegen. Er sah der schwimmenden Unterhaltungsmaschine nach, die sich deutlich schneller bewegte als die Containerschiffe, bis sie nur noch als heller Punkt über dem Horizont zu erkennen war.

Als Jensen sich aufrichten wollte, explodierte etwas an seinem Hinterkopf. Bevor er sich darüber wundern konnte, verlor er das Bewusstsein.

Als er zu sich kam, fragte er sich, ob der Albtraum, den er durchlitten hatte, zu Ende war. Es war Sommer, seit Wochen lag drükkende Hitze über Cuxhaven. Aber er war völlig durchgefroren. So kalt war das Wasser doch gar nicht. Und er war auch daran gewöhnt, er ging doch fast jede Nacht schwimmen. Trotzdem zitterte er erbärmlich. Und es war dunkel. Keine Sterne über ihm. Das monotone Brummen kam nicht von einem Containerschiff in der Fahrrinne, die Geräuschquelle befand sich ganz in seiner Nähe. Unter sich spürte er den Boden vibrieren. Er lag auch nicht im Sand, sondern auf Bruchstücken von Styropor und Pappe. Und er war nackt.

Jensen wollte aufspringen, aber seine Glieder waren wie gelähmt und sein Kopf von einem dumpfen Schmerz erfüllt. Mühsam richtete er sich auf, geriet ins Taumeln, stützte sich ab und spürte die Kälte einer eisigen Wand. Vorsichtig tastete er sich in der Dunkelheit voran. Plötzlich bewegte sich der Fußboden unter ihm.

In diesem Augenblick wusste er, dass er nicht mehr träumte. Er befand sich in einem Fahrzeug. Eines jener Sorte, die fast täglich vor dem Küchentrakt des Cap Cux hielten, um Tiefkühlware aller Art anzuliefern. Fisch und Meeresfrüchte, Gemüse und Pommes frites, Torten und Eis. Nur dass dieser Wagen nichts von alledem geladen hatte. Die einzige Ladung waren offenbar Reste von Styropor-Verpackungen. Und er.

Am Strand hatte er niemanden mehr gesehen. Irgendwo in der Dunkelheit hatten ein paar Jugendliche gelärmt, sonst war zwischen Strandbad und Kugelbake alles ruhig gewesen. So hatte er seine Last unbehelligt einwickeln und auf der mitgebrachten Sackkarre zum Parkplatz neben der Minigolf-Anlage schaffen und in den Kühlwagen packen können.

Der Mann war schwerer gewesen, als er vermutet hatte, und durch die Anstrengung des Transports war er schweißnass, als er die Tür zum Laderaum schloss. Aber er gönnte sich keine Pause, lief zurück, um die Spuren der Sackkarre im Sand zu verwischen, rannte wieder zum Wagen und erklomm das Fahrerhaus. Heftig atmend ließ er den Motor an und kurbelte die Scheibe herunter, um die laue Nachtluft hereinzulassen. Als er langsam durch die spärlich erleuchtete Strandstraße rollte, begegnete er doch noch Menschen. Kleine Gruppen, die sich lautstark über eine Veranstaltung in der Kugelbake-Halle unterhielten und wohl ihren Ferienwohnungen zustrebten. Niemand nahm Notiz von dem Kastenwagen, dessen Beschriftung auf das Cuxhavener Unternehmen CuxFrisch hinwies.

Am Tourismusbüro bog er links ab in den Döser Feldweg und beschleunigte. Dabei hatte er den Eindruck, dass es im Laderaum polterte. Ja, er hatte richtig gehört. Sein Passagier hämmerte gegen die Wand. Ein Lächeln umspielte den Mund des Fahrers. *Da kann er lange klopfen.*

Als er die Ampelkreuzung an der Altenwalder Chaussee erreichte, war das Hämmern in ein rhythmisches Schlagen übergegangen. Und es wurde lauter. Ob es bis in das Innere anderer Fahrzeuge dringen würde? Der Fahrer des Tiefkühl-Transporters stieß einen Fluch aus und trommelte ungeduldig aufs Lenkrad, während er auf die Grünphase wartete. Sollte Jensen ein Werkzeug oder einen anderen festen Gegenstand gefunden haben, mit dem er versuchte, die Verriegelung der Hecktür aufzubrechen?

Die Sackkarre! Er hatte die Sackkarre in den Laderaum geworfen, statt sie an der vorgesehenen Halterung unter dem Heck zu befestigen. Vor seinem inneren Auge hob Jensen das stählerne Gestell über den Kopf und ließ es gegen die Tür des Laderaumes krachen.

Er ärgerte sich. Darüber, dass er diese Möglichkeit nicht bedacht hatte.

Mit durchgetretenem Gaspedal beschleunigte er den Transporter auf achtzig Stundenkilometer, um dann voll auf die Bremse zu treten. Die Schlaggeräusche brachen ab, im Laderaum polterte es dumpf. Die Vorstellung von dem, was sich hinter ihm abspielte, ließ ihn auflachen. Trotzdem blieb er unruhig. Er änderte seinen Plan. Zwar hatte er im weitläufigen Gelände der Überseehäfen in Bremerhaven ein unauffälliges Versteck für den Kühltransporter ausgekundschaftet, doch erschien ihm angesichts des randalierenden Kochs im Laderaum der Weg dorthin zu weit. Kurz entschlossen bog er in Richtung Altenbruch ab. In der Heerstraße gab es Gehöfte und abgeschiedene Häuser. Da würde sich auch ein Abstellplatz finden lassen, der nicht so schnell entdeckt werden konnte.

Schon nach einigen hundert Metern fand er eine abseits gelegene Scheune, die für seine Zwecke geeignet war. Rückwärts rangierte er den Wagen vor das Gebäude und ließ ihn mit der Hecktür gegen die Mauer rollen.

Er zog den Zündschlüssel ab, verließ die Fahrerkabine und umrundete das Fahrzeug. Hohe Bäume schirmten das Gelände gegen den Lichtschein von Mond und Sternen ab. Nun würde es für seinen Gefangenen kein Entkommen mehr geben. Die Türen waren blockiert.

Um sicher zu gehen, dass der Lkw auch bei einer – höchst unwahrscheinlichen vorzeitigen Entdeckung nicht ohne Weiteres aus seiner Position gerollt werden konnte, öffnete er die Ventile an allen Reifen. Als die Luft zischend entwich und sich der Transporter auf die Felgen senkte, verflog der Ärger über seine Unachtsamkeit.

Er warf die Ventile ins Gebüsch und machte sich auf den Weg. Altenwalde war in einem halbstündigen Fußmarsch zu erreichen. Dort würde er auf den Morgen warten und dann den Bus in die Stadt nehmen. Das Brummen des Kühlgenerators wurde ebenso wie das dumpfe Poltern aus dem Innenraum mit jedem Schritt leiser, um den er sich vom Versteck des Kühlwagens entfernte.

9

„Wie war dein Abend?", fragte Röverkamp gleich nach der Begrüßung. Marie war nicht darauf gefasst gewesen und kam ins Schwimmen. „Gut. Ich meine, ganz nett. Bei Giancarlo im Biergarten ... es war ziemlich voll und ... na ja, ganz nett eben." Sie sah in Röverkamps Augen, erkannte sein ehrliches Interesse und die Enttäuschung über ihre Ausflüchte. Für einen Augenblick hielt sie inne, schloss die Augen und entschied sich, nicht zu lügen. Dann brach es aus ihr heraus. „Ich glaube, ich habe alles vermasselt." Und die Erinnerung trieb ihr die Tränen in die Augen.

„Erzähl!", forderte ihr Kollege sie auf, setzte sich ihr gegenüber und sah sie aufmerksam an.

Marie schluckte an einem Kloß, der sich in ihrem Hals festgesetzt hatte. „Es war *wirklich* nett, Konrad. Jedenfalls am Anfang. Felix ... ich meine Herr Dorn ... war sehr charmant, sehr höflich und ein aufmerksamer Zuhörer. Und er kann wunderbar erzählen. Von seiner Arbeit. Und davon, was er sonst so macht. Viel Freizeit bleibt einem Zeitungsredakteur ja nicht. Das ist bei denen ein bisschen wie bei uns. Wenn sie an einer Sache dran sind, gibt es keinen Feierabend. Und er kennt den neuesten Klatsch aus dem Rathaus, aktuelle Geschichten aus der Tourismusszene und die Entwicklung auf dem Wirtschaftssektor. Er ist wirklich - wie du gesagt hast - auf Draht."

Konrad Röverkamp beugte sich vor. „Aber?"

Marie schüttelte den Kopf. „Es gibt kein Aber. Ich finde ihn sympathisch, und er sieht ja auch ziemlich gut aus. Das Problem ... ist ... bin ich."

„Du?" Der Hauptkommissar lächelte. „Du magst alles mögliche sein, Marie. Aber eines bist du mit Sicherheit nicht: ein Problem."

„Aber ich habe es geschafft, den Abend ... die Stimmung ... Ich wollte es nicht. Es ist einfach passiert. Ich habe ..."

Sie wurde unterbrochen, als es an der Tür klopfte und ein Kollege aus der Zentrale den Kopf durch den Spalt steckte. „Entschuldigt bitte. Der Chef meinte, ich sollte euch informieren. Wir haben eine Vermisstenmeldung. Und am Strand in Döse wurden Kleidungsstücke gefunden, die offenbar dem Vermissten gehören."

„Gibt es Hinweise auf eine Gewalttat?" Röverkamp zückte einen Kugelschreiber und zog sich einen Block heran.

Der Beamte schüttelte den Kopf. „Noch nicht. Aber es handelt sich um den Koch vom Restaurant Cap Cux, der verschwunden ist. Die Inhaber sind deswegen völlig von der Rolle. Kann man ja verstehen. Mitten in der Hochsaison verschwindet der Chefkoch. Sie sind mit Staatsanwalt Krebsfänger bekannt und machen einen ziemlichen Wind."

Verärgert warf Röverkamp den Schreibstift in die Ablage. „Dann verschont *uns* damit!", rief er ungewohnt heftig. „Wir haben zwei ungeklärte Todesfälle zu bearbeiten."

Der Kollege zog sich verschreckt zurück und schloss die Tür.

Marie grinste verhalten. „Es ist nur noch einer." Sie zog einen schmalen Ordner aus dem Stapel auf ihrem Schreibtisch und reichte ihn dem Hauptkommissar. „Der Bericht der Rechtsmediziner. Unser Mann vom Dünenweg in Duhnen ist eines natürlichen Todes gestorben. Gehirnblutung. Nur seine Identität ist noch nicht geklärt. Im Gegensatz zu dem Restaurantkoch hat ihn bisher noch niemand vermisst. Wahrscheinlich ein Urlauber."

Röverkamp warf einen Blick in die Mappe und ließ sie dann in einen Ablagekorb fallen. „Sehr gut. Wenigstens *eine* gute Nachricht. Also können wir uns ganz auf den Fall Evers konzentrieren. Aber vorher würde mich noch interessieren, was dir gestern Abend widerfahren ist."

Marie sah aus dem Fenster und hob die Schultern. „Es war, wie gesagt, richtig nett. Aber dann habe ich ... behauptet, ich hätte einen Freund. Felix hat sich nichts anmerken lassen, aber ich bin sicher, sein Interesse ist danach deutlich abgeklungen."

„Warum?"

„Wie - warum? Warum sein Interesse ...?"

„Warum hast du ihn belogen?"

Marie zuckte bei dem Wort innerlich zusammen. „Ich weiß nicht. Ich wollte es nicht wirklich. Es kam so. Ich glaube ..." Statt den Satz zu vollenden, hob sie erneut die Schultern.

„Du hattest Angst", stellte Röverkamp fest. „Und die hast du wahrscheinlich immer noch. Angst, dich zu verlieben. Und eine neue Enttäuschung zu erleben."

Marie nickte stumm.

Eine Weile schwiegen beide. Durch die geöffneten Fenster drang der Lärm des Straßenverkehrs herein, gelegentlich übertönt von der Sirene eines Polizeifahrzeugs oder dem Signalhorn eines Schiffes.

Schließlich brach der Hauptkommissar das Schweigen. „Ich kann dich verstehen, Marie. Mir ging es genau so. Damals ... Jedenfalls bin ich viel zu lange einer neuen Beziehung aus dem Weg gegangen. Du solltest es besser machen und den kleinen Fehler so schnell wie möglich ausbügeln."

„Kleiner Fehler?" Marie sah ihren Kollegen an. „Immerhin habe ich bei einer wichtigen Frage ..."

Er schüttelte nachdrücklich den Kopf. „Es geht hier doch nicht um Zeugenaussagen in einem polizeilichen Ermittlungsverfahren. Wie ich den jungen Mann einschätze, wird er dir das kleine Manöver gerne verzeihen. Erklär's ihm einfach."

„Du meinst ...?"

Röverkamp lächelte. „Ich an seiner Stelle würde mich glücklich schätzen, wenn sich die Sache so schnell wieder zum Guten wenden würde. Ich würde übrigens ohnehin nicht aufgeben. Selbst wenn meine Angebetete schon einen Freund hätte." Nach einer kurzen Pause fügte er hinzu: „Jedenfalls wenn ich in eurem Alter wäre. Als ich meine große Liebe Ingrid kennen gelernt habe, war sie auch in festen Händen. Ich habe damals ..."

Das Klingeln des Telefons unterbrach den Hauptkommissar. „Wir reden später weiter", sagte er und meldete sich.

Während der Anrufer sprach, verwandelte sich Röverkamps ernste Miene zu einem fröhlichen Ausdruck. „Mir scheint", sagte er, „Sie rufen im richtigen Augenblick an. Ich würde den Hörer gern an meine Kollegin weitergeben. Wären Sie damit einverstanden?"

Er streckte Marie den Telefonhörer mit zugehaltener Sprechmuschel entgegen. „Wie das Schicksal so spielt. Hier ist ein junger Mann mit bemerkenswerten Ambitionen. Er hat möglicherweise eine nützliche Information für uns. Aber ich glaube, er würde lieber mit dir sprechen. Du solltest die Chance nutzen."

Irritiert übernahm Marie den Hörer. „Kommissarin Janssen. Guten Tag ..."

Felix Dorn hatte lange gezögert. Alle möglichen Bilder kreisten seit dem Abend mit Marie Janssen in seinem Kopf. Ihr leicht geneigter Kopf, wenn sie zuhörte, ihre leuchtenden Augen, wenn sie von ihrer Arbeit erzählte, ihr reservierter Blick, wenn das Gespräch persönliche Erfahrungen und Empfindungen berührte. Die Bilder ließen sich nicht verdrängen, auch nicht, wenn er sich daran erinnerte, dass sie einen Freund hatte. Und die Gefühle schon gar nicht. Marie war keine Schönheit. Eher klein als groß, und obwohl sie blond und blauäugig war, fehlten ihr jene Attribute, die Männer auf Anhieb ansprachen. Dennoch – in ihrer Zartheit war sie hübsch, und je länger er sich mit ihr unterhalten hatte, desto attraktiver war sie ihm erschienen. Als ihm endlich ein Grund eingefallen war, aus dem er sie anrufen konnte, waren die Würfel gefallen.

Ihre Stimme klang geschäftsmäßig, dennoch elektrisierte sie ihn bis in die Fußspitzen.

„Hallo, Marie. Hier ist Felix Dorn. Ich hätte eine Frage. Hast du einen Augenblick Zeit, oder störe ich?"

Marie ließ den Hörer sinken und sah ihren Kollegen hilfesuchend an. Röverkamp deutete auf den Apparat. „Sprich mit ihm. Verabrede dich mit ihm. Du willst ihn doch wiedersehen. Oder?"

Sie nickte vage und nahm den Hörer wieder auf.

„Marie? Bist du noch dran?" Die Stimme klang besorgt.

„Ja. Es war nur ... mein Kollege ... Nein, du störst nicht."

Felix Dorn atmete hörbar auf. „Können wir uns treffen?" Als Marie nicht sofort antwortete, schob er schnell nach: „Ich habe etwas herausgefunden. Im Fall Evers. Könnte für euch interessant sein. Außerdem ..."

„Außerdem?"

„Außerdem ... würde ich dich gern wiedersehen."

*

Nachträglich bedauerte er es, dass er dem Koch nicht mehr Zeit für das Leben mit der Angst gelassen hatte. Aber die Gelegenheit, den Tiefkühlwagen mitgehen zu lassen, war einfach zu verführerisch gewesen. Das große Fahrzeug hätte er nicht lange verstecken können. Allerdings schienen sie es noch immer nicht zu vermissen. Jedenfalls stand nichts davon in der Zeitung. Und die verbreiteten schon bei weniger schwerwiegenden Ereignissen ihre Meldungen. Immerhin hatte Jensen mehrere Stunden auf sein sicheres Ende warten müssen. Während einer Hitzeperiode im Hochsommer zu erfrieren, war schon etwas Besonderes.

Also gab es keinen Grund, unzufrieden zu sein.

Gefunden hatten sie den Transporter auch noch nicht. Die Entdeckung eines zweiten tiefgefrorenen Mannes würde in Cuxhaven für große Aufregung sorgen. Er malte sich aus, mit welchen Gesichtern die ermittelnden Kriminalbeamten in den Wagen starren würden, wenn man ihnen den Fund zeigte. Die Vorstellung erheiterte ihn so sehr, dass er laut auflachte.

So kurz die Zeit für Jensen gewesen war, so lang würde sie für sein drittes Opfer werden. In zwei Monaten waren Wahlen. In Cuxhaven würde der Oberbürgermeister gewählt, in Nordholz kandidierte eine junge Frau gegen den amtierenden Bürgermeister, und viele Stadt- und Gemeinderäte waren neu zusammenzusetzen. Die Politiker waren fast täglich unterwegs, um ihre Parteifreunde im Wahlkampf zu unterstützen. In dieser Phase dürfte es Ostendorff unmöglich sein, sich aus der Öffentlichkeit zurückzuziehen. Es würde leicht sein, an ihn heranzukommen, immer wieder, und mit ihm zu spielen. Und er würde die Signale verstehen.

*

„Hauptsache, ihr macht nichts Illegales." Marie Janssen musterte ihren Vater und fragte sich, ob seine wiedererwachte Vitalität von seinem neuen Tätigkeitsfeld herrührte. Seit er sich einer Aktionsgemeinschaft gegen die Elbvertiefung angeschlossen hatte, lebte er sichtlich auf. Seine Tätigkeit in der Stadtverwaltung hatte ihn in den letzten Jahren nicht mehr befriedigt. Weil er nicht der richtigen Partei angehörte, hatte man ihn bei der Besetzung der Amtsleiterstelle übergegangen. Seitdem wartete er auf die Pensionierung. Mit der Arbeit in der Aktionsgemeinschaft hatte er offenbar eine Aufgabe gefunden, die ihn herausforderte. Während er von den Plänen zur weiteren Ausbaggerung der Elbe zwischen Hamburg und Cuxhaven berichtete, leuchteten seine Augen. So hatte Marie ihn lange nicht erlebt. Wenn sie ihre Eltern in Otterndorf besucht hatte, war er meistens damit beschäftigt gewesen, den Garten zu pflegen oder am Haus etwas in Ordnung zu bringen. Jetzt brütete er über Akten und Zeitungsausschnitten oder telefonierte mit anderen Mitgliedern der Aktionsgemeinschaft, wenn sie in ihr Elternhaus kam. Für sie unterbrach er seine Arbeit sofort. Und nun saßen sie auf der Terrasse des kleinen Einfamilienhauses am Helgoländer Weg und beobachteten eine Entenfamilie auf der Medem. Holger Janssen berichtete, wie sie die örtlichen Politiker unter Druck setzen wollten. Einiges davon hatte in Maries Ohren ein wenig nach Nötigung geklungen.

„Wo denkst du hin, Mädchen. Dein Vater doch nicht!“ Dann erschien ein spitzbübisches Lächeln auf seinem Gesicht. „Und wenn, werde ich es dir nicht auf die Nase binden“, lachte er. „Aber falls du mich verhaftest, wäre ich ja in guten Händen.“

„Lasst diesen Unsinn!“, warf Maries Mutter ein und schob ihrer Tochter den Kuchenteller hin. „Iss lieber noch ein Stückchen. Du bist so schmal geworden, Kind. Findest du nicht auch, Holger?“

„Quäl das Mädchen nicht mit deinen Vorstellungen von gesundem Aussehen“, antwortete Maries Vater. „Sie ist alt genug, um selbst zu entscheiden, wie viel sie isst. Ich übrigens auch.“ Damit angelte er sich ein Stück vom Teller und erntete dafür kritische Blicke seiner Frau *und* seiner Tochter.

„Apropos verhaften“, nahm Holger Janssen den Faden wieder auf. „Habt ihr schon eine Spur in der CuxFrisch-Geschichte? Oder war es ein Unfall?“

Marie schüttelte den Kopf. „Nein. Kein Unfall. Aber wir tappen noch im Dunkeln.“ Sie mochte nicht über ihre vagen Vermutungen reden. Außerdem interessierte sie sich für die Aktivitäten ihres Vaters. „Warum wollt ihr nicht abwarten, bis klar ist, was überhaupt mit der Elbe passieren soll? Bis jetzt könnt ihr doch nur gegen Pläne protestieren, über die noch gar nicht entschieden ist."

„Liest du denn keine Zeitung, Marie?" Holger Janssen geriet in Fahrt. „Für Hamburg ist die Elbvertiefung beschlossene Sache. Die können einfach den Hals nicht voll kriegen. Seit hundertfünfzig Jahren baggern sie die Fahrrinne tiefer und tiefer. Damals ging es um gut fünf Meter. Jetzt sind wir bei über vierzehn Metern. Du musst dir das mal ansehen, wie so ein Containerschiff hier vorbeizieht. Wenn dessen Bugwellen gegen den Deich klatschen, dann kriegst du eine Ahnung davon, wie es bei der nächsten Sturmflut aussehen kann. Wir kriegen einen höheren Tidenhub, der Uferschutz geht den Bach runter und kein Mensch weiß, wie sich die weitere Vertiefung auf unser Grundwasser auswirken wird. Der Salzgehalt ist doch jetzt schon ..."

Das Klingeln des Telefons unterbrach ihn. „Das wird Christian sein. Bin gleich wieder da."

„Vater ist wie ausgewechselt", stellte Marie fest, nachdem Janssen im Inneren des Hauses verschwunden war. „Ich finde das toll. Wie er sich engagiert ..."

Maries Mutter nickte, ihre Miene blieb aber besorgt. „Ja, er ist wieder ganz der Alte. Aber er müsste mehr auf seine Gesundheit achten. Er mutet sich zu viel zu. Ich mache mir Sorgen, weil er ..." Sie sah sich um. Holger Janssen schien noch zu telefonieren. Seine Stimme klang gedämpft aus dem Hausflur.

„... weil er nicht zum Arzt geht?" Marie kannte die unendliche Geschichte der Verweigerungen, wenn es um seine Gesundheit ging. Ihr Vater hasste Arztbesuche und hielt Vorsorge für überflüssig.

Ihre Mutter nickte und öffnete den Mund – blieb aber stumm, weil ihr Mann auf die Terrasse zurückkehrte.

„Das war Christian Fedder. Ein ganz plietscher Junge."

„Fedder?" Marie hatte unwillkürlich heftig reagiert. „Aus Altenbruch?"

Holger Janssen nickte. „Kennst du ihn?"

10

Fassungslos starrten die Männer in die Flammen. Hendrik hatte Clasens Schlauch genommen und hielt den Wasserstrahl auf das brennende Gebäude gerichtet, ohne eine nennenswerte Wirkung erkennen zu können.

Er deutete auf das Wohnhaus, dessen Reetdach sich unter einer mächtigen Schneedecke duckte. „Einen Vorteil hat der Schnee. Die Funken können nichts anrichten. Ich glaube nicht, dass das Haus gefährdet ist."

Sven nickte. „Jedenfalls nicht, solange der Schnee nicht runterrutscht und der Wind nicht dreht."

Susannes Atem produzierte Nebelwolken in rascher Folge. Sie hielt sich an Jan fest, während ihr Blick auf das Feuer geheftet war. Die Schminke war verlaufen, das Lippenrot verschmiert und ihr Gesicht zu einer Grimasse entstellt. Sie stierte in das Inferno. „Ich bin schuld", murmelte sie. „Wenn Vater etwas zustößt ... Ich bin schuld ..." Ihre Stimme hob sich zu einem Schrei: „Und ihr ... ihr seid ... ihr habt ..."

Das Gebrüll der eingeschlossenen Tiere schwoll an und übertönte ihre Worte. Plötzlich stieß sie Jan von sich und rannte los. Schnell hatte sie den halben Weg zum brennenden Stall zurückgelegt. Dann endlich reagierte Sven. Er setzte ihr nach. Doch bevor er sie packen konnte, war sie im Qualm verschwunden, der aus der Stalltür quoll. Ohne nachzudenken, folgte er ihr in die Dunkelheit.

Blind stolperte er durch den beißenden Rauch. Beim Versuch, sich vorwärtszutasten, blieb sein Fuß hängen. Er strauchelte, kam wieder auf die Füße und rief nach Susanne. Aber er brachte nicht mehr als ein Krächzen hervor. Sie würde nach ihrem Vater suchen wollen. Und der hatte wahrscheinlich vor, die Tiere aus dem Stall zu lassen. Sven orientierte sich am Gebrüll der Kühe, tastete sich in die Richtung vor, aus der das infernalische Angstgeschrei zu kommen schien. Plötzlich brach ein Stampfen und Poltern los. Im nächsten Augenblick wurde er zur Seite gestoßen. Eine dunkle Masse drängte sich an ihm vorbei, quetschte ihn gegen die Wand und wogte brüllend in Richtung des hellen Rechtecks der Stalltür. *Die Tiere sind los. Er hat es geschafft.* Erneut rief er nach Susanne, rechnete jedoch nicht damit, dass seine Stimme oder ihre Antwort das Getöse der flüchtenden Jungrinder und Milchkühe übertönen konnte.

So schnell wie er gekommen war, war der Spuk vorbei. Auch der Rauch schien sich zu verflüchtigen. Plötzlich erfüllte das Zischen und Heulen der Flammen die Luft. Das Dachgebälk des Stalles ächzte und knackte. Knisternd fuhren Flammen in Dachsparren und Stützbalken. Svens Lunge brannte, in seinem Kopf ballte sich ein dumpfer Druck zusammen, gleichzeitig spürte er ein aufkommendes Schwindelgefühl. *Ich muss hier raus. Bevor ich die Besinnung verliere.*

Als seine Augen nach dem Ausgang suchten, entdeckte er den Körper. Susanne lag nur wenige Schritte entfernt, seltsam verkrümmt, die Arme wie zum Schutz über den Kopf gelegt.

Sven wankte zu ihr, drehte sie auf den Rücken, sah Blut auf ihrem Gesicht und schreckte zurück. Aber dann erkannte er, dass sie atmete, und ihn erfüllte nur noch ein Gedanke. Sie ins Freie zu bringen. An die Luft. Atmen bedeutete Leben. Auch für ihn.

Später hätte er nicht mehr sagen können, wie er es geschafft hatte, den leblosen Körper aus dem brennenden Gebäude zu ziehen. Seine Erinnerung setzte ein, als er hustend und nach Atemluft ringend im Schnee auf dem Hof des Anwesens lag, über ihm das besorgte Gesicht von Hendrik.

Neben Hendriks Füßen lag der vereiste Wasserschlauch, an dessen Spitze sich ein Eisblock gebildet hatte, aus dem nur noch ein dünnes Rinnsal floss.

„Was ist mit ihr?", fragte er und richtete sich auf.

Hendrik wies mit dem Daumen in Richtung Tor. „Sie lebt." Susanne lehnte an einem der Pfosten, neben ihr hockte Jan und sprach leise auf sie ein. „Nur ihr Kopf scheint etwas mitbekommen zu haben. Sie redet ziemlich wirres Zeug. - Was ist mit dir? Bist du okay?"

Sven kam hustend auf die Füße. „Alles bestens“, versicherte er und wandte sich zur Brandstelle um. „Der Stall ist nicht mehr zu retten. Und Clasen ...“

„... auch nicht“, ergänzte Hendrik.

„Verdammt! Was machen wir? Die Feuerwehr ... Hat Jan was erreicht?“

„Sie sind unterwegs.“ Hendrik machte eine unbestimmte Bewegung. „Aber ob sie es bis hierher schaffen, ist die Frage.“ Er deutete dorthin, wo er die Straße vermutete. „Der Schnee ...“

Erst jetzt entdeckte Sven die Rinder. Sie hatten sich vor dem Hof verteilt und steckten bis zu den Bäuchen im Schnee. Die weißen Teile ihrer Felle verschmolzen mit dem Hintergrund, während die schwarzen Flecken ein kurioses Muster in der Landschaft bildeten.

„Vielleicht können wir mit dem Trecker ... Wir müssen versuchen, das Dorf zu erreichen. Susanne braucht einen Arzt.“

Hendrik schüttelte den Kopf. „Selbst wenn wir damit vorankommen ... Kennst du den Weg? Liegt doch alles unter einer Schneedecke. Ehe wir uns versehen, landen wir in einem Graben. Wenn wir Pech haben, unter dem Trecker.“

„Aber Susanne! Sie kennt sich doch aus. Einer von uns fährt, und sie sagt nur, wo es langgeht.“

„Theoretisch hast du recht.“ Hendrik sah zum Tor hinüber. „Aber ich glaube nicht, dass sie dazu in der Lage ist.“

Jan hatte den Arm um ihre Schultern gelegt und versuchte verzweifelt, Susanne eine Reaktion zu entlocken. „Es ist alles gut, du bist außer Gefahr. Am Kopf, das ist nur eine Platzwunde. Die blutet zwar, aber sie ist nicht gefährlich. Alle Tiere sind im Freien. Euer Haus ist unversehrt. Nur der Stall ...Was mit deinem Vater ist ...“

Susanne schlug die Augen auf. „Frank ist schuld“, murmelte sie. „Er hat alles kaputt gemacht. Ich fahre nach Hause. Mutter will verreisen. Muss nur noch packen. Und in der Uni ...“

Jan schüttelte sie sanft. „Susanne, du *bist* zu Hause. Bei deinen Eltern. Wir haben eine Schneekatastrophe. Alle Straßen sind dicht. Aber die Feuerwehr kommt. Sie haben es versprochen. Und dann bringen wir dich zu einem Arzt. Oder in ein Krankenhaus. Kannst du aufstehen? Hier erfrierst du ja noch. Lass uns ins Haus gehen."

Mit einiger Mühe brachte er Susanne auf die Beine. Sven kam ihm zu Hilfe, gemeinsam schleppten sie die willenlose Frau über den Hof. Sie murmelte Worte vor sich hin, die keinen Sinn ergaben, und Jan war erleichtert, als sie Susanne schließlich in der Küche auf der Eckbank abgesetzt hatten, wo sie teilnahmslos durch ihn hindurch sah.

Fragend sah er seinen Kameraden an. „Bleibst du einen Moment hier? Ich telefoniere noch mal mit der Feuerwehr. Vielleicht wissen die inzwischen schon mehr. Ich meine, ob sie kommen können oder ob ..." Statt den Satz zu beenden, hob er die Schultern.

Als Jan kurz darauf in den Raum zurückkehrte und Susanne mit starrem Blick auf der Bank sitzen sah, kämpfte er mühsam gegen ein aufsteigendes Gefühl der Panik.

„Und?", fragte Sven.

Jan schüttelte den Kopf. „Die Leitung ist tot."

*

Wenn der Abgeordnete Ostendorff morgens die Zeitung aufschlug, die ihm seine Frau aus dem Briefkasten geholt und bereitgelegt hatte, suchte er zuerst die Cuxhaven-Seite auf. Dann blätterte er zu den Meldungen aus dem Landkreis. Gewöhnlich fand er, wonach er suchte: Hinweise auf seine Wahlkampfveranstaltungen, Berichte von Podiumsdiskussionen, an denen er teilgenommen oder von Gesprächen, die er mit dem Oberbürgermeister, dem Landrat oder mit Wirtschaftsvertretern geführt hatte. Je nach Zusammensetzung des Teilnehmerkreises vertrat er die Linie seiner Partei oder die Sicht der Landesregierung. Oder er stellte kritische Fragen an die Landespolitik aus der Perspektive des Wahlkreises Cuxhaven. Und immer wieder beglückwünschte er sich zu den gelungenen Artikeln, die daraus entstanden waren. Dank seiner Gabe, die jeweilige Zuhörerschaft richtig einzuschätzen, traf er eben immer den richtigen Ton. Und den Zeitungsredakteuren blieb nichts anderes übrig, als die Zustimmung des Publikums zur Kenntnis zu nehmen. Mochten sie in ihren Artikeln kritische Fragen formulieren – letztlich behielt immer derjenige recht, der den meisten Beifall erhielt.

Wenn es das Wetter – wie in diesen schönen, heißen Sommertagen – zuließ, begann er den Morgen mit der Zeitung auf der Terrasse seiner Villa in Sahlenburg. Das großzügige Grundstück am Wernerwald war von hohen Hecken und altem Baumbestand umgeben, so dass er den freien Blick über den gepflegten Rasen genießen und sich an seinem Anwesen ungestört und unbeobachtet erfreuen konnte. Das Land hatte er vom Vater geerbt, und das Haus hatten sie aus dem Erbteil seiner Frau bezahlt, das sie vorzeitig überschrieben bekommen hatte. Ihre Familie besaß Apartmenthäuser in bester Lage von Duhnen, die genug abwarfen. Von seinen Abgeordnetendiäten konnten sie standesgemäß leben, so dass er weder finanzielle Engpässe noch andere bedeutsame Beschwerlichkeiten kannte. Ostendorff war stolz auf seine junge und hübsche Frau, mit der er bei offiziellen Anlässen andere Männer beeindruckte. Seine Leidenschaft galt jedoch einer anderen Frau, mit der er sich in Hannover ein illegitimes Verhältnis leistete.

Seine einzige Tochter Julia, die er über alles liebte, war wohlgeraten und besuchte das Amandus-Abendroth-Gymnasium. Nach ihr hatte er seine Segelyacht benannt, die im Cuxhavener Yachthafen lag. Allerdings begann Julia neuerdings seine Erziehungsversuche mit taktlosen Redensarten und ungehörigem Verhalten infrage zu stellen. Er hielt das für eine vorübergehende Erscheinung, um die er sich keine Gedanken machen musste. Wahrscheinlich würde sich das geben, wenn sie erst Verantwortung für ein eigenes Pferd übernommen hatte. Diesen Wunsch würde er ihr nach den Wahlen erfüllen.

Der Abgeordnete Ostendorff konnte mit seinem Dasein zufrieden sein. Solange sein kleines Geheimnis nicht bekannt würde, stellte es keine Gefahr für seine politische Karriere dar. Und da er in der Landeshauptstadt bei weitem nicht der einzige verheiratete Familienvater war, der während der Parlamentswochen mit einer

Freundin zusammenlebte, hatten selbst die politischen Gegner kein Interesse daran, solche Liebschaften an die Öffentlichkeit zu zerren.

Der Tenor des Zeitungsberichts war auch heute ganz in seinem Sinn. Vor Vertretern des Hotel- und Gaststättengewerbes hatte er die Tourismusentwicklung als Wirtschaftsfaktor für die Region herausgestellt. Nachdem Stadt und Landkreis vor zwei Jahren das Projekt „CaribicWorld" in den Sand gesetzt hatten, brauchten die Leute wieder konkrete Ziele. Mit der „Maritimen Lebenswelt Cuxhaven" und dem „Kulturforum Schloss Ritzebüttel" konnte man sich sehen lassen, auch wenn es nur kleine Schritte zur Umsetzung des Tourismus-Gutachtens und zu mehr Attraktivität für Feriengäste waren. Und im Zusammenhang mit dem Kauf des Sahlenburger Marineturms und der Neugestaltung des Campingplatzes Wernerwald hatte er Fördermittel der Europäischen Union für Cuxhaven und das Cuxland in Aussicht gestellt. Dafür hatte es heftigen Applaus gegeben.

Zufrieden legte Ostendorff die Zeitung zur Seite und reckte sein Gesicht zur Sonne. Ein wenig Bräune konnte nicht schaden. Wer in diesen Tagen allzu bleich herumlief, wirkte leicht kränklich. Er wusste, wie wichtig es für einen Politiker war, gesund und sportlich, jugendlich und dynamisch zu wirken. Während er sich entspannt zurücklehnte, kraulte er das Fell von Skipper, dem Golden Retriever, der ihm als das verlässlichste aller Familienmitglieder erschien.

Als seine Frau das Tablett mit dem Frühstück brachte, nahm sie die Zeitung auf. „Hast du das gelesen? Schon wieder so ein mysteriöser Todesfall. Sie haben eine Leiche gefunden. Auch tiefgefroren." Sie schüttelte sich. „Diesmal in einem Lastwagen. In der Heerstraße."

Ostendorff musste sich beherrschen, um ihr die Blätter nicht aus der Hand zu reißen. Ihm war plötzlich übel. Gleichzeitig spürte er einen Anflug von Panik.

Er zwang sich zu einer gleichmütigen Miene und streckte die Hand nach der Zeitung aus. Er konnte allerdings nicht verhindern, dass seine Finger zitterten. Zum Glück war seine Frau inzwischen damit beschäftigt, das Frühstücksgeschirr zu arrangieren. Und ihre Gedanken waren schon beim nächsten Thema. Während sie Kaffee einschenkte und laut über einen Einkaufsbummel in Bremerhaven nachdachte, suchte Ostendorff nach dem Artikel. Inständig hoffend, dass es sich bei dem Toten um einen Unbekannten handelte. Und dass die beiden Fälle nichts miteinander zu tun hatten.

Was hätte er darum gegeben, wenn von einem geistesgestörten Unbekannten, von Bandenkriminalität oder der russischen Mafia die Rede gewesen wäre! Doch in dem Augenblick, in dem er die Überschrift las, wusste er, dass er in Gefahr geraten war. Und damit alles, was er sich aufgebaut hatte.

Leichenfund in Tiefkühlwagen
Inhaber des Restaurants Cap Cux vermissen Koch
Von Felix Dorn

Aufmerksam wurde Landwirt Harro Köster (46) aus Westerende erst, als er mit seinem Traktor zum zweiten Mal das an einer alten Scheune in der Heerstraße etwas versteckt abgestellte Fahrzeug passierte. Zunächst hatte er angenommen, dass dort ein Fahrer seine Frühstückspause nahm. Als Köster den Wagen näher untersuchte, wurde er misstrauisch, denn obwohl das Kühlaggregat lief, war weit und breit niemand zu sehen. Per Handy informierte Köster die Polizei.

Ein Tiefkühlwagen der Firma CuxFrisch war rückwärts gegen die Scheunenwand gefahren worden, so dass sich die Türen zum Laderaum nicht öffnen ließen. Harro Köster leistete „Amtshilfe" und zog mit seinem Schlepper das Fahrzeug so weit vor, dass die Polizisten den Wagen öffnen konnten. Ihnen bot sich ein grausiger Anblick: Im Laderaum lag ein unbekleideter Mann, dessen Körper mit einer Reifschicht bedeckt war. Nach Aussagen der Beamten herrschte in dem Fahrzeug eine Temperatur von minus 24 Grad.

Kriminalhauptkommissar Röverkamp vom Fachkommissariat 1 der Polizeiinspektion Cuxhaven/Wesermarsch und seine Mitarbeiter nahmen die Ermittlungen auf. Nach Röverkamps Worten könnte der Mann in dem Tiefkühltransporter erfroren oder nach seinem Tod dorthin verbracht worden sein. Der Hauptkommissar schließt einen Zusammenhang mit dem Fall Evers nicht aus. Der Betriebsratsvorsitzende der CuxFrisch war zwei Tage zuvor ebenfalls in tiefgefrorenem Zustand aufgefunden worden.
Bei dem Toten, der gestern an der Heerstraße entdeckt wurde, könnte es sich nach Aussage von Isabelle und Enno Wilckens, den Inhabern des Restaurants Cap Cux, um deren Chefkoch handeln, der am Morgen nicht zur Arbeit erschienen war. Kleidungsstücke des Mannes waren zu dieser Zeit von Polizisten des Beach-Watch-Teams am Döser Strand gefunden worden. Hauptkommissar Röverkamp wollte zur Identität des Toten aus ermittlungstaktischen Gründen noch keine Angaben machen. Die genaue Todesursache stand bei Redaktionsschluss noch nicht fest.

Ergänzt wurde der Artikel durch zwei Fotos. Die Aufnahmen zeigten einen Tiefkühlwagen mit der Aufschrift „CuxFrisch“ und den Kriminalbeamten, der offensichtlich die Ermittlungen leitete.

Kein Name. Wieder und wieder überflog Ostendorff den Text. Dennoch gab es keinen Zweifel. Der Chefkoch des Cap Cux wurde vermisst. Es *musste* sich um Jensen handeln. Auch wenn die Polizei noch nicht sicher war. Er wusste es. Schon wegen der Todesart. Niemand erfror zufällig. Schon gar nicht in einem heißen Sommer wie diesem.

Ostendorff musterte das Foto des Kriminalbeamten. Konnte man ihn ins Vertrauen ziehen? Ein bärtiger Mittfünfziger mit vollem dunklen Haar sah den Betrachter aus wachen Augen an. Der Mann strahlte Ruhe und Verlässlichkeit aus. Leider kannte er ihn nicht persönlich. Wahrscheinlich war der Ermittler noch nicht lange in Cuxhaven. Obwohl der Hauptkommissar vertrauenswürdig erschien, verwarf Ostendorff den Gedanken an einen direkten Kontakt. Besser war der Weg über Staatsanwalt Krebsfänger. Den traf er gelegentlich im Golfclub Hohe Klint. Zusätzlich würde er sich bei einem Parteifreund im Justizministerium absichern. Mit Rückendeckung aus dem Ministerium konnte er den Staatsanwalt für ein Informationsgespräch gewinnen. Und dann würde er weitersehen. Je nachdem wie sich das Gespräch entwickelte, würde er Krebsfänger mehr oder weniger ins Vertrauen ziehen. Zumindest ließ sich auf dieser Schiene sicherstellen, dass er über den Stand der laufenden Ermittlungen informiert würde.

„Ich muss mal telefonieren", murmelte er und erhob sich.

„Hat das nicht Zeit bis später?" Christine Ostendorff zog die Brauen zusammen, so dass über der Nasenwurzel eine steile Falte erschien.

Ihr Mann schüttelte den Kopf. „Leider unaufschiebbar. Muss jemanden im Innenministerium erreichen. Später sind die alle in irgendwelchen Sitzungen. Es dauert nicht lange."

Als der Abgeordnete die Zeitung aus der Hand legte und im Haus verschwand, schob ein Mann in einem improvisierten Hochsitz des nahe gelegenen Wernerwaldes sein Fernglas in den Köcher und verstaute das Richtmikrofon in einer Tasche. Mit zufriedener Miene stieg er von der Jagdkanzel herab.

Die Nachricht hatte ihren Adressaten erreicht.

*

„Was hast du herausgefunden?" Marie hatte sich vorgenommen, diese Frage nicht zu stellen, jedenfalls nicht sofort. Nun war sie doch damit herausgeplatzt, kaum dass Felix und sie sich gesetzt hatten. Sie schalt sich deswegen und versuchte, ihr Interesse an seiner Antwort durch intensives Studium der Eiskarte zu verstecken, obwohl sie ohnehin wieder ihren geliebten Früchte-Eisbecher Dolce Vita nehmen würde. Sie hatten sich am Da Dalto getroffen, vor dessen Außenplätzen schon andere Paare und Grüppchen auf frei werdende Stühle gelauert hatten. Felix hatte Bekannte entdeckt, die gerade gehen wollten und ihnen ihre Plätze überlassen hatten. Er schien überhaupt viele Leute zu kennen. Schon am

Abend im Pizza Pub hatte er diesen und jenen Gast begrüßt, und auch jetzt winkte er dem einen oder anderen zu, der ihm grüßend zugenickt hatte.

„Was möchtest du?", fragte Felix anstatt ihre Frage zu beantworten. Erst als er die Bestellung losgeworden war, beugte er sich über den Tisch und sah sie an. „Evers ist von einem Arbeitskollegen bedroht worden."

„Das wissen wir bereits." Marie musste enttäuscht geklungen haben, denn Felix lächelte hintergründig. „Ich meine nicht die Szene am Werkstor. Es liegt schon ein paar Wochen zurück. Und damals ging es richtig zur Sache. Der Mann wollte Evers ..." Dorn zögerte, dann fuhr er fort. „Ich zitiere ... die Eier abschneiden. Und das soll er ziemlich wörtlich gemeint haben."

„Weißt du, wer ...?"

Dorn nickte. „Derselbe, der ihn an dem Morgen angegangen ist. Hannes Fedder."

Marie spürte, wie ihre Neugier erwachte.

„Und worum ging es damals?"

„Um Fedders Tochter. Sie ist dreiundzwanzig und damit genau halb so alt wie Evers. Er hat sie bei einer Betriebsfeier kennen gelernt, seitdem haben sie ein ... eine ..."

„Du meinst", unterbrach ihn Marie, „die beiden sind ... zusammen?"

„Sie waren es jedenfalls. Wie der aktuelle Stand ist, weiß ich nicht genau. Einige sagen, sie hätte sich gerade von ihm getrennt. Andere glauben, beide in diesen Tagen noch zusammen gesehen zu haben. Jedenfalls war Vater Fedder seitdem nicht gut auf Evers zu sprechen. Er soll ihm ein Ultimatum gestellt haben. Wenn er seine Tochter nicht in Ruhe ließe, würde er ihm einen Denkzettel verpassen, den er den Rest seines Lebens nicht vergessen würde. In diesem Zusammenhang soll der Hinweis auf die ... Kastration gefallen sein."

Marie musste an die Akte denken, die sie angefordert hatte, deren Inhalt sie aber noch nicht kannte. Und an Christian Fedder. Sie hatte gleich am Tag nach dem Besuch bei ihren Eltern im Polizeicomputer nach ihm gesucht. Und er war tatsächlich dort erfasst.

Der Tatvorwurf war noch verzeichnet. Gefährliche Körperverletzung. Doch welcher Art verriet die Datei leider nicht. Aber wenn der Vater ebenfalls zu Gewalttätigkeiten neigte, hatten dann vielleicht sogar beide zusammen gehandelt? Und vielleicht auch den Betriebsratsvorsitzenden gemeinsam in die Kühlhalle gesperrt? Immerhin vorstellbar. Nur müsste geklärt sein, was sie mit dem zweiten Todesfall zu tun haben könnten, der doch einige Parallelen zu dem ersten aufwies.

„Kennst du den Chefkoch des Restaurants Cap Cux?", fragte sie unvermittelt.

Felix Dorn wiegte den Kopf. „Nicht wirklich. Ich habe mal eine Reportage über Spitzenköche in Cuxhaven und Umgebung gemacht. Dabei waren wir auch im Cap Cux. Wir haben mit ihm über seine Arbeit gesprochen, ein Foto gemacht und das war's. Jedenfalls haben wir nichts Persönliches besprochen. – Ist er der Tote?"

Marie biss sich auf die Lippen. Sie war drauf und dran, polizeiinterne Ermittlungsergebnisse weiterzugeben. Und das an einen Journalisten. Zwar würde Kriminaloberrat Christiansen den Namen morgen sowieso bekannt geben, aber wenn er vorher schon in der Zeitung stand, würden Konrad Röverkamp und sie einige Fragen beantworten müssen.

Für den Augenblick kam sie um eine Antwort herum, weil die Bedienung die Eisbecher brachte. Rasch griff sie nach dem Löffel und angelte ein Mandarinenstückchen unter dem Sahneberg hervor.

Felix beobachtete sie aufmerksam, fragte aber nicht noch einmal nach. „Lass es dir schmecken", sagte er etwas steif und begann ebenfalls, sein Eis zu löffeln.

Während Marie die erfrischend kühle Mischung aus Eis und Früchten mit der Zunge gegen den Gaumen drückte, hielt sie den Blick geradeaus gerichtet. Unbewusst fixierte sie die Aufschrift auf dem großen Findling, der den Mittelpunkt der Fußgängerzone markierte. Unter den Wappen von Cuxhaven und Vannes wiesen die Zeilen auf die Partnerschaft zwischen den Städten seit 1963 hin. Felix Dorn folgte ihrem Blick und deutete mit dem Eislöffel in Richtung des Steins.

„Ich kann mir nicht helfen, aber der erinnert mich immer an einen Grabstein."

Marie sah irritiert auf. „Grabstein? Ach so. Ja, du hast recht. Hier ruht in Frieden ..."

„... die Städtepartnerschaft zwischen Vannes und Cuxhaven", ergänzte Felix in pathetischem Tonfall. Beide brachen in befreiendes Lachen aus.

Erleichtert wandte sich Marie wieder dem Inhalt ihres Früchtebechers zu. Er schmeckte plötzlich noch viel besser. Aus den Augenwinkeln beobachtete sie Felix, dessen fröhliche Miene es ihr plötzlich leicht machte, Konrad Röverkamps Empfehlung zu folgen. Sie stellte ihren Eisbecher ab und sah ihn direkt an. „Ich muss dir noch etwas gestehen, Felix", sagte sie.

*

Hannes Fedder war ein großer kräftiger Mann mit rötlichem Teint und kurzen rotblonden Haaren. Marie schätzte ihn auf neunzig Kilo. Davon schien kein Gramm Fett zu sein. Als er sich auf dem angebotenen Stuhl niederließ, ächzte der bedrohlich.

„Was soll ich hier eigentlich?", knurrte er. „Ich hab' doch schon alles gesagt, was ich weiß."

Hauptkommissar Röverkamp nickte. „Im Großen und Ganzen schon. Aber uns interessieren noch ein paar Details. Außerdem haben sich ein paar neue Fragen ergeben."

„Neue Fragen?" Fedder schob die Unterlippe vor und griff in die Tasche seiner abgewetzten Jeans. „Darf man hier rauchen?" Er zog eine zerdrückte Zigarettenpackung hervor.

Röverkamp schüttelte den Kopf. „Nein. Geraucht wird hier nicht."

Das Verbot schien Fedder nicht zu interessieren. Er klopfte eine Zigarette aus der Schachtel und steckte sie sich zwischen die Lippen. Erst in diesem Augenblick schien die Information bei ihm angekommen zu sein. Er hielt inne, schien einen Moment nachzudenken und fummelte die Zigarette wieder in die Schachtel zurück.

Während Hauptkommissar Röverkamp ihm seine Rechte nach der Strafprozessordnung erläuterte und darauf hinwies, dass er einen Anwalt hinzuziehen könne, beobachtete Marie Janssen das Mienenspiel des Mannes und fragte sich, ob er ein Mörder sein konnte. Sie hatte seine Akte bekommen. Zweimal gefährliche Körperverletzung. Einmal Bewährung, einmal Haftstrafe. Eine weitere Anklage war fallengelassen und wieder aus der Akte entfernt worden.

„Nee, kein' Anwalt", brummte Fedder.

Schon immer hatte Marie sich für die Frage interessiert, welche Eigenschaften man einem Menschen ansehen konnte. Bis zu jenem schrecklichen Erlebnis mit einem Mann, dessen Charme sie nicht hatte widerstehen können, war sie ziemlich sicher gewesen, sich auf ihr Gefühl verlassen zu können. Doch seitdem hatte sie nicht mehr gewagt, einen Menschen nach seinem Äußeren zu beurteilen. Bei Fedder waren ihre Gefühle zwiespältig. Sie traute ihm durchaus eine Gewalttat zu, fragte sich aber, ob sie sich nicht durch den Inhalt seiner Strafakte beeinflussen ließ. Vielleicht gehörte er zu der Sorte Männer, die normalerweise verträglich waren, aber zu Gewalt neigten, wenn sie provoziert wurden.

Auf seinem von Sommersprossen übersäten Gesicht standen kleine Schweißperlen, und seine blassblauen Augen huschten nervös umher. Unter seinen Achseln breiteten sich Schweißflecken in seinem kurzärmeligen Hemd aus.

Marie kroch der strenge Geruch des Mannes in die Nase. *Jetzt wartet er auf die Fragen. Konrad ist wirklich ein cooler Kriminalist.* Seine Ruhe und Bedächtigkeit machten Zeugen häufig nervös, Beschuldigte fast immer. Selbst sie wurde manchmal zappelig, wenn sie zu lange auf eine Antwort warten musste.

„Was is' denn nu'?" Fedder hob seine großen Hände und ließ sie wieder fallen. „Ich denke, Sie wollen was von mir."

„Da haben Sie recht", bestätigte Röverkamp. „Können Sie sich vorstellen, weshalb Sie hier sind?"

Der Mann schüttelte verständnislos den Kopf. „Keine Ahnung."

„Es geht um den Todesfall in Ihrer Firma."

Fedder nickte stumm.

„Sie haben", fuhr Röverkamp fort, „Herrn Evers mehrfach bedroht. Wobei die eine oder andere Äußerung auf schwere Körperverletzung abzielte." Er hob die Stimme nur wenig. „Und Sie haben, wie aus Ihrer Akte hervorgeht, bereits dreimal wegen Körperverletzung vor Gericht gestanden."

Das hat gesessen. Marie beobachtete, wie der kräftige Mann den Mund öffnete und wieder schloss, nach seiner Zigarettenpackung tastete und sich schließlich Hilfe suchend zu ihr umwandte. Die dunklen Flecken unter seinen Armen breiteten sich weiter aus.

„Was sollen wir Ihrer Meinung nach denn daraus schließen?", fragte sie.

„Ich bring' doch keinen um", brach es aus ihm heraus. „Der Evers ist ein ... hat ... hatte ... Der Mistkerl hat sich an meine Tochter rangemacht. Stefanie ist fast noch ein Kind. Da kann man doch als Vater nicht ... ich meine, da muss man doch dazwischengehen!"

„Indem man dem Liebhaber die Eier abschneidet?" Röverkamp blätterte in der Akte. „Sie sind mit einem Filetiermesser auf Herrn Evers losgegangen. Wenn nicht einige Ihrer Kollegen eingegriffen hätten - was wäre dann wohl passiert?"

Fedder antwortete nicht. Marie sah, dass es in ihm arbeitete. *Wahrscheinlich überlegt er jetzt, ob er nicht doch einen Anwalt braucht.*

„Ich bring doch keinen um", wiederholte er.

„Aber offensichtlich sind Sie in der Lage, Menschen zu verletzen. Mit einem Messer, mit den Fäusten und ..." Der Hauptkommissar zog ein Blatt aus der Akte. „Indem Sie ihn in eine Räucherkammer sperren. 1988 haben Sie einen Kollegen in der Räucherei Ihrer Firma eingeschlossen. Nach Ihrer Aussage, um ihm einen Denkzettel zu verpassen. Damals ging es um einen ähnlichen Anlass. Der Kollege soll Ihrer Frau zu nahe gekommen sein. War es diesmal genauso? Wollten Sie ihrem Kollegen Evers einen Denkzettel verpassen? Haben Sie ihn im Kühlhaus eingeschlossen? Möglicherweise wollten Sie ihn nach einiger Zeit ja wieder befreien. Aber etwas oder jemand hat Sie daran gehindert. War es nicht so?"

Hannes Fedder schüttelte den Kopf. Von seiner Stirn rannen Schweißtropfen über Wangen und Bartstoppeln und versammelten sich am Kinn, von wo aus sie in seinen Schoß tropften. „Ich war's nicht. Das müssen Sie mir glauben. Auf dem Kieker hatte ich ihn schon. Evers ist ... war ... ein Schwein. Wenn ich ihn zu fassen gekriegt hätte, wäre was fällig gewesen. Nicht nur wegen Stefanie. Vielleicht hätte ich ihm eins in die Fresse ..." Fedder unterbrach sich. Offenbar war ihm bewusst geworden, welchen Eindruck seine Worte erwecken konnten. „Aber ich bringe keinen um", wiederholte er ein weiteres Mal.

Hauptkommissar Röverkamp nickte nachsichtig, als könne er Fedder jedes einzelne Wort glauben. „Wenn es nicht nur um Ihre Tochter ging – womit hatte er Ihrer Meinung nach denn noch verdient, eins in die Fresse zu bekommen?"

„Evers hat uns verarscht. Die ganze Belegschaft. Hat was ausgekungelt mit den Bossen und den Banken. Dass die Firma dichtgemacht wird. Ohne großes Trara. Dafür haben sie ihm den Job als Logistikmanager gegeben. In der CuxFrost." Fedder hatte sich in Rage geredet und fuchtelte mit den Armen. Marie sah ihn schon von seinem Stuhl aufspringen.

„Der Geschäftsführer, Herr Brütt", warf sie ein, „hat ausgesagt, dass Herr Evers bei allen gut angesehen war. Und schließlich war er Ihr Betriebsratsvorsitzender. Die Belegschaft muss ihn also mal gewählt haben."

Fedder winkte ab. „Die stecken alle unter einer Decke. Der Brütt und der Evers – die waren doch die eigentlichen Bosse. Haben alles unter sich ausgemacht. Der junge Behrendsen hat keine Ahnung vom Fischgeschäft. Der hat denen freie Hand gelassen und sich um nichts gekümmert. Unter dem Alten wäre das nicht passiert."

Er drehte sich zu Marie um. „Und Sie, junge Frau, haben keine Vorstellung davon, wie es in Wirklichkeit zugeht. Ob einer Betriebsrat wird, hat nichts damit zu tun, ob er gut angesehen ist. Da geht's um knallharte Interessen. Machtspiele sind das. Seilschaften. Gewählt wird der, von dem man sich Vorteile verspricht. Nebenbei kungeln Gewerkschaftsfunktionäre mit der Betriebsleitung. Das ist bei uns nicht anders als bei VW oder Siemens. Aber am Ende bezahlen wir die Zeche, die Arbeiter."

„In diesem Fall", stellte Konrad Röverkamp fest, „hat Herr Evers den höchsten Preis bezahlt. Und wir fragen uns, wofür, Herr Fedder. Wenn Sie es nicht waren - haben Sie eine Vorstellung, wer ihn im Kühlhaus eingeschlossen haben könnte?"

Hannes Fedder fiel wieder in sich zusammen und hielt den Blick auf den Boden gerichtet. „Nein", murmelte er. „Keine Ahnung."

Eine lange halbe Minute herrschte Schweigen. Dann hielt Röverkamp Fedder ein Foto unter die Nase und schoss die Frage ab, auf die Marie schon gewartet hatte. „Kennen Sie diesen Mann?"

Aus Fedders rotem Gesicht wich die Farbe.

11

Konrad Röverkamp hatte sich einen Nachmittag frei genommen, um Sabine Cordes zu besuchen. Und um ein wenig Abstand gewinnen und in Ruhe nachdenken zu können. In den letzten Nächten hatte er wenig geschlafen. Wegen der Hitze. Und weil er die Gedanken nicht hatte abstellen können. Er fühlte sich müde und sehnte sich nach frischer Luft. Zwar plagte ihn sein Gewissen, weil er die Arbeit Marie und den Kollegen überließ, aber er schob die Bedenken beiseite und redete sich ein, die kleine Auszeit würde ihm zu neuer Kraft verhelfen.

Am liebsten wäre er mit dem Fahrrad gefahren, um sich den Druck von der Seele zu strampeln, den die unklare Situation erzeugte. Die beiden Fälle, von denen er nicht einmal sicher wusste, ob sie nicht eigentlich *ein* Fall waren, belasteten ihn ebenso wie die Frage, vor die ihn das plötzliche Ableben von Amelie Karstens gestellt hatte. Aber erstens war es bis zu Sabine in Debstedt zu weit für eine nachmittägliche Fahrradtour und zweitens war es viel zu heiß.

Er würde sich Zeit lassen und ein paar sommerliche Eindrücke von der Wurster Küste sammeln. Und unterwegs noch in jener Gaststätte einkehren, die er auf Empfehlung von Marie Janssen vor zwei Jahren zum ersten Mal besucht hatte, als sie für die Ermittlung in einem Mordfall unterwegs waren. Ein Krabbenfischer hatte eine Tote in seinem Netz gefunden. Damals hatte er zum ersten Mal vom Roten Claas gehört und im Restaurant dessen Konterfei besichtigen können.

Während er seinen Wagen in Richtung Holte-Spangen lenkte, kreisten seine Gedanken um die erfrorenen Männer und Hannes Fedder. Zwei Tote und ein Verdächtiger. Aber das Dreieck war alles andere als symmetrisch. Wäre nur Betriebsrat Evers auf die eiskalte Art zu Tode gekommen, hätten sich alle Indizien auf Fedder vereint. Er hätte ein Motiv, offensichtlich auch die notwendige Gewaltbereitschaft und Gelegenheit für die Tat. Und er besaß kein Alibi für die Zeit, in der Evers eingeschlossen worden war. Fedder kannte sich auf dem Betriebsgelände aus und wusste, dass voraussichtlich niemand mehr die Kühlhalle betreten würde. Für den Mord am Chefkoch des Cap Cux hatte er jedoch kein Motiv. Vielleicht kannte er den Mann, weigerte sich aber, dies zuzugeben. Möglicherweise hatte Marie recht, wenn sie vermutete, dass sie im Verlauf weiterer Ermittlungen die Verbindung zwischen den beiden Männern aufklären und ein Motiv entdecken könnten. Vielleicht war sie aber auch zu optimistisch.

Unwillkürlich erschien ein Lächeln auf Röverkamps Gesicht, als er an seine junge Kollegin dachte. Nach ihrer schrecklichen letzten Beziehung war sie allen Männern ausgewichen, die sich ernsthaft für sie interessierten. So wie er nach dem Tod seiner Frau. Aber jetzt war Marie offensichtlich verliebt. Und das freute ihn. Darum hatte er auch versucht, ihr Mut zu machen.

Ja, anderen konnte er gute Ratschläge erteilen, nur in seiner eigenen Beziehung gelang es ihm nicht, offen auszusprechen, was ihn bewegte. Warum rief er Sabine nicht einfach an? *Amelie Karstens ist gestorben. Ich habe ihre Wohnung geerbt. Wir könnten zusammenziehen. Hast du Lust?*

Die Kapitänswitwe hätte ruhig noch ein paar Jahre leben können. Dann hätte er jetzt nicht das Problem, wie er Sabine auf die neue Situation ansprechen sollte. Seit er sie bei seinem Aufenthalt in der Seepark-Klinik in Debstedt kennen gelernt hatte, war ihre Beziehung gewachsen und intensiver geworden. Sie hatten sich ein paar Mal auf neutralem Boden getroffen, dann gegenseitig in ihren Wohnungen besucht. Es hatte fast ein Jahr gedauert, bis sie zum ersten Mal miteinander geschlafen hatten. Seitdem war er meistens zu ihr gefahren, weil es ihm unangenehm gewesen war, unter Amelie Karstens Augen mit Sabine im Arm oder an der Hand seine Zimmertür hinter sich zu schließen.

In den letzten Monaten war bei ihm der Wunsch gewachsen, mit ihr zusammenzuziehen. Doch dafür hätte einer von ihnen seinen beruflichen Standort aufgeben oder lange Wege in Kauf nehmen müssen. Er hätte nach Bremerhaven gehen können. Das hätte allerdings einen Wechsel in ein anderes Bundesland bedeutet und war nicht gerade einfach, besonders in seinem Alter, und außerdem wollte er sich nicht schon wieder verändern. Vor drei Jahren erst war er nach Cuxhaven gekommen. Hier hatte er viel Freiheit, denn Kriminaloberrat Christiansen war der angenehmste Vorgesetzte, den er je erlebt hatte. Wenige Jahre vor der Pensionierung wollte Röverkamp es nicht noch einmal mit einem selbstherrlichen, selbstgerechten und autoritären Chef zu tun haben. Von dieser Sorte gab es immer noch zu viele.

Also würde er Sabine mit dem Vorschlag, zu ihm nach Cuxhaven zu ziehen, gleichzeitig nahe legen, die Klinik zu wechseln. Oder sie müsste täglich fahren. Konrad Röverkamp fragte sich, ob in diesen Alternativen eine Zumutung lag, die ihre Beziehung belasten könnte. Und ein wenig fürchtete er sich vor ihrer Antwort. Vor einem Nein sowieso. Vielleicht auch vor dem Ja. Denn das bedeutete eine neue Lebensgemeinschaft. Eine Veränderung, nach der er sich einerseits sehnte, die er andererseits als Wagnis empfand, von dem er nicht wusste, ob er es wirklich eingehen wollte.

In Cappel-Neufeld fand er den Neefelder Kroog, nachdem er zunächst daran vorbeigefahren war. Doch das Restaurant hatte geschlossen. Dienstag Ruhetag. Enttäuscht wandte Röverkamp sich ab. Die mittägliche Hitze hatte ihn beim Öffnen der Wagentür wie die Luft aus einem Backofen überfallen. Nun ließ der Gedanke an ein frisch gezapftes Pils seine Zunge am Gaumen kleben.

Suchend sah er sich um.

Am Deichweg wiesen Schilder in alle Richtungen auf Gaststätten hin. Er ließ den Wagen stehen und folgte dem Hinweis zum Ankerstübchen, indem er schwitzend die Deichkrone erklomm. Der Ausblick überraschte ihn. Vor ihm breitete sich tiefgrünes Deichvorland aus, links erkannte er den Leuchtturm Obereversand. Geradeaus, hinter der in der Sonne glitzernden Nordsee, entdeckte er Konturen der Küste jenseits der Wesermündung, rechts ragten die Masten der Krabbenkutter von Spieka-Neufeld aus den Marschwiesen hervor. Und vor ihm lag eine Art Goldgräberstadt. Ein Campingplatz mit Zelten, Wohnwagen und

Mobilheimen in allen Farben und Formen, der sich bis zum Sommerdeich vor der Wasserkante erstreckte.

Zur Gaststätte waren noch etliche Schritte zu gehen. Röverkamp zögerte, doch dann verzichtete er darauf, den Wagen zu holen, und machte sich zu Fuß auf den Weg.

Das Ankerstübchen erwies sich als Containerrestaurant, das offenbar nur für die Sommersaison aufgebaut wurde. Röverkamp ließ sich auf der einladend weiß und blau gestrichenen hölzernen Terrasse unter einem blauen Sonnenschirm nieder, genoss die leichte Brise, die vom Wasser her wehte und die Hitze ein wenig milderte, und bestellte ein Bier.

Das kühle Getränk erschien ihm als das beste, das er seit langem getrunken hatte; und nachdem er das erste Glas in einem Zug geleert hatte, bestellte er ein zweites. Dazu – ohne die Speisekarte zu beachten – Matjes mit Bratkartoffeln. Die üppige Portion, die er am Nachbartisch gesehen hatte, erschien ihm gerade angemessen für seinen Appetit.

Während sein Blick über die Zelte und Wohnwagen des Campingplatzes streifte, spürte Röverkamp, wie ihm das Bier zu Kopfe stieg und sich in seinem Körper ein angenehmes Gefühl der Entspannung ausbreitete. Um ihn herum herrschte heiteres Urlaubsgeplänkel; auf dem Weg vor ihm spielten Kinder fröhlich mit Matchboxautos, malten Straßen auf den Untergrund und erfanden neue Verkehrsregeln. Die seltsam irreale Urlaubswelt, in die er sich unerwartet versetzt sah, erfasste ihn und gab ihm das Gefühl, sich in einem Film über die Schönheiten der Nordseeküste zu befinden, in dem er Darsteller und Zuschauer zugleich war.

Nach dem Essen genehmigte er sich ein weiteres Bier und einen Aquavit. Wärme und Alkohol machten ihn schläfrig. Röverkamp sog die milde Seeluft ein, schloss die Augen und lauschte dem Gemisch aus Brandungsrauschen, Urlauberstimmen und Kinderlachen. Und plötzlich wünschte er sich, er könne bis in alle Ewigkeit so sitzen bleiben und die Seele baumeln lassen.

*

„Was machen wir jetzt?" Jan spürte, wie sich das Gefühl der Panik in ihm ausbreitete. Er hatte Mühe, seine Stimme unter Kontrolle zu halten. „Wir müssen doch irgendwas tun. Susanne ... ihr Vater ... Ich meine, wir können doch nicht ..." Er deutete in Richtung Stall und hob resigniert die Schultern.

Hendrik schien zu spüren, was in Jan vorging. „Bauer Clasen ist nicht mehr zu helfen. Mach dich deswegen nicht verrückt. Wir können nichts dafür, für den Schneesturm genauso wenig wie für das Feuer. Erst recht nicht dafür, dass er da reingegangen ist. Das ist Schicksal."

„Aber was ist mit Susanne?"

Jan stellte die Frage, die auch Hendrik bewegte. Sie mussten dem Mädchen helfen, es brauchte offensichtlich dringend einen Arzt. „Wir machen es mit dem Trecker. So hoch kann der Schnee doch gar nicht sein, dass der nicht durchkommt."

„Wer ist wir?" Hendrik und Jan drehten sich um. Sven stand in der Tür und rieb die rot gefrorenen Hände gegeneinander. „Selbst wenn wir den Hanomag in Gang kriegen, wird es schwierig mit vier Leuten. Außerdem sollte einer hierbleiben. Wegen des Feuers. Damit das Wohnhaus nicht auch noch abbrennt."

„Ich bleibe in jedem Fall bei Susanne", erklärte Jan kategorisch. „Egal, ob hier oder auf dem Trecker."

Hendrik und Sven sahen sich an. „Dann bleibt einer von uns hier", erklärte Hendrik schließlich und ging auf Sven zu. „Komm, wir versuchen, den Hanomag zu starten." Er drehte sich zu Jan um und deutete mit einer Kopfbewegung auf Susanne. „Du kannst dich um sie kümmern."

Als seine beiden Kameraden die Tür hinter sich geschlossen hatten, setzte Jan sich neben Susanne Clasen auf die Eckbank und legte den Arm um ihre Schultern. „Morgen bringen wir dich mit eurem Trecker ins Dorf. Gibt es dort einen Arzt?"

Das Mädchen starrte weiter geradeaus. „Wenn einer krank ist, holen wir den Doktor Pfaffinger", murmelte sie. „Die Praxis ist ganz in der Nähe, gegenüber der Frauenkirche."

Jan wusste nicht, wie er auf die seltsame Antwort reagieren sollte. Sein Blick wanderte ziellos durch die Küche. Nach dem ersten Schock hatte er es vermieden, Susanne anzusehen. Doch ihre Worte erinnerten ihn an ihre Kopfverletzung, und er untersuchte vorsichtig die Wunde. Von der Schläfe zog sich eine breite Bahn geronnenen Blutes über die Wange bis zum Kinn. „Das ist bestimmt gar nicht so schlimm wie es aussieht“, versuchte er, sie – und sich selbst – zu beruhigen. „Die Verletzung ist nicht groß und sie blutet auch nicht mehr.“ Er sah sich um. „Habt ihr hier irgendwo Verbandzeug?“

Da Susanne nicht antwortete, machte Jan sich auf die Suche und wurde schließlich im Badezimmer fündig. Nachdem er Gesicht und Wunde gereinigt und einen Verband angelegt hatte, hörte er draußen das dumpfe Wummern eines Motors. „Sie haben den Trecker in Gang gesetzt“, sagte er mehr zu sich. „Jetzt bringen wir dich ins Dorf.“

Behutsam führte er Susanne nach unten. Im Hof erfüllten Abgaswolken und der Klang des schweren Diesels die Luft. Hendrik hockte auf dem Fahrersitz des grünen Ungetüms.

„Ich bleibe hier“, verkündete Sven, als Jan mit dem Mädchen erschien. „Hendrik fährt.“

Auf dem Trecker war Platz für drei Personen. Links neben dem Fahrer konnten zwei Passagiere auf dem Kotflügel sitzen. Vorsichtig dirigierten sie Susanne auf den Sitz, Jan quetschte sich neben sie, und Hendrik legte den Gang ein. Der Schlepper ruckte an und wühlte sich durch den Schnee. Susanne saß völlig teilnahmslos da, wie erstarrt.

Als sie die Hofausfahrt erreichten, wurde das Motorengeräusch vom Lärm des einstürzenden Stalldaches übertönt. Eine gewaltige Funkenwolke stieg auf und regnete auf den Hof und die anderen Dächer nieder. Während Hendrik damit beschäftigt war, den Hanomag in der Spur zu halten, starrte Jan auf das Bild des berstenden Gebäudes. Susanne schien von dem Getöse und dem Anblick nichts mitzubekommen.

Sven winkte ihnen beruhigend zu. Offenbar bestand für das Wohnhaus keine Gefahr.

Jan wandte den Blick nach vorn. Vor ihnen lag eine konturenlose Schneewüste. Begleitet vom Brüllen der im Schnee festsitzenden Rinder bahnte sich der Schlepper seinen Weg in die weiße Landschaft.

*

Konrad Röverkamp wurde unsanft aus seinen Träumen gerissen, als in der Brusttasche seines Hemdes das Handy vibrierte und die ersten Takte aus Vivaldis „Vier Jahreszeiten" erklangen.

Als er sah, dass Marie Janssen aus der Dienststelle anrief, zögerte er kurz, bevor er dann doch die Annahmetaste drückte und sich meldete.

„Es gibt keinen Grund zur Beunruhigung", versicherte seine Kollegin. „Ich will dich nur vorwarnen. Kriminaloberrat Christiansen hatte Besuch von Staatsanwalt Krebsfänger. Und nun will er mit uns sprechen. Morgen früh um neun. Es geht um den aktuellen Fall. Mehr hat er nicht gesagt. Sonst gibt es nichts Neues."

Angesichts der ihn umgebenden minimal bekleideten, fröhlichen Urlauber erschienen Konrad Röverkamp die Fälle der erfrorenen Männer plötzlich seltsam unwirklich. Als gehörten sie in eine andere Welt und in eine andere Zeit. „Dann sollten wir uns auch keine Gedanken machen", sagte er. „Trotzdem danke für den Hinweis, Marie. Ich werde morgen früh pünktlich im Büro sein."

Seltsamer Typ, dieser Krebsfänger. In seinen früheren Dienststellen war Röverkamp bei Kapitalsachen deutlich motivierteren und engagierteren Staatsanwälten begegnet, mit denen er eng und vertrauensvoll zusammengearbeitet hatte. Dass die Staatsanwaltschaft eigentlich sogar Herrin des Ermittlungsverfahrens war, hatte er dabei nie zu spüren bekommen. *Bei Krebsfänger ist von alledem so gut wie nichts vorhanden. Zwar lässt er sich bei Obduktionen kurz blicken und setzt sich mit wichtigtuerischen Sprüchen in Szene, aber sonst ... Was also will er nun vom Chef?*

Nach dem kurzen Gespräch mit Marie fühlte sich sein Mund so trocken an, dass er sich nach dem Wirt umsah, um ein weiteres

Bier zu bestellen. Doch dann fiel sein Blick auf die Striche auf seinem Bierdeckel und er überlegte es sich anders. Stattdessen zahlte er und machte sich auf den Weg zurück zu seinem Auto. Die Sonne brannte ihm auf den Rücken, als er zum Deich wanderte, und nach kurzer Zeit klebte sein Hemd auf der Haut.

Interessiert betrachtete Röverkamp die Vielfalt der mobilen Eigenheime mit ihren Terrassen und Vorgärten auf dem Campingplatz. Auf dem Dach eines Wohnmobils kroch ein braungebrannter beleibter Herr mit grauem Haarkranz herum und richtete die Satellitenantenne aus. *Wahrscheinlich will er heute Abend das Fußballspiel sehen.* Die Begegnung der Mannschaften von Italien und Deutschland würde die Entscheidung bringen, welche Mannschaft im Endspiel gegen Frankreich antreten würde.

Röverkamp sah noch einmal hin, denn irgendetwas hatte ihn irritiert. Tatsächlich, er hatte richtig gesehen. Der Mann auf dem Wohnwagendach war nackt. Und alle anderen auch. Erst jetzt wurde ihm klar, dass der Campingplatz von FKK-Anhängern bevölkert war. Wahrscheinlich die beste Kleiderordnung, die es in diesen Tagen geben konnte.

Nachdem er etwas außer Atem den Deich überwunden und seinen Wagen erreicht hatte, öffnete er alle Fenster und Türen, um die aufgestaute Hitze herauszulassen. Während er darauf wartete, dass Lenkrad und Fahrersitz sich ein wenig abkühlten und er besser einsteigen konnte, wanderten seine Gedanken nach Debstedt. In knapp zwei Stunden würde Sabines Dienst enden. Vielleicht würden sie gleichzeitig in ihrer Wohnung ankommen. Sie würde überrascht sein. Und sich über seinen spontanen Besuch freuen. Oder auch nicht? In jedem Fall würde sie fragen, warum er so unverhofft auftauchte. Dann würde er sich entscheiden müssen. Ausweichen? Lügen? Sie mit dem Vorschlag überfallen, zu ihm nach Cuxhaven in die Wohnung am Hamburg-Amerika-Platz zu ziehen?

Keine der Varianten erschien ihm besonders glücklich. Vielleicht gab es noch eine bessere Lösung. Er würde auf der Fahrt darüber nachdenken. Oder sich auf sein Gefühl verlassen und aus der Situation heraus entscheiden. Konrad Röverkamp stieg ein und ließ den Motor an. Zwei Stunden Zeit. Da sollte ihm eigentlich noch etwas einfallen.

Am Dorumer Tief entschied er sich für einen Abstecher zum Kutterhafen. Dort war er erst einmal gewesen. Seine Aufmerksamkeit hatte dabei einer Leiche und den Umständen ihres Auffindens gegolten. Heute fühlte er sich als Urlauber. Und wie ein Feriengast wollte er die Eindrücke des Hafens auf sich wirken lassen.

Als er über die Hafenterrassen schlenderte, entdeckte er einen Kutter, auf dessen Deck sich Menschen drängten, die nicht wie Krabbenfischer, sondern wie Touristen aussahen und offenbar auf das Auslaufen warteten. Kurzentschlossen kletterte er mit an Bord, nachdem er sich vergewissert hatte, dass die Fahrt ins Wattenmeer nicht länger als eineinhalb Stunden dauerte.

Er fand einen halbwegs bequemen Sitzplatz, und kaum hatte er sich niedergelassen, tuckerte das Schiff aus dem Hafen. Mit geschlossenen Augen genoss er die sanften Bewegungen und das gleichmäßige Brummen des Schiffsdiesels. Kurz darauf schlief er ein.

Als er erwachte, passierte die Nordstern den Leuchtturm Obereversand. Der Bug des Schiffes zeigte in Richtung Hafen.

*

Sabine Cordes' letzte Operation des Tages war die Korrektur eines „Hallux valgus". Der große Zeh der Patientin war so weit zur Seite gebogen, dass er fast rechtwinklig stand. Routinemäßig hatte sie ihr die Elektroden für EKG und Pulsmessung, eine Blutdruckmanschette und einen Messfühler für die Sauerstoffsättigung des Blutes angelegt. Ihr Assistent hatte die Kanüle in die Handvene gelegt, und schließlich hatte Sabine Cordes die Narkosemittel dosiert eingegeben. Die Wirkung der Medikamente richtig auszubalancieren, erforderte immer wieder höchste Konzentration. Sobald sich Anzeichen der betäubenden Wirkung zeigten, schob Sabine den Beatmungsschlauch des Lungenautomaten in die Luftröhre. Als alles so weit war, nickte sie ihrem Kollegen zu, und er begann, das Grundgelenk freizulegen.

Während sie die Messdaten kontrollierte, entspannte sie sich ein wenig. In dieser Phase hatte sie die Menge der Schmerz- und Betäubungsmittel zu regulieren und auf die Beatmung zu achten. Der Operateur Professor Kirchhoff gehörte nicht zu den Ärzten, die ihr Tun ständig mit Erklärungen oder Anekdoten begleiten mussten. Sie arbeitete gern mit ihm zusammen, denn er operierte zügig und verlor kein überflüssiges Wort.

Sabines Dienst würde nach dieser Operation zu Ende gehen. Bei der gegenwärtigen Hitze verspürte sie wenig Lust, den Abend in ihrer aufgeheizten Dachgeschosswohnung zu verbringen. Am liebsten würde sie ans Meer fahren und sich in die kühlen Fluten stürzen. Und anschließend bei einem frischen Salat den Blick auf die Wesermündung und die vorbeiziehenden Schiffe genießen. Sie dachte daran, wie schön es wäre, dies gemeinsam mit Konrad zu tun. *Schade, dass unsere Arbeitszeiten so selten zueinanderpassen. Vielleicht sollten wir mal darüber nachdenken, ob wir uns zutrauen, zusammenzuleben. Eigentlich müsste dann alles viel einfacher sein. Andererseits möchte ich auf meine Unabhängigkeit nicht verzichten. Bis jetzt ist alles so herrlich unkompliziert. Wir sehen uns, wenn wir Lust dazu haben, aber es gibt keine Verpflichtungen. Keiner muss auf alltägliche Macken des andern Rücksicht nehmen.*

Sie seufzte innerlich. *Warum bin ich nur so unentschlossen?*

Nach dem Eingriff verließ der Chirurg den Operationssaal mit einem freundlichen Abschiedsgruß. Sabine und die OP-Schwestern blieben, bis die Patientin so weit zu sich gekommen war, dass sie sie vom Beatmungsschlauch befreien konnte. Bis sie wieder allein atmen konnte und einigermaßen ansprechbar sein würde, stand sie im Aufwachraum unter Beobachtung. Dann würde eine Schwester oder ein Pfleger sie wieder auf die Station bringen.

Bevor Sabine die Klinik verlassen konnte, musste sie noch einmal nach ihr sehen, um sich zu vergewissern, dass sie die Narkose gut überstanden hatte. Sie lächelte unwillkürlich, als sie daran dachte, wie sie bei einer solchen Gelegenheit mit Konrad Röverkamp ins Gespräch gekommen war.

12

Die ersten zwei- oder dreihundert Meter außerhalb des Hofes ließen sie ziemlich zügig hinter sich, obwohl es bergauf ging. Das grobe Profil der großen Räder fraß sich gleichmäßig durch den Schnee. Hin und wieder wurden die Vorderräder angehoben, wenn der Trecker zu viel Schnee zusammengeschoben hatte. Dann drehten die Räder durch und Hendrik musste zurücksetzen, um den Widerstand mit Schwung zu brechen. Noch war der Weg an den Bäumen zu erkennen, die ihn auf einer Seite säumten. Hendrik hoffte, dass sie auf diese Weise bis zum Dorf geführt würden.

Der Versuch, sich bei Susanne zu vergewissern, ob sie auf dem richtigen Weg waren, blieb ohne Erfolg. Sie schüttelte den Kopf, als würde sie die Frage nicht verstehen, und ließ sich keine Antwort entlocken.

Sie fuhren eine Anhöhe hinauf und die Schneedecke wurde immer dünner. Und dann erreichten sie einen Abschnitt, der von dichten Hecken gesäumt war. Hier lag der Schnee höchstens einen halben Meter hoch, wohl weil der Wind nicht so viel hatte anhäufen können. Hendrik legte einen höheren Gang ein und beschleunigte.

„Wenn das so weitergeht", rief er, „sind wir in einer halben Stunde im Dorf!"

Jan nickte stumm. Er hatte einen Arm um Susanne gelegt, mit der freien Hand klammerte er sich am Geländer der Sitzfläche fest. Den Optimismus seines Kameraden teilte er nicht. Denn er erinnerte sich daran, dass von einer Senke die Rede gewesen war, die auf dem Weg zum Dorf durchquert werden musste. Dort konnte der Sturm leicht zwei Meter Schnee aufgehäuft haben. Und dann war selbst mit dem Hanomag kein Durchkommen mehr.

Doch ihre Fahrt nahm ein jähes Ende, noch bevor sie das Hindernis erreichten.

Hendrik hatte schon seit einigen Minuten das Gefühl, dass der Motor nicht mehr so recht reagierte, wenn er auf das Gaspedal trat. Und nun fing die Maschine plötzlich an zu stottern, hustete ein paarmal, und dann herrschte plötzlich Stille.

„Was ist los?“ Jan löste seinen steifen Arm von Susanne und sah seinen Kameraden ratlos an. Der hob die Schultern. „Keine Ahnung. Sprit ist genug im Tank. Habe ich extra vorher kontrolliert. War fast voll. Ich schaue aber noch mal nach.“

Er kletterte aus dem Fahrersitz und schraubte den Tankdeckel auf. Offenbar konnte er nichts erkennen, denn er sah sich suchend um. Dann stiefelte er zu einem der Sträucher, brach einen Ast ab und kehrte zum Trecker zurück. Vorsichtig tauchte er den Ast in den Tank. Mit ungläubigem Ausdruck zog er ihn zurück. Und plötzlich spiegelte seine Miene die Erkenntnis wider, die ihn in dem Augenblick überfallen hatte. Mit der flachen Hand schlug er sich gegen die Stirn.

„Verfluchte Scheiße. Das verdammte Dieselöl ist dickflüssig geworden. Es ist zu kalt. Clasen hat kein Benzin untergemischt, um den Dieseltreibstoff flüssig zu halten.“

„Und was machen wir jetzt?“ In Jans Stimme schwang ein Anflug von Panik mit.

Hendrik hob die Schultern. „Den Trecker können wir vergessen. Wir müssen zu Fuß weitergehen. Oder umkehren.“

*

Es war Ostendorff nicht leicht gefallen, dem Staatsanwalt zu erklären, warum es so wichtig war, im Zusammenhang mit den Todesfällen bei der Firma CuxFrisch die Ermittlungen diskret zu führen. Da er Krebsfänger den wahren Grund nicht offenbaren konnte, hatte er versucht, ihm den politischen Schaden auszumalen, der entstehen würde, wenn der Name des Landtagsabgeordneten mit polizeilichen Ermittlungen in Verbindung gebracht wurde. Es war Wahlkampf, und in der parteipolitischen Auseinandersetzung würde ein Ungleichgewicht entstehen, das die Mehrheiten in Stadtrat und Kreistag verschieben könnte. Instabile Verhältnisse konnten nicht im Interesse des Gemeinwohls sein. Und auch die Justizbehörden würden in Mitleidenschaft gezogen, wenn gewisse Probleme, die man besser hinter verschlossenen Türen löste, in der Öffentlichkeit diskutiert würden.

„Wie kommen Sie darauf", hatte Krebsfänger gefragt, „dass jemand auch nur auf die Idee kommen könnte, Sie mit Todesfallermittlungen in Verbindung zu bringen?"

„Das geht schneller, als man denkt, verehrter Herr Staatsanwalt", hatte er geantwortet. „Zum einen habe ich mich bei der Stadt und auf Landesebene für das Unternehmen eingesetzt. Zum anderen musste ich feststellen, dass die beiden Opfer alte Bekannte von mir sind. Mit dem Betriebsrat der CuxFrisch habe ich im Zusammenhang mit den wirtschaftlichen Schwierigkeiten des Unternehmens Gespräche geführt. Und da ich regelmäßig im Cap Cux zu essen pflege, habe ich auch gelegentlich mit Jensen gesprochen. Ein skrupelloser Journalist könnte aus diesen Details eine Kampagne gegen mich speisen. Und damit gegen meine Partei. Am Ende gäbe es eine öffentliche Schlammschlacht, unter der letztlich das Ansehen aller politisch Verantwortlichen leidet. Ich wäre Ihnen also sehr verbunden, wenn Sie auf die ermittelnden Beamten entsprechend einwirken könnten. Und wenn Sie mich darüber hinaus über den Stand der Ermittlungen informieren könnten – vertraulich natürlich –, würde das sicher ebenfalls dem gemeinsamen Interesse dienen."

Anfangs hatte sich der Staatsanwalt noch ein wenig geziert, und Ostendorff hatte mit Engelszungen auf ihn eingeredet. Bis Krebsfänger schließlich die gewünschten Zusagen gegeben hatte. Der Hinweis auf seine Gespräche mit dem zuständigen Referatsleiter im Justizministerium hatte seine Wirkung letztlich doch nicht verfehlt.

Ostendorff war eine Last von der Seele gefallen und seine Stimmung hatte sich im Laufe des Tages gebessert. Er freute sich auf den Abend, den er zu Hause verbringen wollte, um das Fußballspiel Deutschland – Italien anzusehen. Vor der Weltmeisterschaft hatte er nicht damit gerechnet, dass die deutsche Mannschaft über das Achtelfinale hinauskommen könnte, aber jetzt war er davon überzeugt, dass sie sogar die Italiener schlagen und den Weltmeistertitel erringen würde.

Sein Tag war auch in anderer Hinsicht erfolgreich gewesen. Bei einer Podiumsdiskussion hatten seine politischen Gegner keinen guten Eindruck hinterlassen. Er dagegen hatte für seine Partei punkten können. In recht guter Stimmung erreichte er gegen Abend sein Haus. Nachdem er ausgiebig Skipper, der ihn an der Haustür schwanzwedelnd empfing, gekrault und gestreichelt hatte, begrüßte er seine Frau mit einem Kopfnicken und griff nach dem Stapel Briefe, der wie üblich auf dem Garderobenschrank im Flur bereit lag.

„Ich bin völlig verschwitzt, muss gleich erst mal duschen. Und dann hätte ich gern ein Bier auf der Terrasse."

Christine Ostendorff nickte nur und wandte sich zur Küche. „Hast du Hunger?", fragte sie über die Schulter.

„Keinen großen. Aber ein kleiner Imbiss wäre nicht schlecht." Ostendorff verschwand mit den Briefen in seinem Arbeitszimmer.

Wie immer bestand der größte Teil der Post aus Werbesendungen, die er ungeöffnet in den Papierkorb fallen ließ. Die übrigen Briefe sortierte er in drei Stapel: amtliche oder offizielle Schreiben würde er morgen öffnen, private Post und persönliche Anschreiben von Bürgern nach dem Duschen, Rechnungen wanderten in die Ablage für die Sekretärin. Ein Brief ließ sich nicht einordnen. Er trug keinen Absender, war mit einer Schreibmaschine adressiert und nicht frankiert. Der Schreiber oder sein Bote musste ihn direkt in den Hausbriefkasten geworfen haben.

Hastig riss er den Umschlag auf und schüttelte den Inhalt heraus. Als er das Zeitungspapier sah, wusste er, um welchen Artikel es sich handelte. Und dass es Probleme geben würde. Irgendjemand wollte ihn wissen lassen, dass er seine Verbindung zu Evers und Jensen kannte.

Ostendorff drehte Umschlag und Zeitungsausschnitt hin und her, fand aber keinen Hinweis auf den Absender. Sein Herzschlag beschleunigte sich und der Schweiß begann, an seinem Körper zu rinnen. Die Ohnmacht dem anonymen Briefsender gegenüber machte ihn wütend, zugleich spürte er Angst. Was immer der Unbekannte im Schilde führte, bedrohte seine Karriere, möglicherweise auch seine Familie, vielleicht sogar seine Existenz.

Bei diesem Gedanken erinnerte er sich der Anfeindungen, denen er im Laufe seiner Jahre als Abgeordneter ausgesetzt gewesen war. Hatte er nicht alle ohne Schaden überstanden? Er würde sich zu wehren wissen. Notfalls mit der Waffe. Seit er vor einigen Jahren von wütenden Krabbenfischern bedroht worden war, besaß er eine Pistole. Und einen Waffenschein. Also konnte er im Notfall davon Gebrauch machen. Außerdem würde er einen zweiten Hund anschaffen. Einen richtigen Wachhund. Skipper war viel zu gutmütig, um Fremde daran zu hindern, sich auf das Grundstück oder gar ins Haus zu schleichen.

„Wolltest du nicht duschen?" Seine Frau steckte den Kopf durch die Tür. „Ich habe ein paar Kanapees vorbereitet."

Ostendorff knüllte den Zeitungsartikel in der Hand zusammen. „Ja, sofort." Er schob sich an seiner Frau vorbei und eilte die Treppe hinauf ins Obergeschoss, wo sich Bad und Schlafzimmer befanden. „Es dauert nur drei Minuten!", rief er über die Schulter und knöpfte bereits das Hemd auf. „Dann bin ich soweit." Bevor er sich unter die Dusche stellte, spülte er das Papierknäuel in der Toilette hinunter.

Obwohl das Wasser nur lauwarm gewesen war, fühlte Ostendorff Schweißperlen auf der Stirn, als er sich auf der Terrasse in einen Korbsessel fallen ließ. „Diese Hitze ist wirklich unerträglich", stöhnte er und griff nach der Bierflasche, die seine Frau vor ihn hingestellt hatte. Er füllte ein Glas und stürzte die schäumende Flüssigkeit hinunter. „Bring gleich noch eine Flasche mit", stieß er zwischendurch hervor. „Das Zeug verdampft auf der Stelle."

Seine Frau hob zwar leicht die Brauen, verkniff sich aber einen Kommentar und verschwand in Richtung Küche.

In diesem Augenblick klingelte im Haus das Telefon. Christine Ostendorff kehrte mit dem Apparat in der Hand zurück und hielt die Sprechmuschel zu. „Da ist jemand, der dich sprechen will. Ein gewisser Jens Evers. Möchtest du das Gespräch annehmen? Oder soll ich sagen, dass er dich morgen ..."

Ostendorff streckte die Hand aus. „Gib her! Ich erledige das gleich."

Sie reichte ihm das Telefon. „Wer sind Sie und was wollen Sie?", zischte er, nachdem seine Frau im Haus verschwunden war. „Der Name, den Sie meiner Frau genannt haben, ist doch wohl ..."

„... falsch." Der Anrufer lachte heiser. „Sie haben es erfasst. Andererseits - so falsch nun auch wieder nicht. Jensen und Evers - das sagt Ihnen doch etwas, nicht wahr?"

Ostendorff spürte nun den Schweiß auch im Nacken. „Ich weiß nicht, wovon Sie reden. Und ich werde das Gespräch jetzt beenden."

Erneut erklang ein heiseres Lachen. „Tun Sie, was Sie für richtig halten. Ich tu's auch. Wir sprechen uns wieder."

Der Anrufer hatte aufgelegt, und Ostendorff starrte auf das Telefon in seiner Hand.

Wie aus weiter Ferne hörte er die Stimme seiner Frau, die mit einem Tablett in der Terrassentür stehen geblieben war.

„Was ist los? Ist dir nicht gut?"

*

Im ersten Augenblick erschrak Sabine Cordes, als sie auf der Treppe zu Ihrer Wohnung jemanden sitzen sah. Dann erkannte sie den Mann. Ein angenehmes Gefühl durchströmte sie, als ihre Verblüffung von der Freude verdrängt wurde, den Abend mit dem Menschen zu verbringen, den sie sich vor wenig mehr als einer Stunde herbeigesehnt hatte.

„Konrad! Das ist aber eine Überraschung! Mit dir habe ich nicht gerechnet. Allerdings hatte ich mir gerade vorgenommen, dich anzurufen."

„Ich freue mich, dass ich dir zuvorgekommen bin." Röverkamp war aufgesprungen und schloss sie in die Arme. „Und ich freue mich noch viel mehr, dich zu sehen."

Da er eine Stufe höher stand, wären sie beinah ins Straucheln gekommen. „Ich schlage vor", lachte Sabine, „dass du mich freilässt und wir erst mal reingehen."

Während sie den Schlüssel im Schloss drehte, wandte sie sich zu Röverkamp um. „Wir sollten aber hier nicht bleiben. Es ist viel zu heiß. Was hältst du von einem Ausflug ans Meer? Zum Beispiel nach Wremen?“

Röverkamp nickte. „Am Wasser lässt es sich aushalten. Hab' vorhin schon ein Weilchen dort verbracht.“

„Du warst schon am Meer? Hast du heute nicht gearbeitet?“

„Nur bis Mittag. Dann habe ich mir eine Auszeit genommen. Musste nachdenken.“

„Über den Fall mit den Frostleichen?“

„Auch.“

Sabine Cordes nickte, als wüsste sie, worüber er sich außerdem den Kopf zerbrach. Doch sie fragte nicht nach. „Ich springe schnell unter die Dusche. Dann fahren wir los.“

Konrad Röverkamp murmelte eine Zustimmung. Vielleicht war jetzt der Augenblick für den entscheidenden Satz. *Sabine, ich würde gerne etwas mit dir besprechen.* Aber er schwieg. Sah zu, wie sie die Schuhe abstreifte und im Bad verschwand. „Du weißt ja“, rief sie durch den Türspalt, „wo was zu trinken steht.“

Geistesabwesend ging er in die Küche, nahm eine Wasserflasche aus dem Kühlschrank und füllte zwei Gläser. Vielleicht war es besser, nicht mit der Tür ins Haus zu fallen. Ja, er sollte auf eine entspannte Situation warten. Zum Beispiel, wenn sie bei einem Glas Wein in die untergehende Sonne blickten.

Erleichtert ließ er sich im Wohnzimmer in einen Sessel fallen. Wenn er die richtigen Worte jetzt noch nicht brauchte, konnte er auch später darüber nachdenken.

„Weißt du, woran ich heute gedacht habe?“ Sabine Cordes kam nackt und nass aus dem Badezimmer, mit einem Handtuch die kurzen braunen Haare rubbelnd. Ihre Brüste wippten, und das Licht der Spätnachmittagssonne gab ihrer leicht gebräunten Haut einen goldenen Ton. Im schmalen Dreieck ihrer Scham glitzerten Wassertropfen.

Sabine sah ihn aus strahlenden Augen an.

Konrad Röverkamp spürte plötzlich das Blut in seinen Adern und fragte sich, ob Sabine sich ihrer Wirkung bewusst war. Ihm stand plötzlich nicht mehr der Sinn nach einem Ausflug. Viel lieber würde er mit ihr ...

„Eigentlich wäre es doch ganz praktisch“, fuhr Sabine fort, „wenn wir zusammen wohnen würden. Aber dann habe ich mir gesagt, dass wir uns vielleicht bald auf den Geist gehen würden. Und irgendwie kann ich auf meine Unabhängigkeit wohl doch nicht verzichten.“ Sie drehte sich um und verschwand im Schlafzimmer. „Wie denkst du darüber, Konrad?“, rief sie über den Flur.

Röverkamp leerte sein Glas und sank in sich zusammen. Sollte er ihr jetzt mit einer fertigen Lösung kommen? *Die Wohnung von Amelie Karstens gehört demnächst mir. Du kannst bei mir einziehen. Im Cuxhavener Krankenhaus können sie bestimmt eine gute Anästhesistin gebrauchen.*

„Wahrscheinlich hast du recht“, rief er. „Es ist ja auch schön - so wie es ist. Das sollte man vielleicht nicht durch einen eheähnlichen Alltag aufs Spiel setzen.“ Doch tief in seinem Inneren nagten Zweifel an dieser These. Oder plagte ihn in Wahrheit nur die Angst, sie zu verlieren? Manchmal fühlte er sich so alt. Sabine war fünfzehn Jahre jünger als er. Wenn er in Pension ging, würde sie noch mitten im Berufsleben stehen. Eine Frau in den besten Jahren, auf die zu Hause ein Rentner wartete. Konnte das überhaupt gut gehen?

Als Konrad Röverkamp mit Sabine Cordes eine halbe Stunde später in Wremen am Fuße des „Kleinen Preußen“ hockte und in die tief stehende Sonne blinzelte, hatte er die Frage nach dem Zusammenleben endgültig auf später verschoben. Längere Zeit saßen sie stumm in der noch immer wärmenden Abendsonne und beobachteten die vorbeiziehenden Schiffe.

Sabine war die zweite große Liebe seines Lebens; ihre Gegenwart erfüllte ihn mit einem lange nicht erlebten Gefühl von Zärtlichkeit und inniger Zuneigung. Auch von Geborgenheit. Mit ihr konnte er - zum ersten Mal seit Ingrids Tod - unbeschwert lachen, reden oder auch - wie jetzt - einfach nur schweigen. Sie war für ihn zum wichtigsten Menschen geworden. Alles andere war zweitrangig. Große Wohnung hin oder her.

Irgendwann ergriff Sabine seine Hand und lächelte ihn an, als hätte sie seine Gedanken erraten. „Ich habe Appetit. Wollen wir etwas essen?" Mit einem Kopfnicken deutete sie in Richtung des Gartenrestaurants jenseits des Leuchtturms.

Konrad Röverkamp stand auf und zog Sabine mit. „Eine gute Idee."

Später kehrten sie noch einmal zum Strand zurück. Inmitten zahlreicher Feriengäste, die den Sonnenuntergang fotografierten, beobachteten sie – eng umschlungen wie außer ihnen nur einige ganz junge Paare – das Naturschauspiel. Nachdem die Sonne im Meer versunken war und ihr Licht die Welt in eine Kitschpostkarte verwandelt hatte, brachen sie auf. Beide zog es plötzlich nach Hause. Unterwegs erzählte Röverkamp von seinen Entdeckungen und Erlebnissen des Nachmittags. Sein Bericht von der Kutterfahrt brachte Sabine zum Lachen. Doch dann wurde sie ernst. „Kann es sein, Konrad, dass du zu viel arbeitest und zu wenig Schlaf bekommst?"

Röverkamp hob die Schultern. „Erinnere mich nicht an die Arbeit. Ich habe im Augenblick etwas ganz anderes im Kopf."

Sabine lächelte und lehnte sich an seine Schulter. „Ich auch", murmelte sie und schloss die Augen.

Eine gute Stunde später sanken Konrad Röverkamp und Sabine Cordes ermattet und verschwitzt auf Sabines großem Bett in die Kissen.

„Woran denkst du?", fragte sie, nachdem sie eine Weile satt und schläfrig nebeneinandergelegen hatten.

Röverkamp stützte sich auf einen Ellenbogen und sah Sabine an. „An den schönen Tag. Eigentlich war es ja nur der Nachmittag und der Abend. Aber mir kommt es vor wie ein langer Urlaub. Und dann dieser tolle Abschluss." Seine freie Hand wanderte über ihren Arm zur Schulter und weiter über den Hals zum Kinn. An ihrer Wange blieb sie liegen.

„Ich fand's auch schön." Sabine lächelte spitzbübisch. „War doch gut, dass du dich auf dem Schiff richtig ausgeschlafen hast."

Er kniff ihr zur Strafe in die Wange.

*

Auf dem Rückweg nach Cuxhaven, für den er diesmal die Autobahn nahm, schwirrten die Bilder des Tages durch Röverkamps Kopf. Vergnügt summte er vor sich hin und schaltete das Radio ein. Auch wenn er es nicht geschafft hatte, Sabine zu fragen, ob sie zu ihm ziehen wollte - sie war und blieb sein Lebensglück. Er sollte zufrieden sein.

Es dauerte eine Weile, bis die Fußballübertragung in sein Bewusstsein drang. Das Spiel Deutschland gegen Italien. Daran hatte er überhaupt nicht mehr gedacht. Die Uhr im Armaturenbrett zeigte halb elf. Um neun hatte das Spiel begonnen. War die Entscheidung schon gefallen?

Er drehte die Lautstärke höher.

„... Spiel der verpassten Chancen." Der Radioreporter sprach ungewöhnlich ruhig. Wartete er auf den Abpfiff? Plötzlich erhob sich seine Stimme, wurde hektisch. „Pirlo hat den Ball, läuft an, versucht es mit einem Weitschuss, das Leder fliegt auf das Tor, doch Lehmann hält. Jaaa, souverän macht er das ... Und noch immer ist kein einziges Tor gefallen in diesem Spiel ..."

Kein Tor? Röverkamp sah erneut auf die Uhr.

„... erkennt der Schiedsrichter ein Foul von Cannavaro an. Podolski. Freistoß für Deutschland. Michael Ballack legt den Ball zurecht, läuft an, schießt ... aber das Leder fliegt zu weit und zu hoch am langen Eck vorbei ... Klinsmann will wohl jetzt mehr Druck machen, wechselt David Odonkor für Schneider ein ... Und wieder kommt ein Italiener frei vor das deutsche Tor. Perrotta flankt, doch Lehmann hat rechtzeitig seinen Kasten verlassen und klärt energisch - mit nur einer Faust."

Röverkamp wurde plötzlich bewusst, dass er aufgeatmet hatte. Noch fünf Minuten. Würde es eine Verlängerung geben?

„Ja, meine Damen und Herren, es steht null zu null, und da ist er schon, der Pfiff des Schiedsrichters ... dieses Spiel geht in die Verlängerung ... Die Italiener gehen nach vorn ... Alberto Gilardino zieht von rechts kommend nach vorne durch, legt sich den Ball auf den Fuß, flankt ... schießt ... aufs Tor ... keine Chance für Jens

Lehmann! ... Doch der Ball prallt vom linken Pfosten ins Feld zurück ... Und die Italiener drehen weiter auf ... Eckball, aber die deutsche Defensive bekommt das Leder nicht aus der Gefahrenzone und schon wieder ist das deutsche Gehäuse bedroht. Diesmal ist es Zambrotta ... Ein fast perfekter Schuss - aus zwanzig Metern - streift die Querlatte ... die Spannung steigt ... Keine der beiden Mannschaften will ein Elfmeterschießen ... Sie suchen die Entscheidung - jetzt ... Das Spiel wird abwechslungsreicher, als es zuvor während der regulären Spielzeit war ... Die Sekunden verrinnen, das Elfmeterschießen rückt in greifbare Nähe, noch wenige Minuten, dann ist es so weit ... Und wieder zwingt Pirlo den deutschen Keeper zu einer großartigen Parade ... Eckball, noch einmal landet der Ball bei Pirlo ... Pass zu Grosso, Grosso schießt ... NEIN, das darf nicht wahr sein, der Ball geht knapp neben dem Pfosten ins Netz. Eins zu null! Italien jetzt in Führung. Und das in der vorletzten Minute. Ein Aufstöhnen geht durch das Stadion hier in Dortmund. Aber jetzt - noch einmal bäumt sich die deutsche Mannschaft auf, wirft alles nach vorne, will den Ausgleich ... da geht der Ball an Gilardino, der schießt zurück zu Del Piero."

Die Stimme des Reportes überschlug sich.

„Der Stürmer von Juventus Turin nimmt den Ball auf den Fuß ... schießt ... hebt ihn über Jens Lehmann hinweg - in die rechte obere Ecke. Zwei zu null! Das Spiel ist aus, meine Damen und Herren. Verdammt noch mal, ist das bitter! In letzter Sekunde so niedergerungen zu werden mit null zu zwei. Das ist ganz, ganz, ganz bitter. Der große Traum vom Finale - er ist ausgeträumt."

Konrad Röverkamp war - ohne es zu bemerken - immer langsamer geworden. Hatte er Nordholz schon passiert? Auch das war ihm entgangen. Und erst jetzt fiel ihm auf, dass er ganz allein auf der Autobahn unterwegs war. Und dass er Cuxhaven fast erreicht hatte.

„Nun wird Deutschland also doch nicht Fußball-Weltmeister. Eigentlich schade. Ich hätte es Klinsmann und seinen Jungs gegönnt. Andererseits ist es vielleicht auch ganz gut so. Zu viele Leute waren schon zu sehr in einem nationalen Siegestaumel."

Auch in Röverkamp ließ nun die Anspannung nach. Je näher er der Innenstadt kam, desto stärker machten sich nun wieder Fragen und Gedanken breit, die sich bis eben noch im Hintergrund gehalten hatten. Fragen nach den Hintergründen und möglichen Zusammenhängen im Fall Evers und Fall Jensen und nach dessen Verbindung zu Hannes Fedder. Die unzähligen Trupps johlender Fußballfans, die in der Stadt unterwegs waren, nahm er nur am Rande wahr.

Und dann dachte er an die große leere Wohnung, die ihn erwartete.

13

Es hatte wieder angefangen zu schneien. Unbarmherzig trieb der Wind ein Gemisch aus Schneeflocken und Eiskristallen über die weiße Landschaft und klebte weiße Streifen an Bäume und Sträucher.

Der Himmel verdunkelte sich, und die Sicht wurde schlechter. Zum Glück wiesen die unübersehbaren Spuren des schweren Traktors den Wanderern den Weg. Sie waren gut zwanzig Minuten gefahren. Zu Fuß würden sie, schätzte Jan, die dreifache Zeit brauchen. Also eine gute Stunde. Das musste zu schaffen sein. Jedenfalls für ihn und Hendrik.

Besorgt musterte er Susanne, die willenlos und mit starrem Blick tat, was man ihr sagte. Das Mädchen war nicht wiederzuerkennen. Auch äußerlich schien sie sich verändert zu haben. Unter Kopfverband und Kapuze waren nur Nase, Mund und Augen zu erkennen. Ihr Gesicht blieb ohne jede Mimik. Jan fragte sich, ob sie sich an das, was am Abend und in der Nacht geschehen war, wohl erinnerte. Und ob seine Gefühle für die Susanne von gestern auch diesem unbeseelten Wesen galten, das neben ihm hertrottete.

Auf dem festen Untergrund der Treckerspur kamen sie gut voran. Doch schon nach kurzer Zeit mussten sie anhalten und die Augenwimpern von Eiskristallen befreien. Kälte und Wind drangen durch jede ungeschützte Stelle am Körper. Obwohl sie für die Fahrt auf dem offenen Traktor alle passenden Kleidungsstücke, die sie hatten auftreiben können, übereinander trugen, drang die Kälte bis auf die Haut. Die schwere und unförmige Kleidung erschwerte jede Bewegung und behinderte das Gehen. Dennoch wagten sie nicht, eine der schützenden Hüllen abzulegen.

Nach einer knappen halben Stunde versuchten Hendrik und Jan, den zurückgelegten Weg einzuschätzen. Hinter ihnen war der Trecker nur noch als dunkler Punkt in der Schneelandschaft zu erkennen. Aber durch die Schleier des Schneetreibens und in der Unendlichkeit der sie umgebenden weißen Wüste war es unmöglich, die Entfernung zu schätzen. Und der Hof war noch immer nicht in Sicht.

*

Sven war es gelungen, den hart gefrorenen Wasserschlauch aufzutauen, nachdem er ihn ins Wohnhaus geschleppt hatte. Zum Glück lief hier die Heizung noch. Die Stromversorgung für den Ölbrenner funktionierte also weiter. Seine Hoffnung, die Telefonleitung könnte wieder frei sein, erfüllte sich jedoch nicht.

In der Küche löste er den Anschluss der Waschmaschine und schloss dort den langen Schlauch an. Er reichte gerade so weit, dass er den Wasserstrahl in die Flammen richten konnte. Ein Schreck erfasste ihn, als eine Lawine vom Dach des Wohnhauses rutschte und einen Teil der Dachfläche freigab. Aus dem brennenden Stall stoben noch immer in unregelmäßigen Abständen Funkenwolken, die vom Wind gegen das Wohnhaus gedrückt wurden.

Nur knapp erreichte er mit dem Strahl aus Clasens Schlauch die offen liegenden Teile des Reetdaches. Vom Stall war ohnehin nichts mehr zu retten, also konzentrierte er sich darauf, die Eisschicht auf dem Dach des Wohnhauses zu erhalten.

Während er das Wasser auf dem Reet verteilte, wanderten seine Gedanken zu den anderen. Sie waren seit über einer Stunde unterwegs. Vielleicht hatten sie das Dorf schon erreicht.

Wenn sie zurückkommen, bringen sie bestimmt Hilfe mit. Und dann müssen wir uns um die Tiere kümmern.

Das Gebrüll der Rinder, die um den Hof herum im Schnee feststeckten, ging ihm an die Nieren. Aber was hätte er tun können? Vielleicht mussten die Kühe gemolken werden. Aber wer wäre dazu in der Lage?

Gelegentlich, wenn der Wind seine Richtung änderte, drang ein Schwall Ekel erregenden Geruchs vom Stall zu ihm herüber. Nach einer Mischung aus schwelendem Kuhmist und verbranntem Fleisch. Sven spürte Übelkeit aufsteigen, zwang sich aber, dem

Brechreiz nicht nachzugeben. Waren dort doch noch Tiere geblieben? Hühner und Schweine waren in dem anderen Stallgebäude. Konnte es sein, dass Clasen ...? Sven schüttelte sich und verbannte das Bild eines verkohlten menschlichen Körpers aus seiner Vorstellung.

*

Fast hätte Röverkamp verschlafen. Dass der Wecker geklingelt hatte, drang erst in sein Bewusstsein, als das Geräusch schon wieder verklungen war. Im Halbschlaf sah er Sabine vor sich. Wie sie aus dem Bad gekommen war und sich die Haare getrocknet hatte. Und dann fühlte er ihre Haut auf seiner Haut, roch ihren Duft, und spürte ihre Wärme. Er versuchte, das Aufwachen hinauszuzögern, aber von irgendwoher drangen Geräusche auf ihn ein. Verkehrslärm brandete durch die offenen Fenster. Seufzend warf er die Bettdecke von sich und schwang die Beine aus dem Bett. Immerhin hatte er trotz der Wärme mal wieder richtig gut geschlafen. *Was so eine kleine Auszeit doch ausmacht.* Oder war es die Liebe am Abend, die ihm innere Ruhe und schöne Träume geschenkt hatte? Automatisch tastete seine Hand nach dem Morgenmantel, doch dann fiel ihm ein, dass er allein in der Wohnung war und Amelie Karstens nicht mehr vor dem Anblick eines nackten Mannes geschützt werden musste.

Auf dem Weg ins Bad begegnete ihm sein Spiegelbild. Sein Gegenüber war eigentlich recht gut erhalten. Wenn man von dem Rettungsring um die Hüften absah. Und vom Bauch. Probeweise zog er ihn ein. Die Besserung war nur von kurzer Dauer. Sie waren endgültig vorbei - die Zeiten, in denen er ohne Kleidung eine gute Figur gemacht hatte. Dass Sabine ihn trotzdem liebte, war ein großes Glück. Andererseits gab es Männer, die gut und gerne fünfzig Kilo mehr mit sich herumtrugen. Und das, wie er gestern gesehen hatte, mit ungetrübtem Selbstbewusstsein sogar im Adamskostüm.

Die Bilder von den Wattenfreunden erinnerten ihn an Marie Janssens Anruf. Der Chef wollte sie sprechen. Also würde er sich beeilen müssen, um nicht in letzter Minute und außer Atem in der Dienststelle aufzutauchen.

*

Kriminaloberrat Christiansen nahm seine Besucher an der Bürotür in Empfang. Er führte sie zu einer Sitzecke und wies auf die schon etwas in die Jahre gekommenen Sessel. Da ihn ebenso wie Röverkamp nur noch wenige Jahre von der Pensionierung trennten, legte er offenbar keinen Wert darauf, seine Büroausstattung auf den neuesten Stand bringen zu lassen.

Nachdem Janssen und Röverkamp sich gesetzt hatten, ließ sich der große hagere Mann ebenfalls nieder und schlug seine langen Beine übereinander. Mit freundlichem Blick musterte er seine Gäste. „Ich hoffe, es geht Ihnen gut", begann er und wandte sich Röverkamp zu. „Sie sehen in letzter Zeit etwas überarbeitet aus, mein lieber Kollege."

Der Hauptkommissar berichtete kurz vom Tod seiner Wirtin. Christiansen nickte verständnisvoll und sah Marie an. „Sie dagegen strahlen Zufriedenheit aus. Würde mich freuen, wenn mein Eindruck zuträfe."

Marie spürte das Blut in ihren Wangen und wusste nicht, wie sie reagieren sollte. Wollte der Kriminaloberrat eine Erklärung?

Er nahm ihr die Entscheidung ab. „Kommen wir zur Sache. Es geht um die Fälle Evers und Jensen. Möglicherweise ist es ja auch *ein* Fall. Wie auch immer, Staatsanwalt Krebsfänger scheint neuerdings ein besonderes Interesse daran zu entwickeln. Er fürchtet politische Verwicklungen." Die letzten beiden Worte sprach Christiansen aus, als nähme er etwas Unanständiges in den Mund. „Offenbar treibt den Landtagsabgeordneten die Besorgnis um, sein Name könnte im Zusammenhang mit den Ermittlungen genannt werden. Ostendorff und Krebsfänger kennen sich. Sie spielen zusammen Golf. Außerdem hat der Abgeordnete seine Beziehungen zum Innenministerium ins Spiel gebracht. Und nun frage ich Sie: Gibt es überhaupt einen Anlass – geschweige denn einen Grund für seine Befürchtung?"

Konrad Röverkamp und Marie Janssen sahen sich an. Dann schüttelten sie synchron die Köpfe.

„Nicht im geringsten“, stellte der Hauptkommissar fest.

„Es sei denn“, warf seine Kollegin ein, „der Herr Abgeordnete weiß mehr als wir.“

Christiansen warf ihr einen anerkennenden Blick zu. „Das ist die eine Möglichkeit. Die andere wäre, dass sich der Herr Ostendorff für bedeutender und wichtiger hält, als er ist. Wie dem auch sei – ich gehe davon aus, dass Sie beide bei Ihren Ermittlungen ohnehin behutsam und diskret vorgehen. Niemand muss befürchten, zu Unrecht in einen ungünstigen Zusammenhang gebracht zu werden, auch kein Abgeordneter. Und an die Presse geben wir Informationen aus laufenden Ermittlungen ohnehin nicht.“

Bei den letzten Worten hatte er Marie angesehen, die erneut errötete. „Natürlich nicht“, bestätigte sie.

„Gut.“ Der Kriminaloberrat erhob sich. „Dann ist der Punkt für mich erledigt. Wir werden den Staatsanwalt wie üblich auf dem Laufenden halten und im Übrigen unsere Arbeit machen, ohne uns von Außenstehenden beeindrucken zu lassen.“ Er sah von einem zum anderen. „Haben Sie noch etwas auf dem Herzen?“

Der Hauptkommissar und seine Kollegin verneinten und verabschiedeten sich.

„Es juckt mich in den Fingern“, sagte Konrad Röverkamp, als sie wieder in ihrem Büro an den Schreibtischen saßen, „diesen Abgeordneten mal ein wenig abzuklopfen. Wenn der sich wirklich für unsere Arbeit interessieren würde, stünde das zuerst in der Zeitung. *Abgeordneter fördert Polizeiarbeit.* Es gäbe ein paar unverbindliche Versprechungen, ein Foto mit dem Chef für die Presse, und das wär's.“

„Glaubst du wirklich, dass etwas dahintersteckt?“

Röverkamp hob die Schultern und breitete die Arme aus. „Auf jeden Fall ist es seltsam. Und darum möchte ich zumindest ein bisschen mehr über Ostendorff erfahren. Könntest du uns mal zusammenstellen, was so alles über ihn bekannt ist? Politiker sind ja sehr mitteilsam. Also: Internetseiten, Wahlkampfbroschüren, Zeitungen. Alle zugänglichen Informationen auswerten. Lebenslauf, Familie, Beruf, persönliche Vorlieben. Und dann schauen wir mal, an welchen Stellen es möglicherweise Berührungspunkte mit unseren Fällen gibt. Ich rechne zwar nicht damit, aber man kann nie wissen. Würdest du das übernehmen?"

„Mit Vergnügen. Mich ärgert es, wenn solche Leute meinen, sie hätten besondere Rechte. Wenn herauskommen sollte, dass dieser Herr wirklich etwas zu befürchten hat, möchte ich ihm sehr gern auf den Zahn fühlen. Schon wegen Krebsfänger."

„Den Staatsanwalt", grinste Röverkamp, „hast du wohl besonders in dein Herz geschlossen."

„Den habe ich gefressen", bestätigte seine Kollegin. „Und es wäre mir ein Vergnügen, wenn dessen großspuriges Gehabe mal einen kleinen Dämpfer bekäme."

„Dann wünsche ich dir guten Erfolg, Marie. Während du dich mit den Recherchen beschäftigst, werde ich mich um unseren Freund Fedder kümmern. Und um seine Beziehung zum Chefkoch des Cap Cux."

„Willst du ihn noch mal in die Mangel nehmen?"

Röverkamp schüttelte den Kopf. „Vorerst nicht. Ich werde mich in dem Restaurant umhören. Vielleicht weiß dort jemand, was Jensen mit Fedder zu tun hatte. Zu den Stammgästen dürfte er jedenfalls nicht gehört haben."

„Fedder hat übrigens nicht nur eine Tochter, sondern auch einen Sohn. Der engagiert sich bei einer Initiative gegen die Elbvertiefung. Und er steht in unserem Computer. Wurde auch mal wegen Körperverletzung angeklagt. Ich habe seine Akte ebenfalls angefordert. Lässt leider auf sich warten."

Es klopfte. Bevor einer von ihnen reagieren konnte, stand ein Kollege in der Tür. Er winkte mit einem Aktenordner. „Dieses ist fürs K 1 abgegeben worden. Der Chef meinte, ich sollte es euch gleich bringen."

„Gute Idee", bemerkte Röverkamp und streckte die Hand aus. „Hätte eigentlich auch von dir sein können."

Nachdem der Beamte das Gesicht verzogen und sich verabschiedet hatte, schlug der Hauptkommissar den Aktenordner auf. „Wenn man vom Teufel spricht ... Hier ist er schon."

„Christian Fedder?“

Röverkamp nickte und überflog die wenigen Seiten. Als er aufsah, spiegelte sich eine Mischung aus Überraschung und Belustigung in seiner Miene. „Das ist eine tolle Geschichte. Du würdest sie nicht glauben, wenn sie nicht amtlich dokumentiert wäre. Und den Weg ins Restaurant Cap Cux kann ich mir auch sparen.“

*

Der junge Mann, den Christine Ostendorff gelegentlich für die Arbeit im Garten engagierte, hatte in diesen Tagen eher leichte Tätigkeiten zu verrichten, denn die sommerliche Trockenheit erlaubte keine größeren gärtnerischen Aktionen. Den weitläufigen Rasen hatte er schon am Abend zuvor gemäht; nun war er damit beschäftigt, Bäume und Sträucher zu wässern und die Rosenstöcke zu gießen. Tim hatte sein Hemd ausgezogen und über einen Ast gehängt und arbeitete in Shorts. Sein Oberkörper glänzte in der Sonne.

Eigentlich sah er nicht aus wie ein Abiturient, der gerade die Schule hinter sich gebracht hatte. Eher wie ein junger Arbeiter, der es gewohnt war, zuzupacken und im Freien zu arbeiten. Allerdings besaß er trotz seines kräftigen Körperbaus ein fein geschnittenes Gesicht mit wachen blauen Augen und die Hände eines Klavierspielers.

Christine beobachtete vom Fenster ihres Schlafzimmers aus das Spiel seiner Muskeln unter der gebräunten Haut, betrachtete dieses zugleich jugendliche und doch so männliche Wesen, das ihr plötzlich wie ein Wunder der Natur erschien, stellte sich für einen Moment vor, seine schmalen Hände würden über ihre Haut wandern und empfand plötzlich unendliche Sehnsucht nach Berührung.

Um der Gefahr zu entgehen, in einen abenteuerlichen Traum zu versinken, schloss sie die Augen. Doch das machte es noch viel schlimmer. Sie sah Bilder, die nicht mit der gängigen Vorstellung von Anstand und Moral übereinstimmten und in jeder Hinsicht verboten waren.

Rasch wandte sie sich um und widmete sich ihrer Garderobe. Für die bevorstehenden offiziellen Termine waren Entscheidungen zu treffen. Der 75. Geburtstag des Verkehrsvereins Stickenbüttel erforderte ein anderes Outfit als der Besuch des Theaterstücks „Das letzte Kleinod" am Steubenhöft. Und über angemessene Kleidung beim Duhner Wattrennen sollte sie sich vielleicht auch schon mal Gedanken machen.

Während sie ihre Kleider begutachtete, das eine oder andere anprobierte und mehr und mehr zu der Überzeugung kam, dass sie unbedingt nach Hamburg fahren müsste, um ihre Garderobe zu vervollständigen, machte sich in ihr das Gefühl breit, dass irgendetwas nicht stimmte. Sie dachte nach und dann wusste sie es: Seit Julia und ihr Mann das Haus verlassen hatten, war Skipper nicht ein einziges Mal aufgetaucht. Gewöhnlich vergewisserte er sich regelmäßig, dass jemand von der Familie anwesend war.

Christine trat ans Fenster. Tim hantierte mit dem Gartenschlauch und wandte ihr den Rücken zu. Skipper war nirgends zu sehen. Sie beugte sich hinaus, um nach ihm zu rufen. In dem Augenblick wurde ihr bewusst, dass sie unbekleidet am Fenster stand. Zu spät. Tim drehte sich um und sah mit großen Augen zu ihr hinauf.

Erschrocken zurückzuspringen, erschien Christine lächerlich. Also blieb sie, wo sie war, und gab ihrer Stimme einen beiläufigen Ton. „Hast du Skipper gesehen, Tim?"

Der Junge schüttelte den Kopf.

„Kannst du mal schauen, wo er sich herumtreibt?"

Tim nickte, legte den Wasserschlauch aus der Hand und lief über den Rasen zum hinteren Teil des Grundstücks. Dort unter den Bäumen und Büschen tauchten gelegentlich Kaninchen auf, denen Skipper gern nachstellte.

Christine wandte sich wieder ihrer Garderobe zu. Zu ihrer eigenen Überraschung spürte sie weder Scham noch Reue. Stattdessen spiegelte ihr Lächeln ein gewisses Gefallen an dem Blick des jungen Mannes wider. Mit derart unverstelltem Begehren hatte sie lange niemand mehr angesehen. Die mühsam verdrängten Bilder kehrten zurück, und Christine spürte ein seltsames

Vibrieren in ihrem Körper. Als hätte sich ihrer eine elektrische Spannung bemächtigt.

In aufgeräumter Stimmung beendete sie ihre Kleiderschau und hängte alles zurück in die Schränke. Bis auf ein Bikinihöschen und ein seidenes Top. *Für einen warmen Sommertag genau das Richtige. Und vielleicht nicht nur dafür.*

Auf der Terrasse ließ sie sich in einer der Strandliegen nieder, die sie so ausrichtete, dass sie den Garten im Blick hatte. Noch waren die Sonnenstrahlen angenehm. Christine legte ihr Seidentop ab, schloss die Augen und genoss die Wärme auf der Haut.

Nach einer Weile fiel ein Schatten über ihr Gesicht. Sie sah auf und blinzelte gegen Tims Silhouette. „Hast du ihn gefunden?"

Er schüttelte den Kopf. „Tut mir leid, Frau Ostendorff. Keine Spur von Skipper."

„Vielleicht hat mein Mann ihn doch mitgenommen. Holst du mir mal bitte das Telefon?"

Sie erreichte ihn im Auto. „Ich bin gerade auf dem Weg zum Yachthafen", erklärte er. „Irgendwas ist mit dem Boot. Ein Segelkamerad hat mich angerufen."

„Hast du Skipper bei dir? Hier ist er nirgends zu finden."

Für einen Augenblick blieb es still am anderen Ende. „Nein", hörte sie schließlich. „Er *muss* zu Hause sein. Sieh richtig nach. Manchmal treibt er sich bei den Kaninchenlöchern herum. Du, ich muss jetzt Schluss machen. Wir sehen uns heute Abend. Bis dahin wird der Hund ja wieder aufgetaucht sein."

Christine legte das Telefon auf dem Boden ab. „Skipper muss hier irgendwo herumstrolchen."

„Soll ich mich mal in der Nachbarschaft umschauen?" Tim bemühte sich, ihre Blöße zu übersehen.

„Das können wir auch später noch. Wahrscheinlich taucht er sowieso bald wieder auf. Aber du könntest mir einen anderen Gefallen tun." Sie deutete auf eine Flasche mit Sonnenmilch. „Würdest du mir bitte den Rücken eincremen?"

Der junge Mann schluckte. „Selbstverständlich, Frau Ostendorff." Während er nach der Flasche griff und den Deckel abschraubte, streifte Christine ihr Höschen ab und drehte sich auf den Bauch.

*

Schon von weitem erkannte Ostendorff, dass seine Yacht viel zu tief im Wasser lag. Eilig hastete er über den Steg. Der Segler, der ihn angerufen hatte, kam ihm entgegen.

„Das sieht nicht gut aus", begrüßte er den Abgeordneten.

Ostendorff sprang auf sein Boot und zog den Schlüssel aus der Tasche, um die Kabinentür aufzuschließen. Doch das Schloss war aufgebrochen. Er riss die Tür auf. In dem Augenblick hörte er die Geräusche. Es plätscherte und gluckerte in der Kabine, und dann kamen ihm Ausrüstungsgegenstände, Sitzpolster und Seekarten entgegengeschwommen.

„Sieht nach einem Leck aus", stellte der Skipper fest, der Ostendorff über die Schulter sah. „Wie ist das möglich?"

Der Abgeordnete schüttelte den Kopf. „Ich verstehe das nicht. Die Yacht war im Frühjahr in der Werft. Da war alles in bester Ordnung."

„Wir müssen etwas unternehmen, sonst säuft sie dir ab."

Ostendorff nickte und zog sein Handy aus der Tasche. „Ich rufe jemanden von der Werft an. Die sollen sie abschleppen."

„Die Wasserschutzpolizei solltest du auch informieren." Der Segler deutete auf die Kabinentür. „Sieht so aus, als wäre da einer eingebrochen. Womöglich hat einer von innen den Rumpf beschädigt."

„Nein", sagte Ostendorff entschieden. „Keine Polizei. Ich will kein Aufsehen."

*

Gerade als er sein Fernglas einpacken wollte, entdeckte der Mann auf dem Baum eine vielversprechende Szene. Eigentlich hatte er genug gesehen, um die Situation im Hause Ostendorff an diesem Vormittag einschätzen zu können. Doch dann hatte er sich das Vergnügen gegönnt, die Frau des Abgeordneten am Fenster ihres Schlafzimmers zu beobachten. Jetzt richtete er den Feldstecher auf die Terrasse, wo der junge Mann, der zuvor mit Gartenarbeit beschäftigt gewesen war, den Rücken der Dame des Hauses zu bearbeiten begann. Wahrscheinlich durfte er sie mit Sonnenmilch eincremen, was er mit offensichtlicher Hingabe und Ausdauer erledigte.

Der Frau auf der Liege schienen die Bewegungen der Hände zu gefallen, sie rekelte sich wohlig und hob ihrem Wohltäter den Po entgegen. Der folgte nach kurzem Zögern den auffordernden Signalen und weitete den Radius seiner Bewegungen aus. Plötzlich drehte sich die Frau auf den Rücken, der Junge erstarrte und hielt seine Hände bewegungslos in die Höhe. Dann zog sie ihn zu sich herunter.

Hastig verstaute der Beobachter das Glas und zog eine Kamera mit Teleobjektiv hervor. Was sich vor seinen Augen abspielte, war ein Geschenk des Himmels. Der Gedanke rief ein zufriedenes Grinsen auf sein Gesicht. Zwar würden die Fotos wegen der Entfernung und einiger Zweige und Blätter im Vordergrund nicht die Qualität von Studioaufnahmen haben, aber ihren Zweck würden sie allemal erfüllen.

14

Zuerst sahen sie nur das Licht des Feuers als glühenden Punkt, der sich langsam vergrößerte. Schemenhaft wurden bald darauf die Gebäude sichtbar.

„Gott sei Dank", stieß Jan hervor. „Ich hatte schon befürchtet, dass wir ... Was ist? Wir sind bald da. Lass uns weitergehen."

Susanne Clasen war plötzlich stehen geblieben. Sie starrte auf das Bild des verschneiten Gehöfts, aus dessen Mitte noch immer Flammen loderten und das von dunklen Punkten umringt war. Für Sekundenbruchteile trug der Wind Fetzen tierischen Gebrülls zu ihnen herüber.

„Wir haben meinen Vater umgebracht", murmelte sie.

Hendrik stieß sie an. „Komm! Weiter! In einer Viertelstunde sind wir im Haus." Doch das Mädchen verharrte wie angefroren.

Jan versuchte, sie an die Hand zu nehmen, doch sie entwand sie ihm.

„Mach jetzt keine Zicken!" Hendrik hatte die Stimme erhoben und starrte sie böse an.

Susanne rührte sich nicht.

„Versuch du dein Glück, Jan." Hendrik wandte sich zum Gehen. „Ich habe keine Lust, mir hier den Arsch abzufrieren. Bloß weil die nicht richtig tickt."

Jan legte den Arm um Susanne, um sie vorwärts zu bewegen. Vergebens.

Hendrik stapfte ein paar Schritte voraus. „Ich gehe jetzt jedenfalls weiter. Wenn sie nicht will, muss sie eben hierbleiben."

Unschlüssig wanderte Jans Blick zwischen Susanne und seinem Kameraden hin und her. Dann tat er ein paar Schritte und drehte sich um. „Komm, Susanne. Es ist nicht weit. Zuhause ist es warm."

Das Mädchen sah durch ihn hindurch. Und bewegte sich nicht.

*

Obwohl sie verbotenerweise über Nacht die Fenster offenstehen ließen, hatte sich das Dienstzimmer von Hauptkommissar Röverkamp und Kommissarin Janssen nicht spürbar abgekühlt. Immerhin erschien Marie die Luft besser als im übrigen Haus.

Sie hatte die bisherigen Ermittlungsergebnisse in Stichworten auf eine Flipchart geschrieben. Die Namen der Opfer und der mit ihnen in Verbindung stehenden Personen hatte sie mit farbigen Linien verbunden. Etwas abseits und unverbunden stand der Name Ostendorff, versehen mit einem Fragezeichen.

Danach hatte sie die Akte von Christian Fedder studiert, aus der Röverkamp schon zitiert hatte. Was ihre Kollegen seinerzeit aufgeschrieben hatten, ließ trotz ihres dürren Beamtendeutschs lebhafte Bilder vor ihrem inneren Auge entstehen.

Es muss wohl heftiger Punkrock oder ähnlich durchdringende Musik gewesen sein, die der Neunzehnjährige immer wieder aufgedreht hatte. Irgendwann war es dem Nachbarn zu bunt geworden und er hatte - nach eigener Aussage zunächst höflich, später laut und deutlich - um Zimmerlautstärke gebeten. Aber offenbar hatte sich der junge Mann davon nicht beeindrucken lassen. Mehrmals hatte es vernehmbare Auseinandersetzungen im Hausflur gegeben.

Irgendwann war der Nachbar in die Feddersche Wohnung eingedrungen und hatte die Musikanlage - wie es hieß - *ausgetreten*. Das hatte zu einer Rangelei zwischen den Streitenden geführt. Schließlich war der Vater des jungen Mannes hinzugestoßen. Gemeinsam hatten sie den Eindringling überwältigt und auf den Balkon geschleppt. An den Füßen hatten sie ihn dann so lange über die Balkonbrüstung gehalten, bis der Mann, der unter sich zwei Stockwerke und am Boden einen unsanften Aufprall in dornige Büsche zu erwarten hatte, um Gnade gefleht und versprochen hatte, den Schaden zu ersetzen. Beim unsanften Rückzug hatte er sich an der Fensterbank die Nase gebrochen.

Beide Fedders waren wegen gefährlicher Körperverletzung und Nötigung verurteilt worden. Hannes Fedder musste einschließlich seiner widerrufenen Bewährungsstrafe insgesamt acht Monate absitzen. Christian bekam als Ersttäter Bewährung.

Noch vor dem Ende des Verfahrens hatte sich der Nachbar eine neue Wohnung gesucht und war umgezogen, ohne den Schaden an der Stereoanlage zu ersetzen. Was die kuriose Geschichte für die laufenden Ermittlungen bedeutsam werden ließ, war der Name des Geschädigten. Er hieß wie das zweite Kälteopfer. Jensen. Und sein Beruf war Koch.

Marie hatte eine dicke Verbindungslinie zwischen Jensen und Fedder gezogen und „Christian" hinzugefügt.

Als Konrad Röverkamp das Büro betrat, verharrte er kurz vor der Zeichnung. „Sehr gut, Marie. Wir sollten alles noch einmal durchgehen. Vielleicht kommen wir dann zumindest zu einer Hypothese. Oder zu mehreren. Uns wird nichts anderes übrig bleiben, als nacheinander mögliche Theorien auf ihre innere Logik abzuklopfen." Er deutete auf den Namen des Abgeordneten. „Hast du schon Informationen über Ostendorff gefunden?"

„Nicht sehr viel." Sie zog ein Blatt hervor. „Adresse, Familienstand, Lebenslauf, erlernter Beruf. Und was sonst noch so auf seiner Homepage steht. Aber das meiste ist uninteressant. Wenn es nach seiner Selbstdarstellung ginge, müssten wir froh sein, einen so tüchtigen Vertreter im Landtag zu haben. Ihm verdanken wir zum Beispiel ..."

„Lass gut sein", unterbrach sie Röverkamp. „Darauf kann ich verzichten. Aber was ist mit dem Lebenslauf? Gibt's da Berührungen mit denen von Evers und Jensen?"

„Könnte sein", nickte Marie. „Sie sind ein Jahrgang. Vielleicht sind sie zusammen zur Schule gegangen."

„Geht das aus unseren Unterlagen nicht hervor?"

„Leider nicht. Soll ich es mal prüfen?"

„Sicherheitshalber, ja. Wahrscheinlich führt es uns nicht weiter, aber wer weiß ... Was ist mit Berufsausbildung oder Studium?"

Marie beugte sich über ihre Unterlagen. „Ostendorff hat nach dem Wehrdienst BWL studiert, war fünf Jahre bei Plambeck tätig und hat dann sehr schnell Parteikarriere gemacht. Jensen hat nach der Schule eine Lehre als Einzelhandelskaufmann begonnen, aber abgebrochen. Dann hat er Koch gelernt, ist ein paar Jahre zur See gefahren, hat in Belgien und Frankreich gearbeitet. Später in verschiedenen Häusern in Cuxhaven, zuletzt im Hotel Sternhagen in Duhnen. Nachdem seine Küche ein paar Auszeichnungen bekommen hat, ist er Anfang der neunziger Jahre zum Cap Cux gewechselt."

„Und Evers?"

„Der ist ... war ... gelernter Elektroinstallateur, hat nach der Lehre bei der Cuxhavener Frischfisch angefangen – das ist die Firma, die heute CuxFrisch und bald CuxFrost heißt. Hat sich im Laufe der Jahre zum technischen Leiter hochgearbeitet. Und war seit fünfzehn Jahren Betriebsrat, davon elf als Vorsitzender."

Konrad Röverkamp schüttelte den Kopf. „Das gibt alles nichts her. Selbst wenn wir unterstellen, dass Ostendorffs Interesse an dem Fall daher rührt, dass er sich bedroht fühlt, müssen wir uns doch fragen, warum. Was könnten die drei gemeinsam haben, was dem Mörder gefährlich werden könnte?"

„Oder was haben sie getan, wofür er sich rächen wollte?", ergänzte Marie. „Aber weder für das eine noch für das andere gibt es einen Anhaltspunkt. Vielleicht müssen wir Ostendorff vergessen und uns an Hannes Fedder halten. Immerhin hatte er ziemlich heftige Auseinandersetzungen mit beiden Opfern."

„Das klingt alles sehr logisch", seufzte Röverkamp. „Andererseits sehen die beiden Todesfälle nach Planung aus. Als hätte hier jemand darauf Wert gelegt, dass Evers und Jensen durch Erfrieren ums Leben kommen. Fedder traue ich solch ein planvolles Vorgehen nicht zu."

„Und wenn sein Sohn damit zu tun hat?" Marie deutete auf den Eintrag in ihrer Übersicht. „Gewissermaßen als Ideengeber. Und der Vater hat die Ausführung übernommen. Vielleicht war die Sache mit dem Kühlfahrzeug nur eine spontane Anschlusstat. Weil das mit Evers so gut funktioniert hat."

„Das klingt einleuchtend", bestätigte der Hauptkommissar. „Ich denke, wir sollten Fedder noch mal in die Mangel nehmen."

„Hannes oder Christian?"

„Beide."

*

Tim hatte seine Arbeit im Garten wieder aufgenommen. Christine hatte geduscht. Und es sich erneut auf der Terrasse bequem gemacht. Sie beobachtete weiter die Bewegungen des jungen Mannes. Er bewässerte die Blumenbeete und sprengte den Rasen. Hin und wieder warf er ihr einen Blick zu. Äußerlich sah alles aus, als wäre nichts geschehen.

Doch ihr Inneres war aufgewühlt. Seltsamerweise wurde sie nicht von Gewissensbissen geplagt. Nur ihr Herz schlug noch immer heftig, und sie genoss das Gefühl, ein Abenteuer erlebt zu haben, das Geist, Seele und Körper in heftige Erregung versetzt und sie schließlich zutiefst entspannt hatte. Dennoch war eine unbestimmte Sehnsucht geblieben. Und sie fragte sich, ob die plötzliche Neigung, der sie spontan nachgegeben hatte, sich eines Tages - vielleicht schon morgen - wieder einstellen konnte.

Die Melodie des Telefons, das noch immer neben ihr auf dem Boden lag, riss sie aus ihren Gedanken.

Es war ihr Mann. „Ist der Hund wieder aufgetaucht?", fragte er ohne Begrüßung.

„Skipper?" Christine Ostendorff brauchte eine Sekunde, um in die Wirklichkeit zurückzukehren. „Ich weiß nicht. Nein. Du hast doch selbst gesagt ..."

„Ich weiß, was ich gesagt habe. Trotzdem bitte ich dich jetzt, nach ihm zu suchen. Das Boot ... Ich rufe später noch mal an. Jetzt kommen gerade die Leute von der Werft. Also kümmere dich um Skipper."

„Was ist mit dem Boot?", fragte Christine ins Telefon, aber ihr Mann hatte schon aufgelegt.

Sie sah sich um. Wenn Skipper in der Nähe gewesen wäre, hätte er sich längst blicken lassen. Also hielt er sich nicht auf dem Grundstück auf. Wahrscheinlich suchte er Anschluss bei Artgenossen in der Nachbarschaft. Sie würde Tims Angebot annehmen. Sollte er sich in der Umgebung umschauen.

In dem Augenblick, als sie nach ihm rief, klingelte es an der Haustür. Tim hatte den Schlauch abgelegt und kam angetrabt.

„Eigentlich wollte ich dich bitten, doch noch nach Skipper zu suchen. Aber kannst du bitte erst mal nachschauen, wer da ist? Wahrscheinlich der Postbote. Ich möchte so nicht an die Haustür gehen."

Der Junge nickte und verschwand im Haus. Kurz darauf hörte Christine im Flur etwas über die Bodenfliesen schrappen. Tim erschien wieder auf der Terrasse. „Ein großes Paket. So 'ne Art Umzugskarton. Soll ich es rausbringen?"

Christine schüttelte den Kopf. „Für wen ist es denn? Und wo kommt es her?"

Der junge Mann hob die Schultern. „Steht nur Familie Ostendorff drauf. Kein Absender."

„Sei so gut und stell es in den Hauswirtschaftsraum. Mein Mann wird sich darum kümmern. Wahrscheinlich ist es ohnehin für ihn. - Wie spät ist es eigentlich?"

Tim warf einen Blick auf seine Armbanduhr. „Halb eins."

„So spät schon? Dann kommt Julia bald aus der Schule. Ich muss ..." Sie unterbrach sich. „Hast du noch Zeit, dich nach Skipper umzusehen? Lass im Garten alles liegen. Da kannst du morgen weitermachen."

„In Ordnung", nickte Tim. „Ich hole nur eben mein T-Shirt. Dann nehme ich das Fahrrad und suche die Umgebung ab. Wahrscheinlich treibt er sich am Surgrund herum. Da haben Leute eine neue Hündin."

Christine sah ihm nach und seufzte. *Hoffentlich kann der Junge die kleine Eskapade für sich behalten.*

*

Fast wäre Julia Ostendorff auf einen der Wattwagen aufgefahren, die, von zotteligen Hannoveranern gezogen, eine kleine Karawane in Richtung Strand bildeten. Sie hatte geträumt und das gelbe Fuhrwerk erst in der letzten Sekunde wahrgenommen. Ihr Fahrrad schlingerte ein wenig, als sie beide Bremsen zog.

In diesen Tagen träumte sie öfter. Meistens von einem eigenen Pferd. Natürlich wollte sie kein Reitpony, wie das, auf dem sie reiten gelernt hatte, sondern ein Arabisches Vollblut. Am liebsten einen jungen Hengst. Ihr Vater hatte ihr versprochen, sich nach der Wahl darum zu kümmern.

Gerade eben allerdings war sie mit ihren Gedanken bei Tim gewesen. Seit er sich regelmäßig im Haus ihrer Eltern ein zusätzliches Taschengeld verdiente, hatte sie ihn unauffällig beobachtet. Anfangs hatte sie ihn ziemlich uncool gefunden, weil er sich, wie sie fand, bei ihren Eltern einschleimte, sie dagegen kaum beachtete. Irgendwann hatte sich alles schlagartig geändert. Ihm musste aufgefallen sein, dass sie kein Kind mehr war, denn er hatte sie auf eine Weise angesehen, die ihr eine Gänsehaut über den Rücken hatte laufen lassen. Und sie war in seinen Augen versunken – und von diesem Augenblick an überzeugt, dass zwischen ihnen ein Zauber entstanden war, der auf seine Entdeckung wartete. Seit Tagen zerbrach sie sich den Kopf, wie sie es anstellen konnte, mit Tim ungestört zusammen sein zu können.

Julia hatte wenig Erfahrung mit dem anderen Geschlecht. Die Jungen aus ihrer Klasse waren kindisch, und die Affären, die sie mit Phillip aus der 9b, Kevin aus der 10a und Alexander aus der 10b gehabt hatte, waren irgendwie nicht so krass gewesen, wie sie sich das vorgestellt hatte. Phillip war nett, hatte aber hauptsächlich seine Kumpel im Kopf. Mit Kevin hatte sie ausgiebig geknutscht, doch als er ihr sein Ding an den Bauch gedrückt hatte, war sie unsicher geworden und hatte sich zurückgezogen. Er hatte sich dann sehr schnell eine andere gesucht.

Am längsten war sie mit Alexander zusammen gewesen. Bei ihm hatte sie sich sicherer gefühlt und war mutiger gewesen. Aber zu mehr als Petting hatten sie es trotzdem nicht gebracht. Einmal hatten sie versucht, es „richtig" zu machen. Aber es hatte nicht geklappt. Erst hatte er den Weg nicht gefunden, dann hatte sie der Mut verlassen. Trotzdem waren sie noch eine ganze Weile zusammengeblieben. Doch irgendwann hatte Julia das Interesse an ihm verloren. Das war, nachdem Tim sie so angesehen hatte.

Seit einigen Wochen hatte sie das Gefühl, dass es an der Zeit war, mit ihren Freundinnen gleichzuziehen, die das „erste Mal" schon hinter sich gebracht hatten. Und sie wusste auch, wer dafür der Richtige war.

Während die Wattwagenkolonne auf der Nordheimstraße weiter in Richtung Strand zog, bog Julia in den Surgrund ein. Als sie den Swatten Diek erreichte, machte ihr Herz einen Sprung. Tim kam ihr auf seinem Fahrrad entgegen. Er hielt aber nicht an, sondern winkte ihr zu. „Ich bin nur kurz unterwegs. Vielleicht sehen wir uns gleich noch." Im nächsten Augenblick war er vorbei und hinter der nächsten Kurve verschwunden. Mit klopfendem Herzen erreichte sie das Haus, schob ihr Fahrrad in die Garage und nahm den Weg durch die Seitentür zum Garten.

Von der Küche aus sah Christine Ostendorff ihre Tochter über die Terrasse kommen, wo sich Julia irritiert umsah. Für den Bruchteil einer Sekunde schoss Christine die Frage durch den Kopf, ob sie ahnen konnte, was dort geschehen war.

„Warum ist Skipper nicht da?", rief ihre Tochter. „Und wieso fährt Tim durch die Gegend?"

Erleichtert atmete Christine aus. „Skipper treibt sich herum. Tim sucht nach ihm. - Guten Tag, mein Schatz. Ich habe uns einen Salat gemacht. Bring deine Sachen rein und komm auf die Terrasse. Möchtest du einen Saft oder lieber Wasser? Deine Sportkleidung kannst du gleich in die Waschmaschine stecken."

Julia verzog das Gesicht. „Ich will Cola. Und nichts essen. Habe keinen Hunger. Ist ja viel zu heiß."

Christine Ostendorff drückte ihrer Tochter einen Kuss auf die Stirn. „Ein bisschen was essen solltest du schon. Komm, wir setzen uns draußen in den Schatten."

„Na gut. Aber gib mir zehn Minuten. Ich will erst duschen." Julia trollte sich und verschwand in ihrem Zimmer.

Während Christine in der Küche hantierte, nahm sie die vertrauten Geräusche im Haus wahr. Die Tür zu Julias Zimmer klappte, danach die vom Bad. Das Rauschen der Dusche drang schwach an ihr Ohr. Später hörte sie ihre Tochter auf der Treppe, dann im Hauswirtschaftsraum.

Kurz darauf gellte ein nicht enden wollender Schrei durchs Haus.

*

Die Vernehmung Christian Fedders hatte sie nicht weitergebracht. Zwar hatte er eingeräumt, auf Jensen eine Stinkwut gehabt zu haben, jedoch vehement bestritten, ihn in letzter Zeit getroffen oder auch nur gesehen zu haben. In der Nacht, in der Jensen ums Leben gekommen war, habe er bis kurz vor Mitternacht mit Mitstreitern aus der Bürgerinitiative gegen die Elbvertiefung zusammengesessen. Diese Angaben könnte der Vorsitzende, Herr Janssen aus Otterndorf, bestätigen. Marie glaubte ihm zwar, nahm sich aber vor, sich bei ihrem Vater zu vergewissern.

Nach Auskunft der Rechtsmediziner war der Koch gegen Morgen erfroren, nachdem er einige Stunden im Kühlwagen verbracht hatte. Wann genau er da hinein verfrachtet worden war, hatte sich nicht rekonstruieren lassen. Gegen Mitternacht jedenfalls hatte er das Restaurant verlassen, irgendwann danach – spätestens gegen drei Uhr musste er seinem Mörder begegnet sein.

Auch wenn Christian Fedder für diese Zeit kein Alibi hatte, waren Marie und ihr Kollege nicht recht davon überzeugt, in ihm den Täter gefunden zu haben. Warum sollte er nach so langer Zeit noch eine solche ausgeklügelte Rache an ihm genommen haben? Dennoch wollten sie ihn noch nicht von der Liste der Verdächtigen streichen. Denn eine Mittäterschaft trauten sie ihm zu. Falls sein Vater der Haupttäter war.

Das Gefühl, nicht voranzukommen, hatte sich bei Röverkamp und Marie im Laufe der letzten Tage verfestigt. Immerhin war es ihnen gelungen, die Identität des toten Mannes vom Dünenweg herauszufinden. Aufgrund einer Notiz in den Cuxhavener Nachrichten und in der Nordsee-Zeitung hatte sich die Vermieterin einer Ferienwohnung gemeldet. Völlig verstört hatte sie ihren Stammgast identifiziert. Danach waren Einzelheiten nur mit Mühe aus ihr herauszubekommen gewesen.

Immerhin hatten sie erfahren, dass er Manfred Hülsdünker hieß, aus Recklinghausen stammte und jeden Morgen eine Stunde allein spazieren gegangen war. Seine Adresse hatten sie an die dortigen Kollegen übermittelt, denen die unangenehme Aufgabe zufiel, die Angehörigen ausfindig zu machen und zu benachrichtigen. Nachdem die rechtsmedizinische Untersuchung bestätigt hatte, dass der Mann an einer Gehirnblutung gestorben war, konnte der Fall zu den Akten gelegt werden. Marie war froh, dass es keine Komplikationen gegeben hatte, denn ein wenig plagte sie ihr Gewissen, weil sie eigenmächtig entschieden hatte, sich allein um den Fall zu kümmern.

Noch immer war es in den Räumen der Polizeiinspektion heiß und stickig. Inzwischen half auch das Lüften kaum noch. Marie nahm hin und wieder einen Schluck Wasser aus der Flasche, die sie mit ins Büro gebracht hatte. Konrad Röverkamp hatte dankend abgelehnt und sich Bier geholt. Marie war entsetzt gewesen, hatte dann aber erkannt, dass es sich um alkoholfreies handelte, und war erleichtert.

Konrad Röverkamp sah auf die Uhr. „Die Zeit verrinnt, und wir tappen noch immer im Dunkeln. Langsam macht mich das nervös."

Marie nickte. „Sollten wir doch noch genauer nach möglichen Verbindungen zwischen Evers, Jensen und Ostendorff suchen? Was hältst du davon, den Abgeordneten zu befragen?"

„Gute Idee!" Der Hauptkommissar lachte leise. „Nur leider nicht durchführbar. So einer lässt sich nicht einfach vorladen. Der schickt seine Anwälte und beschwert sich bei Christiansen und Krebsfänger. Und erzählen würde er uns auch nichts."

„Dann sollten wir ihn mit einem Trick aus der Reserve locken."

Er sah überrascht auf. „Wie stellst du dir das vor?"

„Keine Ahnung." Marie zuckte mit den Schultern. „Ich dachte, dass du vielleicht ... als erfahrener Kriminalist ..."

„Danke für die Blumen, Frau Kollegin. Tricksereien sind nicht mein Ding. Aber ganz abwegig ist der Gedanke nicht. Wir könnten es über einen Umweg versuchen." Er deutete auf die Akte Hülsdünker. „Bei dem haben uns die Zeitungen geholfen. Meinst du, du könntest den Herrn Dorn um einen Gefallen bitten?"

Mit großen Augen sah sie ihren Kollegen an. „Natürlich könnte ich ihn bitten. Aber ob er etwas für uns tun kann? Was hast du vor?"

Konrad Röverkamp lehnte sich zurück und richtete den Blick gegen die Zimmerdecke. Nach einigen Sekunden schloss er die Augen und öffnete den Mund. Aber er sprach nicht.

Marie wartete.

In dem Augenblick, als ihr der Gedanke durch den Kopf schoss, ihr Kollege könnte eingeschlafen oder gar weggetreten sein, begann er zu sprechen. „Herr Dorn könnte sich in einem kleinen Artikel über die unfähige Cuxhavener Polizei auslassen, die im Fall zweier auf ungewöhnliche Weise ums Leben gekommenen Männer auf der Stelle tritt. Er könnte die Frage stellen, warum wir den offensichtlichen Zusammenhang zwischen den beiden Fällen nicht erkennen und keine Nachforschungen über eventuelle Gemeinsamkeiten der Toten anstellen. Und er könnte die nahe liegende These aufstellen, dass es in Cuxhaven Menschen geben dürfte, die darüber etwas wissen und uns auf die Sprünge helfen könnten."

Entsetzt schlug Marie die Hand vor den Mund. „Krebsfänger springt im Dreieck. Unser Kriminaloberrat kriegt ein Donnerwetter ab. Und wir stehen als Idioten da. Das kannst du nicht wirklich wollen, Konrad. Warum geben wir nicht einen Aufruf an die Zeitung, dass sich Leute melden sollen, die Evers und Jensen kennen?"

Röverkamp öffnete die Augen und grinste. Dann nahm er einen tiefen Schluck aus der Flasche. „Die Vorstellung eines tanzenden Derwischs finde ich geradezu verlockend. Und Christiansen muss das vertragen. Dafür ist er nun mal der Chef. Dass wir vorübergehend dumm dastehen, nehme ich in Kauf. Denn wenn wir Erfolg haben, wird es mehr als ausgeglichen. Vielleicht lockt solch ein Artikel Ostendorff ja aus der Reserve. Und vielleicht bekommen wir ja auch noch ganz andere Hinweise. Zum Ausgleich müssen wir eben die Anrufe all derer ertragen, die möglicherweise einen von beiden kennen und dann einfach wild losspekulieren, uns aber nichts wirklich Neues mitteilen können. Also, was ist? Machst du mit, Marie?"

15

Auf dem Hof war niemand zu sehen. Das Dach des Rinderstalls war vollständig eingestürzt, aus den Trümmern züngelten noch immer kleine Flammen. Aber der Wind war schwächer geworden und hatte gedreht, so dass zur Zeit kein Funkenflug das Wohnhaus bedrohte. Wahrscheinlich hatte Sven deshalb seinen Posten verlassen.

Hendrik und Jan fanden ihn in der Küche. Er saß am Tisch, vor sich eine Flasche Bier und eine Flasche Korn.

„Gut, dass ihr wieder da seid." Er hob ein gut gefülltes Glas. „Hatte schon befürchtet, dass ihr euch vom Acker macht. Prost!" Er trank und atmete heftig aus. „Kommt her, jetzt trinken wir erst mal einen." Aus dem Regal über der Eckbank hangelte er zwei Schnapsgläser und stellte sie auf den Tisch. „Ist zwar nur gewöhnlicher Weizenbrand, tut aber gut."

Jan schüttelte den Kopf. „Wir müssen Susanne holen. Die erfriert sonst da draußen. Wir brauchen einen Schlitten oder so was. Du solltest lieber mit suchen helfen."

Hendrik ließ sich auf die Bank fallen und griff nach dem Glas, das Sven gefüllt hatte. „Einen Schnaps könnte ich jetzt auch gebrauchen. So viel Zeit muss sein. Das blöde Weib haben wir noch früh genug wieder am Hals."

Verwirrt sah Sven von einem zum anderen. „Was redet ihr da für eine Scheiße? Seid ihr besoffen? Bin ich besoffen? Ihr habt sie doch ins Dorf gebracht."

„Nichts haben wir." Hendrik kippte den Schnaps hinunter. „Der Trecker ist stehen geblieben. Wir mussten zu Fuß zurückkommen."

Sven füllte Hendriks Glas nach. „Stehen geblieben? Aber wo ist das Mädchen?"

„Ein paar hundert Meter von hier." Jan deutete nach draußen. „Sie wollte nicht weitergehen. Zuerst haben wir sie untergehakt und mitgeschleppt. Aber dann hat sie sich gewehrt. Wir müssen sie auf einen Schlitten packen und herbringen."

„Ach, du schöne Scheiße!“ Sven rülpste. „Das kann ja heiter werden. Und ich habe gedacht, dass sie uns jetzt hier rausholen. Na dann – gute Nacht!“

Jan öffnete die Tür. „Ich mache mich jetzt auf die Suche. Bestimmt gibt es hier irgendwo einen Schlitten.“

„Nun warte doch erst mal.“ Hendrik erhob sich, schloss die Tür und zog Jan mit sich zum Tisch. „Wir kriegen sie schon wieder her. Mach dir deswegen keine Sorgen. Aber wir müssen überlegen, was wir dann machen. Ich bin dafür, dass wir abhauen. Es kann noch Tage dauern, bis jemand kommt. Und wer weiß, was man uns dann alles anhängen will. Mindestens Brandstiftung, vielleicht sogar Totschlag. Unsere einzige Zeugin ist doch ein wenig plemplem, die hat doch einen Schlag mitgekriegt, glaubt allen Ernstes, dass wir schuld am Tod ihres Vaters sind, wahrscheinlich hängt sie uns auch noch 'ne gemeinschaftliche Vergewaltigung an, und was weiß ich nicht noch alles. Ich will deswegen nicht in den Bau gehen.“

Einige Sekunden lang starrten seine Kameraden ihn entgeistert an. Diese Sicht ihres Abenteuers schien ihnen völlig neu zu sein.

„Wahrscheinlich hast du recht“, brach Sven das Schweigen. „Aber wie stellst du dir das vor? Wir kommen doch hier niemals raus. Wenn sogar der Trecker ...“

„Wir müssen das einfach schaffen, wir haben gar keine andere Wahl, kapiert ihr das denn nicht? Und wir werden das schaffen, ihr werdet sehen. Und ich weiß auch schon wie. Aber zuerst holen wir das Mädchen ab, und dann bereiten wir unseren Abgang vor.“

*

Christine Ostendorff ließ die Salatschüssel fallen und stürzte aus der Küche in den Flur, als der Schrei ihrer Tochter durch Türen und Wände drang. Die Tür zum Hauswirtschaftsraum stand offen. Julia hockte mit aufgerissenen Augen neben dem geöffneten Umzugskarton. Sie verstummte und presste eine Hand auf den Mund. Mit der anderen deutete sie hektisch auf den Karton.

Die Lieferung von heute Vormittag. Hatte ich ganz vergessen. Wieso hat Julia die Kiste aufgemacht? Warum schreit sie so? Christine trat zögernd näher. „Was ist denn los? Warum machst du so ein Geschrei?“

Julia brach in Tränen aus und wandte sich würgend um. Sie schaffte knapp die drei Schritte zum Waschbecken, dann erbrach sie sich.

Christine schwankte kurz zwischen dem Impuls, ihrer Tochter zu Hilfe zu eilen, und dem Bedürfnis, den Grund ihres Ausbruchs zu erfahren. Der Mutterinstinkt siegte, Christine umfasste Julias Schultern und hielt das zitternde Mädchen fest. Bis alles draußen war. Dann tröstete sie ihre hemmungslos schluchzende Tochter: „Es ist alles in Ordnung, mein Kind. Ich bin bei dir. Gleich geht es dir wieder besser.“

Julia schüttelte den Kopf. „Der Karton“, stieß sie undeutlich hervor, „in dem Karton ...“ Erneut wurde sie von einem Weinkrampf geschüttelt.

Christine reckte den Hals, um einen Blick hineinzuwerfen. Doch die schräg hoch stehenden Deckel versperrten ihr die Sicht.

„Was ist denn mit dem Karton?“

„Sieh doch selbst nach!“, schrie Julia plötzlich. „Du bist schuld. Du hast nicht aufgepasst. Von wegen *treibt sich rum*. Skipper ...“ Ihre Stimme versagte und ging in ein leises Wimmern über.

Behutsam streichelte Christine den Rücken ihrer Tochter. Sie verstand nicht, was Julia ihr sagen wollte. Was hatte der Hund mit der Lieferung zu tun?

*

Im Wahlkreisbüro des Abgeordneten Ostendorff herrschte die übliche Unruhe. Im Vorraum warteten ein Mann und eine Frau, die sich zu einem Informationsgespräch angemeldet hatten und nun ungeduldig auf die Uhr sahen, weil ihr Gesprächspartner sich verspätete. Wahlhelfer kamen und gingen, einige waren enttäuscht, weil sie sich mit Dankesworten, Ermunterungen oder Werbematerial von der Sekretärin begnügen mussten. Diese wiederum hatte alle Hände voll zu tun, Anrufer abzuwimmeln oder auf einen späteren Zeitpunkt zu vertrösten.

Als Ostendorff schließlich eintraf, wurde er von wartenden Menschen umringt, mit Fragen und Wünschen bombardiert und von Telefonaten in Anspruch genommen. Erst gegen Abend kehrte Ruhe ein. Die Halbtagssekretärin war bereits gegangen, als er Gelegenheit fand, seine E-Mails zu kontrollieren. Neben den üblichen Anfragen von Bürgerinnen und Bürgern und den unvermeidlichen Newslettern aus den Parteigliederungen gab es jede Menge Werbung.

Eine Nachricht stach aus dem Einerlei hervor, denn sie bestand nur aus einer Zeile: „Viel Vergnügen mit dem anhängenden Dokument." Der Mail-Anhang bestand aus einer Bilddatei. Ostendorff zögerte. In Fotos konnten Viren versteckt sein. Kurz entschlossen löschte er die Nachricht und schaltete den Computer aus. Dann griff er zum Telefonhörer. Julia und Christine würden bereits auf ihn warten. Damit er sich keinen Ärger einhandelte, war es besser, seine Verspätung anzukündigen.

Schon an Christines Tonfall erkannte er, dass etwas nicht stimmte. Da er müde war und sich von den Ereignissen des Tages genervt fühlte, ging er darüber hinweg. „Ich komme etwas später. In zehn Minuten breche ich auf, das heißt, ich bin in ..."

„Stell' dich darauf ein", unterbrach ihn seine Frau, „dass sich hier eine Tragödie ereignet hat. Julia ist völlig von der Rolle."

Ostendorff spürte wieder diesen Schweißausbruch im Nacken. „Was ist passiert?"

„Skipper ... Er ist ... tot."

„Überfahren?" Ostendorff klammerte sich noch immer an die Hoffnung, dass alles nur Zufall war.

„Nein", entgegnete seine Frau. „Man hat ihn getötet. Und in einem Umzugskarton vor unsere Tür gestellt."

„Ich komme sofort nach Hause. Unternehmt nichts! Ich kümmere mich um alles."

Nachdem Ostendorff aufgelegt hatte, schaltete er den Computer wieder ein. Der Anruf, die Yacht, der Hund. Das konnte kein Zufall sein. Und darum würde er die merkwürdige E-Mail aus dem Papierkorb zurückholen und sich die Bilddatei ansehen. Während der Rechner hochfuhr, fiel ihm ein, dass er den Mailanhang mit einem Virenprogramm prüfen konnte.

Wenige Minuten später erschien ein Foto auf seinem Monitor. Im ersten Augenblick glaubte der Abgeordnete an Werbung für schlüpfrige Internetseiten. Doch dann erkannte er die Frau.

Sein Herzschlag setzte aus.

*

Sie hatten sich im „Schnapp" getroffen. Noch immer scheute Marie davor zurück, Felix zu sich nach Hause einzuladen. Alles deutete darauf hin, dass sie sich verliebt hatte, aber die Unsicherheit, ob sie körperliche Nähe wirklich wollte, war noch immer gegenwärtig. Einerseits sehnte sie sich nach Vertrautheit, und nach Berührungen, andererseits saß der Schock der letzten unglücklichen Affäre tief. Würde sie das Erlebnis mit dem Frauenmörder ihr Leben lang verfolgen? Oder brauchte sie einfach mehr Zeit, um sich einer Beziehung wieder vorbehaltlos öffnen zu können? Felix versteckte seine Zuneigung nicht, dennoch machte er keinerlei Anstalten, sie zu mehr Intimität zu drängen. Dafür war sie einerseits dankbar, andererseits überließ er ihr damit auch die Verantwortung für mehr Nähe.

Als hätte er ihre Gedanken erraten, ergriff er ihre Hand und lächelte sie an. „Was hältst du davon, wenn wir uns mal woanders verabreden. Wo wir den Alltagsstress wirklich vergessen und uns mal längere Zeit auf uns selbst konzentrieren können."

Marie unterdrückte den Impuls, ihre Hand zurückzuziehen. Gleichzeitig erschrak sie über ihre Reaktion. Die Berührung war angenehm warm und sandte Glücksgefühle durch ihre Nervenbahnen. Warum wollte etwas in ihr die Verbindung kappen? Für einen Augenblick lauschte sie den widerstreitenden Gefühlen in ihrem Inneren. Dann wurde ihr bewusst, dass er auf eine Antwort wartete. Aber ihr fehlten die richtigen Worte.

„Was meinst du, Marie?" Er sah sie aufmerksam an.

„Du hast recht", antwortete sie schließlich. „Etwas mehr Zeit für uns in anderer Umgebung wäre schön. Ich weiß nur nicht ..."

Felix strich über ihre Hand. „Ich wüsste einen schönen Platz."

„Aber nicht auf einem Boot", stieß sie hervor.

„Um Gottes willen." Felix lachte verhalten. „Schwankende Schiffsbohlen betrete ich höchst ungern. Nein, ich denke eher an einen Ort, an dem man festen Boden unter den Füßen und trotzdem das Meer in seiner Nähe hat."

„Einen Strand?" Marie klang skeptisch. „Die Strände sind doch ziemlich voll. Und laut ist es da jetzt auch."

„Stimmt", nickte Felix. „Also entfernen wir uns vom Strand. Bleiben aber am Wasser."

Allmählich fand Marie Gefallen an dem Ratespiel. „Dann müssten wir ins Watt gehen. Meinst du das?"

„Ziemlich heiß", grinste ihr Gegenüber. „Im doppelten Sinn des Wortes. Du bist ganz dicht dran. Aber für eine Wattwanderung ist es eigentlich zu warm."

„Du willst doch nicht etwa mit mir einen Wattwagen besteigen?" Die Vorstellung belustigte Marie. Mühsam unterdrückte sie einen Lachanfall.

Vorsichtig sah Felix sich um. Als befürchte er unerwünschte Zuhörer. Dann senkte er die Stimme. „Ich werde es nicht weitersagen. Aber verrätst du mir, wann du zum letzten Mal mit einem Wattwagen gefahren bist?"

„Noch nie!", platzte Marie heraus. „Und du?"

„Ich auch nicht." Felix flüsterte jetzt betont konspirativ. „Also wird es doch eigentlich Zeit. Das muss man mal erlebt haben. Und warum sollten wir damit bis zum Rentenalter warten?"

„Du meinst wirklich ...?"

„... einen Ausflug mit dem Wattwagen nach Neuwerk. Auf der Insel suchen wir uns ein ruhiges Plätzchen und genießen die frische Meeresluft. Was hältst du davon?"

„Ich weiß nicht ... irgendwie ist das doch voll ..."

„... peinlich?"

Marie nickte, obwohl sie insgeheim schon mit dem Gedanken spielte, den Vorschlag gut zu finden.

„Du könntest ja", schlug Felix vor, „im Rahmen von Ermittlungen auf der Insel nach einem Täter oder zumindest nach Spuren suchen. Und ich könnte Eindrücke für eine Reportage sammeln. Wattwagen und Neuwerk gehören sowieso einmal im Jahr ins Blatt. Also machen wir gemeinsam eine Dienstreise."

Sie stellte sich das Gesicht von Kriminaloberrat Christiansen vor, wenn sie einen Antrag auf eine dienstliche Wattwagenfahrt einreichen würde, und musste lachen. „Also gut. Du hast mich überzeugt. Ich bekomme allerdings weder Urlaub noch eine Dienstreisegenehmigung."

„Dann verzichte ich auch auf die Reportage. Privat ist so eine Fahrt sowieso viel schöner. Also am Wochenende? Darf ich mich darum kümmern?"

„Ja gerne, wenn du die Zeit dazu hast. Vielleicht ist es ja ganz lustig. Ich kann allerdings nur am Samstag. Am Sonntag bin ich mit meinen Eltern verabredet."

„Bestimmt wird es lustig!" Er hob sein Glas, um mit Marie anzustoßen.

Sie sah in seine Augen und fragte sich, warum sie sich plötzlich auf so etwas Abgefahrenes wie eine Wattwagenfahrt freute. Dann erinnerte sie sich an ihr Anliegen. „Ich hätte noch eine Bitte, Felix. Im Zusammenhang mit unserem aktuellen Fall."

„Schieß los! Kann ich euch irgendwie helfen?"

Marie stellte ihr leeres Glas ab und schob es zur Seite. „Ja. Und zwar mit einem kritischen Artikel über die erfolglose Ermittlungsarbeit der Cuxhavener Kriminalpolizei."

„Wie bitte?" Felix' Miene spiegelte Verblüffung und Ungläubigkeit. „Das musst du mir erklären."

„Gern." Mit wenigen Worten berichtete Marie von Röverkamps Idee.

„Nicht schlecht", kommentierte Felix schließlich. „Wäre doch cool, wenn ihr auf diesem Weg an Informationen kommt, die euch auf die Spur des Täters führen. Die Idee muss natürlich von mir kommen. Dass ihr dahintersteckt, darf niemand erfahren."

„Betrachte sie als Anregung", schlug Marie vor. „Und jetzt möchte ich noch was zu trinken."

Als Felix der Bedienung winkte, setzte Musik ein. Sie hatten die Gruppe nicht bemerkt, die während ihrer Unterhaltung ihre Instrumente aufgebaut hatte.

*

„Wissen Sie eigentlich, wie alt ich bin, junger Mann?" Die alte Frau auf der Bank winkte ihm zu, als er sie grüßte. Anschließend bedeutete sie ihm eindringlich, näher heranzukommen. Anfangs hatte er immer versucht, ihre Zeichen zu übersehen. Doch dann war sie aufgesprungen und ihm nachgelaufen, um stets dieselbe Frage nach ihrem Alter zu stellen. Damit hatte er nicht gerechnet, denn sie wirkte wie jemand, der sich nur mühsam bewegen konnte. Außerdem stand vor ihr eine rollende Gehhilfe, auf die sie einen Arm gestützt hatte. Aber sie hatte sich erstaunlich behände bewegt, war ihm jedes Mal gefolgt und hatte so lange an seinem Ärmel gezerrt, bis er nachgegeben oder eine zufällig vorbeikommende Schwester das Intermezzo unterbrochen hatte.

Seitdem zog er es vor, kurz innezuhalten, den Kopf zu neigen und auf die Frage einzugehen. „Nein, Frau Oltrogge, ich weiß nicht, wie alt Sie sind. Wollen Sie es mir denn verraten?"

Ein verschmitztes Lächeln verriet ihm, dass es genau das war, was sie im Sinn hatte. Mit gekrümmtem Zeigefinger winkte sie ihn noch näher heran. „Weil Sie so ein netter Junge sind." Sie legte beide Hände an den Mund und flüsterte: „Vierhundertvierundvierzig Jahre."

Er quittierte die Zahl mit dem Ausdruck größter Überraschung. „Oh, das macht Ihnen so schnell keiner nach."

Triumphierend lehnte sich die alte Frau zurück. „Da staunen Sie, junger Mann, nicht wahr?"

„In der Tat", antwortete er. „Das ist bewundernswert."

Damit war der Ritus beendet. Mit einer großzügigen Handbewegung wurde er entlassen und konnte unbehelligt das Haus betreten.

Im Laufe der Jahre, in denen er das Pflegeheim Kugelbake unzählige Male besucht hatte, war er immer wieder Menschen begegnet, die ihn am Eingang begrüßt, festgehalten oder in Gespräche verwickelt hatten. Einige hatten sich über das Essen beklagt, andere ihn gebeten, die Polizei zu informieren, weil sie bestohlen würden. Ein alter Herr hatte ihm unbedingt seine Kriegserlebnisse erzählen wollen, und eine sehr alte Dame hatte ihm regelmäßig aufgetragen, ihre Eltern in Altenbruch zu benachrichtigen, weil sie gegen ihren Willen festgehalten würde. Ein aufgeweckter junger Mann, der nach einem Motorradunfall an den Rollstuhl gefesselt war, verwickelte ihn gelegentlich in Gespräche zur Weltpolitik.

Allen gemeinsam waren Arglosigkeit, treuherziges Vertrauen und eine ausgeprägte Mitteilsamkeit. Auch wenn manche Anliegen ein wenig verrückt erschienen, ließen sie doch viel Lebendigkeit erkennen.

Eine Lebendigkeit, die er bei seiner Mutter schmerzlich vermisste. Seit er sie ausfindig gemacht und aus der Klinik hierher geholt hatte, reagierte sie weder mit Worten noch mit Gesten. Ihr Blick war meistens in die Ferne gerichtet, und wenn er mit ihr sprach, wusste er nicht, ob seine Worte bei ihr ankamen.

Dennoch redete er viel mit ihr. Irgendwann hatte er entdeckt, dass sich ihr Blick nach innen zu wenden schien, wenn er länger sprach. Seitdem keimte in ihm die Hoffnung, dass etwas von dem, was er sich von der Seele redete, doch irgendwie in ihr Inneres vordrang.

Einmal - an einem Wintertag vor drei oder vier Jahren - hatte sie gesprochen. Draußen hatte ein Schneesturm getobt, und plötzlich hatte sie begonnen, von Kälte zu reden, von Eis und Schnee. Und von Jungen, die sich auf den Hof ihres Vaters verirrt und mit ihm Karten gespielt hatten. Dann von einem Feuer, von Rindern im Schnee, von einem Hanomag und Männern, die ebenso geisterhaft verschwanden, wie sie zuvor aufgetaucht waren. Eine verwirrende Geschichte.

Aber die Geister trugen Namen.

Wie erstarrt hatte er dem Gemurmel seiner Mutter gelauscht, zerrissen von dem Wunsch, ihr weitere Einzelheiten zu entlocken, und der Angst, sie zum Verstummen zu bringen, wenn er sie drängte. Irgendwann war der Strom der Erinnerungen versiegt, sein Bitten und Betteln, sein Flehen und Drohen blieb vergebens.

Doch was er gehört hatte, war in sein Gedächtnis eingebrannt, und er hatte begonnen, nach der ganzen Wahrheit zu suchen. Lange Jahre hatte er ihr minutiös von seinen Nachforschungen berichtet. Hatte die nicht enden wollende Reihe von Fehlschlägen, Misserfolgen und Enttäuschungen bei ihr abgeladen. Ihr über immer neue Hoffnungen berichtet, der richtigen Version ihrer Geschichte auf der Spur zu sein, mit Zuversicht selbst gewagte Szenarien vor ihr entworfen. Und schließlich die Gewissheit erlangt, die Quelle ihres und seines Leidens gefunden zu haben.

Danach hatte er Pläne geschmiedet, hatte Details erwogen und verworfen, hatte, haarfein und pedantisch, aber auch mit zunehmender Leidenschaft, die Schritte festgelegt, mit denen er sein Ziel erreichen würde. Und er hatte es erreicht, zwei Mal schon. Hatte Leben ausgelöscht und dieses beglückende Gefühl genossen, dass sein Leben endlich einen Sinn gefunden hatte. In der Rache lag seine Erfüllung.

„Es wird nicht mehr lange dauern", schloss er an diesem Tag seine Überlegungen. „Dann ist es vollbracht."

Seine Mutter reagierte nicht. Doch später, als er ging und die Tür hinter sich zuzog, war in ihrem sonst so versteinerten Gesicht doch eine Regung zu erkennen gewesen.

Frau Oltrogge saß noch auf ihrem Platz vor dem Eingang, als er das Heim verließ. Fröhlich winkte er ihr zu, doch sie schien ihn nicht zu bemerken. Gern hätte er ihr ein Geheimnis anvertraut. Aber er war nicht ganz sicher, ob er richtig gesehen oder sich nur eingebildet hatte, dass seine Mutter beim Abschied gelächelt hatte.

Auf dem Weg zu seiner Wohnung in der Gorch-Fock-Straße wanderten seine Gedanken zu den Plänen, die sein drittes Opfer betrafen.

*

Minutenlang hatte Ostendorff auf den Computerbildschirm gestarrt. Beunruhigende Gedanken schossen ihm durch den Kopf.

Was auf dem Monitor zu sehen war, überraschte ihn maßlos. Natürlich hätte er damit rechnen müssen, dass Christine – ebenso wie er – sexuell eigene Wege ging. Andererseits hatte er ihr schlicht nicht zugetraut, dass sie es wirklich tat.

Was ihn beunruhigte, war weniger die Tatsache selbst als die Gefahr, die davon ausging. Jemand wusste davon und hatte dieses Wissen fotografisch dokumentiert. Wenn der Unbekannte das Foto an gewisse Medien weitergab, war er erledigt. Es genügte sogar, es einigen Parteifreunden zukommen zu lassen. Seine politischen Gegner würden sich vielleicht nicht die Finger mit Schmuddelgeschichten schmutzig machen, die eigenen Leute dagegen würden ihn gewiss aus dem Verkehr ziehen. Aus der Schusslinie nehmen, würde es heißen. Faktisch würden sie ihn aber in der Versenkung verschwinden lassen. Ende der politischen Karriere.

Er wusste, wie das lief. Ein Vier-Augen-Gespräch mit dem Generalsekretär. Ein paar Tage, aber nicht allzu lange, würden sie darauf warten, dass er von sich aus Konsequenzen zog. Dann eine weitere Unterredung mit dem Büroleiter des Generalsekretärs. Schließlich die erste Indiskretion. Man würde einen der Partei gewogenen Journalisten mit Details versorgen. Wahrscheinlich zuerst mit der Adresse des Hannoverschen Liebesnestes.

Es gab nur eine Lösung, wenn er nicht erpressbar sein wollte: Er würde die Flucht nach vorn antreten und sich von Christine trennen müssen. Möglichst schnell und möglichst medienwirksam. Finanziell würde ihn das zwar an den Rand des Ruins bringen, aber sein politisches Überleben ermöglichen. Und um Julia auf seine Seite zu ziehen, besaß er ein schlagendes Argument.

Er sah es vor sich auf dem Bildschirm.

*

Mit einiger Mühe war es Christine Ostendorff gelungen, ihre Tochter zu beruhigen und in ihr Zimmer zu bringen. Sie redete noch immer tröstend auf sie ein, als unten im Haus eine Tür klappte. Sie sah auf die Uhr. Ihr Mann konnte es noch nicht sein. Wahrscheinlich war Tim zurückgekehrt.

Mechanisch strich sie Julia eine Haarsträhne aus dem Gesicht. „Meinst du, ich kann dich jetzt einen Moment allein lassen?“ Das Mädchen schniefte noch einmal und nickte. Christine erhob sich und eilte die Treppe hinunter.

Sichtlich erschrocken nahm Tim die Nachricht auf. Aber er erklärte sich bereit, den Karton mit dem toten Hund aus dem Haus zu bringen.

„Stell' ihn hinten in die Garage. Mein Mann wird sich später darum kümmern.“ Voller Dankbarkeit legte sie ihre Hand auf seinen Unterarm. Den Zeigefinger der anderen Hand führte sie an die Lippen und berührte dann die des jungen Mannes. „Dann kannst du gehen. Wir sehen uns morgen wieder.“

In diesem Augenblick hörte Christine ein Geräusch von oben. Sie wandte sich um und sah eine Bewegung am oberen Ende der Treppe. Rasch schob sie Tim zur Tür, dann eilte sie hinauf. Julias Zimmertür war geschlossen. Sie klopfte und drückte die Klinke nieder.

Ihre Tochter hatte sich eingeschlossen. Auf Christines Klopfen und Rufen reagierte sie nicht.

16

In der Scheune hatten sie einen stabilen Schlitten gefunden. Damit waren sie losgezogen und hatten Susanne geholt, deren Körper teilweise unter einer Schneedecke verschwunden gewesen war. Hastig hatten sie den Schnee beiseite gefegt. Gesicht und Hände waren blau gefroren, aber ihr Atem war deutlich spürbar gewesen. Und sie war bei Bewusstsein. Teilnahmslos hatte sie sich auf das Gefährt setzen lassen. Hendrik und Sven hatten gezogen, Jan an den Schultern des Mädchens geschoben. Und so waren sie der tiefen Spur des Treckers bis zum Hof gefolgt.

Hier hatten sie Susanne in die warme Wohnstube geschleppt und von der durchnässten und steifgefrorenen Oberbekleidung befreit. Hände und Füße waren wie aus Eis gewesen, doch mit der Zeit war die Durchblutung wieder in Gang gekommen. Schließlich hatten sie ihr einen Schnaps eingeflößt und sie in ihrem Zimmer ins Bett gelegt. Jan war noch eine Weile bei ihr geblieben, dann hatten ihn seine Kameraden in die Küche geholt.

Nun saßen die drei Männer am Tisch und teilten den Rest aus der Flasche unter sich auf. Nachdem sie schweigend getrunken hatten, ergriff Hendrik das Wort. „Ich schlage vor, dass wir uns morgen früh auf den Weg machen. Und zwar in Richtung Autobahn. Bis dahin haben sie sicher geräumt. Per Anhalter schlagen wir uns durch bis nach Lüneburg. Und dann gilt folgendes: Wir haben die Kaserne nie verlassen. Wegen der Wetterlage haben wir darauf verzichtet, das Wochenende zu Hause zu verbringen. Ich hoffe, das klappt so. Wir müssen uns nur alle dran halten. Vielleicht werden wir ja auch gar nicht gefragt."

„Aber Erik ...", wandte Sven ein.

„... ist allein gefahren. Weil er unbedingt zu Frau und Kind wollte."

„Aber wenn er erzählt, dass wir zusammen ..."

„Das wird er nicht tun." Hendrik schüttelte den Kopf. „Wir rufen ihn an, sobald wir ein funktionierendes Telefon erreichen. Auf Erik ist Verlass. Der verpfeift uns nicht."

„Ich glaube, das ist eine gute Idee.“ Sven hob sein Glas. „Darauf einen Dujardin!“

Jan schüttelte den Kopf. „Ich weiß nicht ...“

„Was weißt du nicht?“ Hendrik hatte plötzlich Schärfe in der Stimme.

„Wir können doch Susanne nicht einfach hier allein zurücklassen.“

„Es bleibt uns gar nichts anderes übrig. Das weißt du genau.“ Hendrik sprach jetzt ruhig und eindringlich. „Dem Mädchen wird nichts passieren. Der Strom funktioniert, die Heizung läuft, es ist genug zu essen und zu trinken da. Das kann doch jetzt nicht mehr lange dauern, bis Leute aus dem Dorf hier aufkreuzen, morgen im Laufe des Tages sind die spätestens da. Dann kommt alles in Ordnung. Vielleicht können sie sogar die Tiere noch retten. Wir können hier doch sowieso nichts mehr tun. Hat einer von euch vielleicht ein Sanitäterdiplom? Oder kennt sich mit Kühen aus?“

Jans Miene blieb skeptisch. „Und du glaubst, dass wir da draußen in der Schneewüste den Weg finden?“

Hendrik grinste. „Ich habe in Clasens Schreibtisch einen Kompass gefunden. Außerdem eine Karte von der Gegend. Es kann also nichts schiefgehen. Wie man mit Karte und Kompass umgeht, haben wir schließlich beim Bund gelernt.“

„Und was ist mit dem Schnee? Wenn wir bei jedem Schritt bis über die Knie einsinken, werden wir es kaum bis zur Autobahn schaffen.“

„Wir bauen uns Schneeschuhe.“ Zufrieden registrierte Hendrik die Verblüffung auf den Gesichtern seine Kameraden. „Material gibt es hier genug. Und Werkzeug auch.“

*

Daniel Bohm hatte den Artikel nur überflogen. Und die Zeitung rasch aus der Hand gelegt. Jetzt rang er mit sich, ob er ihn sofort wieder vergessen oder noch einmal - gründlicher - lesen sollte. Auf jeden Fall musste er dafür sorgen, dass seine Mutter nichts davon erfuhr.

Die Namen der Männer waren tief in seinem Inneren vergraben gewesen. Seine Erinnerung stammte aus einer Zeit, in der er seine Mutter noch ganz für sich allein hatte. Als sie ihm von seinem Vater erzählt hatte. Von ihrer und von seiner Liebe und von seinem Tod. Von ihrem schrecklichen Verdacht, den sie damals niemandem hatte anvertrauen können.

Sie hatte ihm ein Foto gezeigt. „Das ist dein Vater, Daniel. Und die anderen drei waren seine Freunde. Hier sind sie zusammen bei der Bundeswehr." Einmal hatte sie geweint, und ihre Tränen waren auf das Bild getropft. Später hatte sie von diesen „alten Geschichten" nichts mehr wissen wollen und das Album mit dem Foto auf den Dachboden verbannt.

Mit klopfendem Herzen nahm er die Zeitung wieder auf. Ein unwiderstehlicher Zwang ließ seine Augen erneut über den Text wandern.

Ermittlungen stecken fest
Ist die Cuxhavener Kriminalpolizei überfordert?
Von Felix Dorn

Zwei tiefgefrorene Leichen geben den Beamten des Kommissariats für Tötungsdelikte Rätsel auf. Wie berichtet, wurde in der vergangenen Woche der Betriebsratsvorsitzende der CuxFrisch tot in der Tiefkühlhalle seiner Firma aufgefunden. Was zunächst wie ein Unfall aussah, erwies sich als Fall für die Kripo, zumal zwei Tage später den Chefkoch des Restaurants Cap Cux ein ähnliches Schicksal ereilte. Der Mann wurde erfroren in einem Kühltransporter gefunden. Kriminalhauptkommissar Konrad Röverkamp geht davon aus, dass es einen Zusammenhang zwischen diesen Todesfällen gibt. Er und seine Mitarbeiterin, Kriminalkommissarin Marie Janssen, suchen immer noch erfolglos nach Gemeinsamkeiten zwischen den Opfern, die beide in Cuxhaven aufgewachsen sind. Es dürfte also in der Stadt mehr als einen Menschen geben, der weiß, welcher Art die Verbindung zwischen Evers und Jensen ist – falls sie existiert. Für unsere

Leserinnen und Leser haben wir im nebenstehenden Kasten alle bisher bekannten Daten der Opfer aufgelistet. Unter der dort ebenfalls angegebenen Telefonnummer erreichen Sie das zuständige Kommissariat.

Seine Mutter würde nicht wollen, dass die alten Geschichten ans Tageslicht gezerrt würden. Sie hatte lange gebraucht, um den Tod seines Vaters zu überwinden. Inzwischen hatte sie die Vergangenheit hinter sich gelassen und war glücklich wieder verheiratet. Sie trug einen neuen Namen und hatte Cuxhaven verlassen, um mit Malte Gerdes auf Langeoog ein neues Leben anzufangen. Auf der Insel betrieben sie eine Pension, die er von seinen Eltern übernommen hatte.

Daniel war nach der Ausbildung als Hotelkaufmann in seine Heimatstadt zurückgekehrt, weil er hier bessere berufliche Möglichkeiten hatte. Evers und Jensen war er nie begegnet. Jedenfalls nicht wissentlich. Und von dem dritten Freund seines Vaters wusste er nicht einmal mehr den Namen. Aber sie standen alle auf der Rückseite des Fotos.

Das Album hatte er mitgenommen, weil es hauptsächlich Bilder aus seiner Kindheit enthielt und seine Mutter nichts dagegen hatte. Sie schien sogar dankbar gewesen zu sein, es loszuwerden.

Vielleicht gab es einen Weg, die Polizei auf die richtige Spur zu bringen, ohne selbst in Erscheinung zu treten und seine Mutter zu verärgern. Das wollte er natürlich nicht, aber er hoffte doch insgeheim, dass die Ermittlungen auch zu einer Antwort auf die Frage führten, was sich damals wirklich zugetragen hatte. Vielleicht konnte er den Anstoß dazu geben.

Es dauerte eine Weile, bis er das Foto gefunden hatte. Es war schon ein wenig verblasst. Nachdem er es aus dem Album gelöst hatte, las er noch einmal die Aufschrift auf der Rückseite. Und erschrak. Der Name des dritten Freundes war ihm überraschend vertraut. In der ersten Sekunde wusste er nicht, woher, aber dann erschien das Bild des Mannes vor seinem inneren Auge.

*

„Es kann doch nicht sein, dass in ganz Cuxhaven und Umgebung kein Mensch etwas Konkretes über eine Verbindung zwischen unseren beiden Toten weiß. Nicht einmal über die Kontakte zu Fedder gibt es Hinweise." Konrad Röverkamp hatte den Artikel noch einmal sorgfältig studiert und die angegebene Telefonnummer zum dritten Mal kontrolliert. Nun warf er die Zeitung in den Papierkorb. „Nichts ist so alt wie die Zeitung von gestern."

Marie Janssen deutete auf ihren Computerbildschirm. „Immerhin wissen wir jetzt, dass sie zusammen mit Ostendorff die Realschule in der Schulstraße besucht haben. Sie waren in einer Klasse, also kennen sich alle drei aus der Schulzeit. Erst dann trennten sich ihre Wege. Jensen und Evers sind in die Lehre gegangen, Ostendorff ist aufs Amandus-Abendroth-Gymnasium gewechselt."

„Ja, und sie haben sich gemeinsam einen Verweis eingehandelt, weil sie einem Lehrer die Aufgaben für eine Mathematikarbeit aus der Tasche geklaut haben." Röverkamp seufzte. „Mit ein bisschen Fantasie könnte man daraus so etwas wie den Beginn einer Bandenbildung konstruieren. Aber das bezweifle ich, denn dann hätten wir sicher noch öfter von ihnen gehört. Und was uns die fünf oder sechs Anrufer sonst noch erzählt haben, klingt ebenfalls nach Dumme-Jungen-Streichen. Jedenfalls ist nichts davon aktenkundig, also kaum verwertbar."

„Aber es deutet darauf hin", wandte Marie ein, „dass die drei so etwas wie eine verschworene Gemeinschaft gebildet haben. Vielleicht haben Sie sich später noch einmal zusammengetan, um irgendein größeres Ding zu drehen. Und aus dieser Zeit könnten sie eine gemeinsame Leiche im Keller haben ..."

„Vielleicht, vielleicht, vielleicht. Und später? Wann später?" Der Hauptkommissar zog die Brauen hoch. „Die sind doch ganz unterschiedliche Wege gegangen."

Marie hob die Achseln. „Ich weiß ja auch nicht. Ich dachte nur ..." Sie zuckte zusammen, weil Konrad Röverkamp mit der flachen Hand auf den Schreibtisch geschlagen hatte. „Marie, du hast recht! Es gibt doch noch eine Möglichkeit. Sie sind ein Jahrgang, sie waren befreundet – also waren sie möglicherweise zusammen bei der Bundeswehr. Als ich beim Bund war, haben wir jedenfalls viel Blödsinn angestellt. Hätte beinah dazu geführt, dass ich nicht in die Polizeischule aufgenommen wurde. Lass uns das überprüfen."

„Genial, Konrad!" Marie strahlte. „Wir haben wieder einen Anhaltspunkt!"

Noch während sie überlegten, wie sie am schnellsten an die entsprechenden Informationen kommen konnten, klopfte es an der Tür. Eine Beamtin aus der Wache brachte einen Umschlag. „Das ist für euch abgegeben worden."

Der Brief war an Kriminalhauptkommissar Röverkamp, Polizei Cuxhaven, adressiert. Als Röverkamp den Umschlag öffnete, fiel ein Foto heraus. Er nahm es vorsichtig an den Kanten zwischen die Finger, betrachtete es prüfend, drehte es auf die Rückseite und reichte es an Marie weiter. „Sieh mal einer an. Das ist ja ein Ding!"

Marie betrachtete das Foto und pfiff leise durch die Zähne. „Zufälle gibt's, die gibt's gar nicht. Oder wir haben einen Verbündeten im Himmel."

„Kein Zufall, kein Engel, Marie", Röverkamp schüttelte den Kopf. „Gestern stand der Artikel in der Zeitung, und heute schickt uns jemand dieses Foto. Der Verbündete liest die Cuxhavener Nachrichten. Also dürfte es sich um einen ganz irdischen Zeitgenossen handeln."

Sie drehte das Bild in den Händen. „Vier junge Männer. Leider etwas unscharf."

„Aber sie sehen aus wie Wehrpflichtige beim ersten Heimaturlaub. Schau dir die Frisuren an. So kurze Haare. Und das im Jahr 1978."

Erneut studierte Marie die Aufnahme. „Dieser dürfte Evers sein. Und der daneben Jensen. Und ganz rechts, das könnte Ostendorff sein. Beschwören würde ich das aber nicht." Schließlich hob sie die Schultern. „Ist ja auch etliche Jahre her. Hier steht das Datum: 28. Oktober 1978. Und vier Namen. *Erik mit seinen Freunden Hendrik, Sven und Jan.* Das kann keine zufällige Übereinstimmung sein. Auch wenn sie nicht auf Anhieb zu erkennen sind – ich denke es handelt sich um Jan Evers, Sven Jensen und Hendrik Ostendorff. Wahrscheinlich ist Erik der Absender. Ihn müssen wir finden."

Röverkamp nickte. „Bringst du das Foto in die KTU? Vielleicht gibt es brauchbare Fingerabdrücke. Und sie sollen die Gesichter vergrößern. Ich informiere Christiansen. Jetzt können wir dem Abgeordneten Ostendorff doch noch auf den Pelz rücken. Wenn er wirklich einer der jungen Männer auf dem Foto ist, wird er uns sagen können, wer Erik ist und wo wir ihn finden."

*

Auf dem Weg nach Hause krochen Fragen in Ostendorffs Bewusstsein, die er bisher aus seinen Gedanken verbannt hatte. Wer steckte hinter den Anschlägen auf die Yacht und auf Skipper? Wer war der Anrufer? Wer hatte das Foto aufgenommen? Wollte ihn jemand vernichten? Gab es doch einen Zusammenhang zu den Todesfällen Evers und Jensen? Krebsfänger hatte angedeutet, dass die Polizei einen Tatverdächtigen im Visier hatte. Jemanden aus der Fischverarbeitungsfirma. Ein Arbeiter, der Streit mit Evers und mit Jensen gehabt hatte.

Das alles kann doch nichts mit damals zu tun haben!

Ostendorff schlug mit der Hand auf das Lenkrad. Niemand konnte etwas darüber wissen. Er hatte sich erkundigt. Der Bauer war in den Flammen umgekommen. Das Mädchen war in einer psychiatrischen Klinik gelandet. Die Frau des Bauern hatte einen hohen Betrag von der Lebensversicherung ihres Mannes kassiert, einen Verwalter eingestellt und den Hof zunächst weiter bewirtschaftet. Wenig später war sie einer schweren Krankheit erlegen. Als Ursache für den Brand war das Auftauen einer eingefrorenen Wasserleitung mit einer Lötlampe vermutet worden, wahrscheinlich durch Clasen selbst. Dieses hatte jedoch nicht eindeutig nachgewiesen werden können, darum hatte die Versicherung den Schaden am Gebäude und den Verlust der Tiere ersetzt. Man hatte angenommen, dass die Tochter des Bauern versucht hatte, mit dem Trecker Hilfe aus dem Dorf zu holen, aber wegen der

Kälte auf halber Strecke stecken geblieben war. Aber zu einer Aussage war sie nicht in der Lage gewesen.

Niemand hatte erfahren, dass sie dort gewesen waren.

Dass Erik in seinem Auto eingeschlafen und erfroren war, hatten sie nicht zu verantworten. Sein Verlust war schmerzlich gewesen. Natürlich auch für die Frau. Aber sie war jung gewesen und hatte trotz des Kindes irgendwann wieder einen Mann gefunden.

Es gibt niemanden, der etwas wissen kann.

Dieser Satz kreiste in seinem Kopf wie ein Ohrwurm. Dennoch breitete sich das Gefühl der Angst, das er seit den Berichten von den beiden seltsamen Todesfällen immer wieder zurückgedrängt hatte, weiter aus.

Seine Frau empfing ihn an der Haustür. „Tim hat die Kiste in die Garage gestellt. Es wäre gut, wenn der Hund rasch verschwinden würde. Julia hat ihn entdeckt. Sie ist völlig fertig."

„Tim?" Der Name irritierte Ostendorff. „Wer ist ...?" - Ach so, ja, Tim. Ein Junge aus der Nachbarschaft, den Christine für die Gartenarbeit engagiert hatte. Irgendwann hatte sie ihn vorgestellt. Vage erinnerte er sich an einen Schüler, dessen Gesicht er jedoch ebenso wenig wiedererkennen würde wie das der Jungen, die seine Tochter von Zeit zu Zeit anschleppte.

„Zuerst spreche ich mit Julia. Sie kriegt einen neuen Hund. Gleich morgen fahren wir nach ..."

„Hendrik", unterbrach ihn seine Frau. „Im Augenblick ist das Kind nicht ansprechbar. Julia muss sich erst beruhigen. Dann können wir mit ihr reden. Aber bis dahin sollte das da verschwunden sein." Sie deutete mit einer Kopfbewegung zur Garage.

In Ostendorff arbeitete es. Am liebsten hätte er das Foto aus der Tasche gezogen und es seiner Frau unter die Nase gehalten. Er verspürte den Wunsch, sie zu schlagen. Sie für das Unglück verantwortlich zu machen, das seine Tochter bedrückte und seine Karriere gefährdete. Ihr auf der Stelle das Ende der Familienidylle in die Ohren zu schreien und mit dem Seidentuch, das sie um den Hals geschlungen hatte, das Maul zu stopfen. Oder sie zu erwürgen ...

„Warum starrst du mich so an? Ich habe Skipper nicht ...“

„Schon gut.“ Ostendorff hatte sich besonnen. Mit unüberlegten Handlungen setzte er sich womöglich ins Unrecht. „Ich kümmere mich um das tote Tier.“ Er wandte sich um und ging ohne ein weiteres Wort in Richtung Garage.

*

Als Konrad Röverkamp und Marie Janssen vor dem Anwesen der Familie Ostendorff aus dem Wagen stiegen, kniffen beide die Augen gegen das Licht der tief stehenden Sonne zusammen und musterten das Haus.

Es gehörte zu jenen villenartigen Eigenheimen aus den achtziger Jahren, denen man ansah, dass die Bauherren seinerzeit nicht knausern mussten. Der weitläufige Bau aus rotem Klinker war durch weiße Türen und Fensterrahmen geschmackvoll gegliedert, das Dach mit geschwungenen Gauben versehen. Großzügige Glasflächen deuteten darauf hin, dass auch Energiekosten bei der Planung keine Rolle gespielt hatten. Auf den ersten Blick war zu erkennen, dass die Besitzer Wert auf einen gepflegten Zustand ihres Anwesens legten. Die breite, mit hochwertigen Steinen gepflasterte Zufahrt zur Doppelgarage war mit üppiger Bepflanzung eingerahmt. Die Blütenpracht setzte sich rings um das Haus fort und wirkte so frisch, als sei die sommerliche Hitze- und Trockenperiode am Grundstück der Ostendorffs vorbeigegangen. Das Grundstück schien von parkähnlicher Größe zu sein und bis an den Waldrand zu reichen.

„Ich wusste ja, dass es unseren Politikern nicht schlecht geht, aber dass ein normaler Landtagsabgeordneter sich so was leisten kann ...“ Marie blies die Wangen auf und ließ die Luft zischend entweichen. „Nicht von schlechten Eltern!“

„Damit könntest du recht haben“, stimmte Röverkamp zu. „Vielleicht hat er das nicht von seinen Diäten bezahlt, sondern geerbt. – Komm, lass uns den Herrschaften unsere Aufwartung machen. Es drängt mich, den Herrn Abgeordneten kennen zu lernen.“

An der Tür stand kein Name. Marie drückte auf den Klingelknopf, der aus einer tellerförmigen, polierten Messingscheibe ragte. Im Inneren des Hauses ertönte eine dezente Melodie, kurz darauf öffnete eine hochgewachsene, schlanke blonde Frau im Tennisdress, die sie überrascht musterte. Röverkamp schätzte sie auf Anfang dreißig und er war sicher, dass sie zu jenen Frauen gehörte, die nicht arbeiteten und den Tag mit der Pflege ihres Äußeren verbrachten.

„Frau Ostendorff?" Der Hauptkommissar stellte sich und seine Kollegin vor. „Wir würden uns gern mit Ihrem Mann unterhalten."

„Kommen Sie wegen des Hundes? Bitte - treten Sie doch ein."

Die Beamten folgten der Aufforderung, ohne die Frage zu beantworten.

„Ich sage meinem Mann Bescheid. Er ist im Garten. Möchten Sie solange auf der Terrasse Platz nehmen?" Sie führte sie durch das Haus zu einem gepflegten Freisitz mit einladend bequemen Rattanmöbeln.

„Darf ich Ihnen etwas zu trinken anbieten?", fragte sie, nachdem Konrad Röverkamp und Marie Janssen Platz genommen hatten. „Ich muss leider gleich weg. Habe eine Verabredung zum Tennis. Aber Sie können ja alles mit meinem Mann besprechen."

Ostendorff kam mit einem Spaten in der Hand über den Rasen und blieb vor dem Terrassentisch stehen. Er schien vom Besuch der Kriminalbeamten wenig angetan. „Seit wann interessiert sich die Polizei für tote Tiere? Ich habe Sie nicht um Hilfe gebeten. Sie dürfen gerne austrinken und dann wieder gehen." Er deutete erst auf die Gläser, die seine Frau gebracht und mit Mineralwasser gefüllt hatte, und dann in Richtung Haustür. „Mich entschuldigen Sie bitte. Ich habe gerade im Garten gearbeitet und möchte jetzt duschen." Mit einem Taschentuch tupfte er sich den Schweiß von der Stirn.

Röverkamp lächelte verbindlich. „Was ist mit Ihrem Hund?"

„Nichts was die Polizei zu interessieren hat."

„Wahrscheinlich haben Sie recht", bestätigte der Kommissar. „Aber wir sind auch aus einem ganz anderen Grund hier. Wir benötigen Ihre Hilfe, Herr Abgeordneter."

„Meine Hilfe?"

Röverkamp zog ein großformatiges Foto aus dem Umschlag, den Marie ihm während des Wortwechsels gereicht hatte. „Wir wüssten gern, wer diese vier Herren sind." Er schob Ostendorff die Vergrößerung über den Tisch.

Der Abgeordnete nahm sie auf, kniff die Augen zusammen und betrachtete das Foto. Marie beobachtete ihn. *Wenn er überrascht ist, verbirgt er es perfekt.* Doch dann stellte Ostendorff den Spaten gegen die Hauswand, zog sich einen Stuhl heran und setzte sich zögernd. Stumm legte er das Bild zurück auf den Tisch.

Röverkamp wartete etliche Sekunden, die Marie wie Minuten erschienen. „Wir möchten", sagte er dann betont freundlich, „Ihre Zeit nicht länger als unbedingt nötig in Anspruch nehmen. Sagen Sie uns also nur schnell, wer ..."

„Tut mir leid", Ostendorff schüttelte den Kopf. „Ich kenne keinen davon."

Marie starrte fassungslos auf den Abgeordneten, doch Röverkamp lächelte nachsichtig. „Schauen Sie noch einmal genau hin. Ich weiß, dass die Aufnahme etwas unscharf ist und schon älter. Nach der Aufschrift auf der Rückseite des Originals stammt sie aus dem Jahr 1978. Ich bin sicher, Sie kennen alle vier Herren."

Erneut beugte sich Ostendorff über den Abzug. Für eine Weile herrschte Schweigen. Dann klappte im Inneren des Hauses eine Tür und jemand kam die Treppe herab.

Ostendorff sah auf. Zum ersten Mal entdeckte Marie den Anflug eines Lächelns in seinem Gesicht. „Meine Tochter Julia." Das Mädchen blieb stehen, als es die Besucher entdeckte.

„Guten Tag", sagte Konrad Röverkamp und fragte sich, wie alt die Tochter des Abgeordneten wohl sein mochte. Ihr kindliches Gesicht passte nicht recht zur ausgewachsenen Figur. Sie mochte vierzehn oder fünfzehn sein, vielleicht auch sechzehn. Marie würde es ihm sagen, er hatte sich schon zu oft geirrt, wenn es um das Alter junger Leute ging. Sie war ihrer Mutter ähnlich, die wohl doch über dreißig sein musste. Oder sie hatte ihr Kind sehr früh bekommen. Die Miene des Mädchens war ernst. Zu ernst für einen Teenager, fand Röverkamp.

Zögernd schob sich Julia näher. „Hallo“, murmelte sie, umrundete den Tisch und lehnte sich an ihren Vater, als suchte sie Halt.

„Die Dame und der Herr sind von der Polizei“, erklärte Ostendorff.

Julia nickte ausdruckslos. Ihr Blick fiel auf das Foto auf dem Tisch. Sie deutete auf die Gruppe Männer. „Das bist ja du, Papa!“

17

In der Nacht war kein neuer Schnee gefallen. Der Sturm hatte sich gelegt. Erleichtert über das Ausbleiben neuer Erschwernisse und nachdem sie ein letztes Mal nach Susanne geschaut hatten, die ruhig zu schlafen schien, machten sie sich in aller Frühe auf den Weg. Hendrik übernahm die Führung.

In Clasens Werkstatt hatten sie sich aus dünnem Holz schmale Bretter geschnitten, die sie mit Lederriemen und Sackband unter den Schuhen befestigt hatten. Damit ließ sich nur beschwerlich gehen, aber sie kamen voran, ohne im Schnee zu versinken.

Neben dem persönlichen Gepäck hatte jeder ein paar Vorräte aus der Speisekammer des Bauernhauses zu tragen. Brot, Wurst, Käse. Außerdem hatten sie etliche Flaschen Bier und Schnaps mitgehen lassen. Im letzten Augenblick war Sven auf die Idee gekommen, eine Thermosflasche mit heißem Wasser zu füllen.

Stumm wanderten die Männer durch die konturenlose Landschaft. Schon bald war der Hof hinter ihnen verschwunden. Dann gab es weit und breit keinen Anhaltspunkt mehr, an dem sie sich hätten orientieren können. Irgendwann schlug Hendrik plötzlich der Länge nach hin. Als seine Kameraden ihm aufhalfen, stellten sie fest, dass er sich mit seinem Schneebrett in einem Stück Stacheldraht verhakt hatte. Es gehörte offenbar zu einem Weidezaun, der sich unter der Schneedecke verbarg.

„Lasst uns eine kleine Pause machen“, schlug Jan vor. „Mir tun schon die Beine weh. Außerdem habe ich Durst.“

Hendrik klopfte sich den Schnee von der Kleidung und schüttelte den Kopf. „Wir müssen weiter. Wenn wir heute noch in Lüneburg ankommen wollen, sollten wir versuchen, so früh wie möglich die Autobahn zu erreichen. Ausruhen können wir uns, wenn wir einen Wagen gefunden haben, der uns mitnimmt.“

„Er hat recht.“ Sven zog die Thermosflasche hervor. „Aber einen kleinen Schluck können wir wohl vertragen. Die Frage ist nur: heißes Wasser oder kaltes Bier. Besser, wir fangen hiermit an.“ Er schraubte den Deckel ab, und goss etwas von der dampfenden

Flüssigkeit in den Becher. „Wer möchte?" Als die Kameraden zögerten, trank er selbst und verzog das Gesicht. „Was für ein scheußliches Gesöff. Wartet, ich habe eine Idee." Aus einer der Schnapsflaschen gab er einen Schuss Korn ins Wasser und probierte erneut. „So geht's", stellte er fest und reichte den Becher weiter.

Während der nächsten Stunden ließen sie den Becher noch einige Male kreisen. Die Abstände wurden kürzer, die Pausen länger. Bis die Thermosflasche leer war. Irgendwann hatte Jan das Gefühl, nicht mehr gehen zu können. Er blieb stehen und stützte sich auf seinen Stock, den er vom Hof mitgenommen hatte. „Bist du sicher, dass wir in die richtige Richtung gehen? Wir müssten doch längst auf die Autobahn gestoßen sein."

Hendrik schwenkte den Kompass. „Die Richtung stimmt. Wir sind nur zu langsam. Und wir machen zu oft Pause. Komm, Alter. Keine Müdigkeit vorschützen. Bald haben wir es geschafft."

„Aber man müsste doch wenigstens etwas *sehen*." Jan hörte die Verzweiflung in seiner eigenen Stimme. Seine Kameraden hörten sie offenbar auch. Sie sahen sich an.

„Hör zu!" Sven sprach eindringlich. „Wir schaffen das. Aber wenn du jetzt schlapp machst, schaffen wir es nicht. Also reiß dich zusammen!"

Jan war versucht, sich fallen zu lassen. *Einfach hinlegen, die schmerzenden Glieder ausstrecken, die brennenden Augen schließen. Nur für eine Weile.* Doch in ihm kroch die Angst hoch. Würden seine Kameraden auf ihn warten? Oder würden sie einfach weitergehen und ihn zurücklassen?

Hendrik musterte ihn mit kaltem Blick. Er schien seine Gedanken zu erraten. „Wenn du hierbleiben und verrecken willst, ist das deine Sache. Ich gehe jetzt jedenfalls weiter." Er wandte sich um und prüfte die Kompass-Anzeige. Dann marschierte er los.

Sven sah unschlüssig von einem zum anderen, hob schließlich die Schultern und folgte ihm wortlos.

*

Erst zögernd, dann deutlich, hob sich der Schweif des Tieres. Darunter quoll eine dunkle Masse hervor und platschte zu Boden. Weitere Ladungen folgten. Der Geruch nach Stall und Pferdeäpfeln, der sie schon umfangen hatte, als sie sich auf dem Hof des Wattwagenführers in Sahlenburg eingefunden hatten, verstärkte sich. Dann senkte sich der Schwanz. Ungerührt trotteten die beiden Hannoveraner voran.

Marie sah Felix an und hatte Mühe, den aufsteigenden Lachkoller zu unterdrücken. Überhaupt empfand sie die Situation als seltsam unwirklich, etwas kitzelte unaufhörlich ihr Zwerchfell. Sie saßen, umgeben von Touristen, deren Dialekt und unerschütterliche Äußerungen reiner Lebensfreude sie als niederrheinische Frohnaturen auswies, neben dem Kutscher auf einem dieser hochrädrigen gelben Wattwagen und rollten in Richtung Neuwerk.

Als sie den Deich überquerten, flogen lautstarke Grüße zwischen Passagieren und Passanten hin und her, dann wurde es allmählich still in dem Kutschwagen und das laute Getrappel der Hufe auf dem Asphalt ging in dumpfe Geräusche über, welche die schweren Tiere beim Auftreten auf dem Sand erzeugten. Später wechselte sich der gedämpfte Tritt auf dem Wattboden mit dem Platschen der Hufe in den vom Meer hinterlassenen Pfützen und Seen ab.

„Die Pferde scheinen den Weg ganz allein zu finden." Marie wies nach vorn. „Ich habe nicht den Eindruck, dass der Kutscher die Zügel benutzt, um die Tiere zu lenken."

Felix hob die Schultern. „Es scheint jedenfalls nicht so ganz einfach zu sein. Der Kutscher heißt übrigens Wattwagenführer. Wusstest du, dass es eine Wattwagenverordnung gibt? Nicht jeder, der eine Kutsche lenken kann, darf mit Pferd und Wagen ins Watt."

„Wirklich?" Marie schüttelte ungläubig den Kopf.

„Es gibt eine Beifahrererlaubnis, eine Selbstfahrererlaubnis und die Hauptfahrererlaubnis. Letztere kriegst du erst nach fünfzehn Jahren Bewährung."

„Bewährung?“ Marie lachte.

In ernstem Ton fuhr Felix fort: „Auf dem Wattwagen sind eine Trillerpfeife, ein Taschenmesser und ein betriebsbereites Funkgerät mitzuführen. Auf jeder der maximal drei Sitzbänke dürfen drei erwachsene Personen sitzen. Auf der mittleren und der hinteren Sitzbank dürfen vier Personen sitzen, wenn davon eine unter zehn Jahre alt ist oder alle Personen unter dreizehn Jahre alt sind.“

Marie beugte sich vor und wandte sich an den Wattwagenfahrer. „Stimmt das?“

Der Mann, der trotz der Wärme eine derbe Jacke trug, schob seine Schirmmütze in den Nacken und nickte. „Deichkantenfrisöre“, brummte er. „Das sind alles Deichkantenfrisöre, die sich so was ausdenken.“

Marie lehnte sich an Felix' Schulter und gab sich ganz dem Gefühl heiterer Gelassenheit hin, das alle Anspannung in ihr verdrängte. Diese seltsame Reise zur Insel, deren charakteristisches Profil sie unzählige Male am Horizont gesehen und ebenso oft im Dunst oder Nebel vermisst, aber seit ihrer Kindheit nicht mehr betreten hatte, erschien ihr wie ein Ausflug in eine andere Welt. Evers und Jensen, Fedder und Ostendorff und alle Fragen, die sich um diese Namen drehten, blieben auf dem Festland zurück.

Als vor ihnen die Auffahrt für Wattwagen auftauchte, hatten sich die verschiedenen Wagengruppen zu einer einzigen Karawane vereint, deren endlos erscheinender Zug sich wie ein gelber Lindwurm auf die grüne Insel schlängelte.

Die Masse der Ankömmlinge ergoss sich auf den zentralen Platz unterhalb des Leuchtturms. Die meisten Touristen schienen nichts anderes im Sinn zu haben, als die eine Stunde Aufenthalt für Essen und Trinken zu verwenden, und so verteilte sich die Menge rasch in Gruppen, die dem „Anker“ oder dem „Alten Fischerhaus“, dem „Tüdelüt“ oder der „Watt-Oase“ zustrebten.

Marie betrachtete den kantigen alten Turm mit dem charakteristischen hölzernen Vorbau, der Besucher in die oberen Etagen führte. „Irgendwann möchte ich mal da rein. Aber nicht heute.“

Vor dem Aufgang gab es Gedränge, fast schien es ihr, als sei dort etwas Ungewöhnliches passiert. Dann entdeckte sie Fernsehkameras und einige Herren in dunklen Anzügen. „Lass uns mal kurz schauen, was da los ist", schlug Felix vor, der den Auflauf ebenfalls bemerkt hatte.

Sie drängten sich näher heran. „Das ist doch nicht zu fassen!" Felix stieß Marie in die Seite. „Was macht der denn hier? Wahlkampf auf Hamburger Gebiet?"

Marie reckte den Hals. „Wer sind die Leute?"

„Einer ist der Abgeordnete Ostendorff aus Cuxhaven. Der andere ist ein Hamburger Senator. Ich komme gerade nicht auf seinen Namen."

„Ostendorff?" Marie schüttelte den Kopf. „Hier kann er doch keine Wähler gewinnen. Die Neuwerker sind Hamburger, und die anderen sind Touristen aus aller Welt. Nur wenige dürften bei der Kommunalwahl ihre Stimme für Ostendorffs Partei abgeben können. Wahrscheinlich geht's nur darum, sich in einer regionalen Fernsehsendung zu zeigen."

Mit der flachen Hand schlug Felix sich vor die Stirn. „Du hast recht. Unter Ostendorffs unzähligen Pressemitteilungen war auch die Ankündigung eines Gesprächs mit dem Senator für Stadtentwicklung und Umwelt. Es sollte um den Nationalpark Wattenmeer gehen. Und um die Elbvertiefung. Hatte ich schon wieder vergessen." Er machte eine wegwerfende Handbewegung. „Dabei kommt sowieso nichts raus. Das machen die nur, weil bei uns Wahlkampf ist." Trotzdem zog er Marie mit sich, näher an die Politiker und ihre Begleiter heran.

„Der Nationalpark Wattenmeer ist eine besondere Kostbarkeit", hörten sie den Umweltsenator in Richtung Kamera sagen. „Deshalb wurde das Naturgebiet aus Meer, Watt und Inseln unter Schutz gestellt. Auch in Zukunft werden wir alles tun, um es für Pflanzen, Tiere und Menschen zu erhalten."

Ostendorff nickte zustimmend und fügte hinzu: „Der Nationalpark hat das Ziel, die besondere Eigenart, Schönheit und Ursprünglichkeit des Wattenmeeres zu bewahren. Wir werden die Zusammenarbeit mit der Freien und Hansestadt Hamburg verstärken, um einen ungestörten Ablauf der natürlichen Vorgänge sicherzustellen."

„Gilt das auch für die Elbvertiefung?", rief Felix Dorn den Politikern zu.

Eine der Kameras schwenkte ins Publikum. Ostendorff setzte ein herablassendes Lächeln auf und fixierte den Fragesteller. „Sie dürfen davon ausgehen, junger Mann, dass ich die Interessen der Einwohner auf der niedersächsischen Seite der Elbe angemessen vertreten werde. Und wie mir der Herr Senator versichert hat, wird es ..." Der Abgeordnete stockte, sein Blick flackerte, mit einer fahrigen Bewegung griff seine Hand ins Leere, dann fing er sich wieder, „... wird es, wie gesagt, mit Hamburg ... auch in dieser Frage ... das Einvernehmen zwischen Hamburger und niedersächsischen ... äh ... Interessen, ich meine, einen Ausgleich, geben."

Aus den Reihen der umstehenden Zuhörer gab es vereinzelte Beifallskundgebungen.

Mit einer einfachen Frage hatte Felix Dorn den Abgeordneten aus dem Konzept gebracht. Marie rechnete damit, dass er nun nachhaken würde. Doch Felix ergriff ihre Hand und wandte sich ab. „Komm, wir wollten doch ein Stück gehen, bevor wir wieder zwei Stunden auf dem Wattwagen sitzen."

„Hast du gesehen, was passiert ist?", fragte Felix, nachdem sie sich ein Stück von der Szene entfernt hatten.

„Du hast Ostendorff ganz schön in Verlegenheit gebracht. Die Frage passte ja auch wie ..."

„Das war es nicht." Felix schüttelte nachdrücklich den Kopf. „Er hat den Faden verloren, nachdem er *dich* gesehen hat."

„Das glaube ich nicht. Ich kann mir nicht vorstellen, dass er mich erkannt hat. Zwischen den vielen Menschen."

„Erkannt? Das heißt, er kennt dich? Hattest du mit ihm zu tun? Eventuell sogar im Zusammenhang mit eurem aktuellen Fall?"

Marie erschrak. „Dazu kann ich dir nichts sagen, Felix. Ich komme in Teufels Küche, wenn ich ..."

Dorn hob die Hände. „Ist ja schon gut, Marie. Ich will dir keine Dienstgeheimnisse entlocken. Hat mich nur gewundert ..."

„Vielleicht irrst du dich."

„Nein, Marie. Ich habe genau gesehen, wie sein Blick von mir zu dir gewandert ist. Und genau in dem Augenblick hat es ihm die Sprache verschlagen. Aber natürlich bist du mir keine Erklärung schuldig."

Die restliche Zeit ihres Aufenthaltes auf der Insel verbrachten sie überwiegend schweigend. Marie suchte nach einer Erklärung für Ostendorffs Reaktion und ärgerte sich gleichzeitig darüber, dass ihr nun der Fall wieder im Kopf herumging. Warum konnte sie nicht einfach abschalten und die freien Stunden genießen?

Wenn Felix recht hatte - was befürchtete der Abgeordnete? Glaubte er, dass sie ihn beobachtete? Und was war daran für ihn so erschreckend?

Auf der Rückfahrt im Wattwagen musterte Felix sie besorgt. „Denkst du an euren Fall?"

„Ich frage mich, warum mein Anblick so eine beängstigende Wirkung hat."

Felix lächelte. „Auf mich wirkst du umgekehrt eher ermutigend. Aber als Kind bekam ich auch immer ein schlechtes Gewissen, wenn ich einen Polizisten nur gesehen habe. Offenbar weiß Ostendorff, dass du Kriminalistin bist. Und er hat etwas auf dem Kerbholz. Also vermutet er – zu Recht oder zu Unrecht –, dass du ihm auf der Spur bist."

„Aber das passt nicht." Marie seufzte. „Jedenfalls kann ich es nicht so richtig einordnen. Am liebsten würde ich ihn und den ganzen Fall für den Rest des Tages vergessen."

„Das ist eine gute Idee." Felix legte seinen Arm um sie und zog sie an sich. „Ich will gerne versuchen, dazu beizutragen. Wie wäre es, wenn wir nachher noch gemütlich zusammen essen? Zum Beispiel im Giardino? Oder wo immer du willst."

Zufrieden lehnte sich Marie an Felix und schloss die Augen. Die Vorstellung, sich mit der Wahl des Menüs und eines passenden Weins zu befassen, statt über den aktuellen Fall nachzudenken, erschien ihr plötzlich ungeheuer verlockend. „Einverstanden", murmelte sie. „Ich habe jetzt keine Lust auf meine leere Wohnung. Und Hunger habe ich auch."

*

Marie fühlte sich leicht und entspannt, als sie gegen Mitternacht die Tür zu ihrer Wohnung aufschloss. Trotz der seltsamen Begegnung mit Ostendorff auf der Insel war es alles in allem doch ein schöner Tag gewesen. Ende gut, alles gut. Bei diesem Gedanken kicherte sie leise vor sich hin. Sie hatten sich wunderbar unterhalten, über Fußball- und Filmstars, über die Ursachen der weltweiten Klimaveränderung und über die Umbenennung des Schillerzentrums in Lotsenviertel. Und waren sich einig gewesen, dass der Flughafen Nordholz ein Fass ohne Boden für den Landkreis Cuxhaven und die Gemeinde Nordholz werden würde. Zwischendurch hatten sie über Anekdoten gelacht, die Felix aus der Redaktion und Marie aus der Arbeit der Polizeiinspektion beigesteuert hatte.

Am Anrufbeantworter blinkte hektisch die rote Lampe. Marie drückte den Knopf zur Wiedergabe der eingegangenen Nachrichten. Es war nur eine. Von ihrem Vater.

„Marie? Na, du bist wohl nicht da. Wir sehen uns ja morgen. Du hast hoffentlich nicht vergessen, dass wir ... Na, du weißt schon. Mama freut sich, wenn du kommst. Ich natürlich auch. Außerdem habe ich eine Überraschung für dich. Bis morgen also. Papa.

*

Julia hatte sich mit Freundinnen zum Baden verabredet und das Haus - sehr zum Missfallen ihres Vaters - schon vor dem sonntäglichen Frühstück verlassen.

Dennoch hatte er sich einen Kommentar verkniffen. Ostendorff fühlte sich nicht in der Lage, mit seiner Tochter über Familienleben zu diskutieren. Zumal er in seinem Innersten wusste, dass davon ohnehin nicht mehr die Rede sein konnte. Außerdem hatte er kaum geschlafen und fühlte sich wie gerädert. Während er mit zunehmender Erregung den gleichmäßig tiefen Atemzügen seiner Frau gelauscht hatte, war in seinem Kopf ihr Bild beim Liebesakt gekreist. Und um das Foto der vier jungen Männer, das ihm der Kriminalkommissar vorgelegt hatte.

Die Bemerkung seiner Tochter zu der Aufnahme hätte ihn beinahe aus der Fassung gebracht. „Da irrst du dich, mein Schatz", hatte er geantwortet und sich bemüht, möglichst leidenschaftslos zu klingen. „Das ist nur eine gewisse Ähnlichkeit."

Julia hatte sich damit zufrieden gegeben. Aber nicht die Kriminalbeamten. „Eine zufällige Übereinstimmung", hatte er zu erklären versucht. „Diese Vornamen gibt es in unserer Region häufig. Und wenn Sie sich andere Fotos aus der Zeit ansehen, werden Sie feststellen, dass wir Ende der siebziger Jahre alle ziemlich ähnlich aussahen."

Natürlich hatte er zugeben müssen, Evers und Jensen aus der Schulzeit zu kennen. Denn das würde die Polizei sowieso herausfinden. Vielleicht würden sie sogar herausbekommen, dass sie zusammen mit Erik Bohm bei der Bundeswehr gewesen waren. Dabei hatte er sich an die Hoffnung geklammert, dass niemand die Geschichte von damals ausplaudern konnte. Schließlich lebte keiner der Beteiligten mehr. Und die Frau hatte nach seinen Informationen die Sprache verloren. Oder das Gedächtnis. Oder beides.

Von dieser Seite drohte keine Gefahr. Was ihn jedoch beunruhigte, war die Begegnung auf Neuwerk. Den ungehörigen Fragesteller hatte er erst nachträglich erkannt, und sich gewundert, dass die junge Kriminalbeamtin neben ihm gestanden hatte. Was auch immer den Journalisten und die Polizistin zu seinem Treffen mit dem Innensenator getrieben hatte – ihre Anwesenheit hätte ihn nicht sonderlich irritiert. Aber das Gesicht hinter der Frau. Sein Anblick hätte ihm beinahe den Boden unter den Füßen weggezogen. Eine lange Sekunde hatte er geglaubt, Erik sei von den Toten auferstanden und habe ihn aus wissenden Augen angesehen.

Eine zufällige Ähnlichkeit? Wohl kaum. Es musste sein Sohn gewesen sein. Erik war damals Vater geworden. Der junge Mann dürfte vor knapp dreißig Jahren geboren worden sein. Hatte er der Polizei das Foto zugespielt? Hatte er die Yacht beschädigt, den Hund getötet, das Foto von Christines Eskapade aufgenommen?

„Die Zeitung muss ja heute wieder sehr spannend sein." Christines Stimme ließ ihn aufschrecken.

Ostendorff hatte sich hinter den Blättern des Sonntagsjournals verschanzt, war aber nicht in der Lage gewesen, sich auf einen Artikel zu konzentrieren. Der spöttische Tonfall löste eine Aufwallung von Aggression in ihm aus. „Mehr oder weniger", knurrte er unwillig und blätterte um.

Sein Blick blieb an einer Schlagzeile auf der Bremerhaven-Seite hängen. „Gestorben im ewigen Eis." Das Alfred-Wegener-Institut erinnerte an den Tod seines Namensgebers im grönländischen Eis. Sofort kreisten seine Gedanken erneut um Evers und Jensen. Sie waren auch erfroren. Wie Erik. Nur fast dreißig Jahre später. Wollte der Sohn den Vater rächen? Aber wie konnte er erfahren haben, was sich damals abgespielt hatte?

Unwillkürlich schüttelte er den Kopf.

Eine andere Meldung sprang ihm in die Augen. „Vermisste Lehrerin bleibt unauffindbar. Freitod oder Fremdverschulden? Die Suche nach der im April des Jahres verschwundenen Nicole S. (36) aus Langen ist bis heute ergebnislos geblieben. Die Polizei geht davon aus, dass die Frau nicht mehr lebt. Hinweise aus der Bevölkerung haben ..."

Der Name verschwamm, und Ostendorff sah plötzlich einen anderen an seiner Stelle: *Christine O. (36) aus Sahlenburg ...* Sein Herz hämmerte. Vor seinem inneren Auge sah er sich als Witwer am Grab seiner Frau Beileidsbekundungen entgegennehmen. Honoratioren aus Stadt und Land, Parteifreunde, der gesamte Segelclub und unzählige Bürger gaben ihr die letzte Ehre.

Ein Todesfall ist unendlich viel besser als eine Scheidung. Und wirkt in den Medien völlig anders. Kein öffentlicher Rosenkrieg. Keine Schwiegereltern, die den Ex ihrer Tochter an den Pranger stellen. Statt dessen Anteilnahme und Mitleid. Der arme Mann. Allein mit einer halbwüchsigen Tochter. Niemand stellt kritische Fragen. Alle bedauern die Hinterbliebenen.

Kein Parteikollege würde es wagen, dem trauernden Ehemann wegen eines obskuren Fotos, das die verstorbene Gattin in einer höchst lebendigen Situation zeigte, politische Ämter streitig zu machen. Erpressbar wäre er dann auch nicht mehr. Und finanziell auf der sicheren Seite.

Er hatte keine Vorstellung, wie dieses Ziel zu erreichen war. Mit der Scheidung konnte er einen Anwalt beauftragen. Der würde sich um alles kümmern, für ihn die schmutzige Wäsche waschen und das Sorgerecht für Julia erwirken. Aber wen konnte man mit der Ausführung der anderen Lösung beauftragen? In Kriminalfilmen tauchten gelegentlich gedungene Mörder auf. Aber das ging regelmäßig schief. Also würde er selbst ...

Ostendorff schauderte bei dieser Vorstellung. Dennoch spürte er die zunehmende Faszination des Gedankens, mit einem Befreiungsschlag all seine Probleme zu lösen. Aber dazu brauchte er einen Plan. Einen perfekten Plan.

„Woran denkst du?“, unterbrach Christine seine Überlegungen. „Du wirkst so abwesend.“

Ostendorff fuhr zusammen. „Wie bitte?“

„Wenn meine Tochter schon nicht da ist, sollte mein Mann beim gemeinsamen Frühstück wenigstens vollständig anwesend sein. Findest du nicht?“

„Natürlich.“ Er ließ die Zeitung fallen und griff nach der Kaffeekanne. „Darf ich dir nachschenken?“

Christine sah ihn entgeistert an. „Ich trinke Tee. Wie du weißt, vertrage ich keinen Kaffee. Oder willst du mich umbringen?“

18

Jan biss die Zähne zusammen und folgte seinen Kameraden. *Würden Sie mich wirklich allein zurücklassen?* Die Frage kreiste in seinem Kopf, ohne dass er eine Antwort fand. Er konnte es nicht darauf ankommen lassen. Obwohl seine Glieder bei jedem Schritt schmerzten, seine Augen brannten und Finger, Ohren und Nase längst gefühllos geworden waren, setzte er verbissen einen Fuß vor den anderen.

Es dauerte eine Weile, bis das Geräusch in sein Bewusstsein drang. Ein fernes Grollen hatte sich genähert und war zu einem vertrauten Dröhnen angeschwollen.

Hendrik blieb stehen und deutete nach vorn. „Ich werd' verrückt. Ein Leo! Das muss die Autobahn sein. Auf der Autobahn fährt ein Leopard!"

Sie hasteten voran, erreichten eine kleine Anhöhe und blieben keuchend stehen. Nur wenige hundert Meter entfernt zog eine Karawane von Fahrzeugen in Richtung Süden. Angeführt von einem Panzer rollte Lastzug an Lastzug, dazwischen gelegentlich ein Kleintransporter oder ein Personenwagen.

Sven schüttelte den Kopf. „Kein Leo, Hendrik. Das ist ein M48. Unser guter alter Pionierpanzer. Wahrscheinlich setzen sie ihn zum Schneeräumen ein."

„Egal!" Hendrik stieß einen Jubelruf aus. „Wir haben es geschafft! Jetzt müssen wir nur noch auf die andere Seite kommen. Los, Leute! Irgendwo muss es eine Unterführung geben." Er stürmte voran.

Eine gute Stunde später hatten sie die Autobahn unterquert und eine Auffahrt erreicht. Die Spur, die zur Fahrbahn führte, war gerade breit genug für ein Fahrzeug. Erwartungsvoll sahen sie einem auffahrenden Auto entgegen. Aber auch während der nächsten halben Stunde tauchte keins auf. Irgendwann marschierten sie einfach auf die Autobahn. Die geräumte Spur war breit genug für große Fahrzeuge. Es gab kaum Verkehr. Obwohl sie heftig winkten, fuhren die wenigen Autos vorbei. Manche

Fahrer hupten wütend, und einige zeigten den Fußgängern drohend die Fäuste. Schließlich hielt doch einer an. Ein farbenfroh bemalter Citroen 2 CV mit einem blassen, langhaarigen Jüngling am Steuer. „Bestimmt 'n Student", flüsterte Hendrik. „Aber egal. Hauptsache, wir kommen hier weg."

„Wo wollt'n ihr hin?"

„Lüneburg."

„Soldaten?"

Die drei Männer nickten.

Kritisch musterte sie der Fahrer. „Na ja. Wahrscheinlich könnt ihr nichts dafür. Steigt ein, aber schnell, dahinten kommt das nächste Auto. Bis Bremen kann ich euch mitnehmen. Ich heiße übrigens Tom."

Rasch quetschten sie sich samt Gepäck in das schmale Fahrzeug und nannten Tom ihre Namen. Der nickte nur jedem zu und ließ den Wagen anrucken. Erstaunlich zügig nahm der 2 CV Fahrt auf.

*

Den Strandabschnitt zwischen Duhnen und Döse bevölkerten unzählige junge Leute, die ständig in Bewegung waren. Dennoch war es nicht allzu schwer, das Mädchen im Auge zu behalten. Sie war groß, schlank und blond – in dieser Hinsicht ähnelte sie ihrer Mutter – und trug einen roten Bikini. Sie wäre ihm wahrscheinlich sogar aufgefallen, wenn er nur zufälliger Beobachter des Beach-Volleyball-Spiels gewesen wäre.

Während er abwechselnd den Ball und das Mädchen beobachtete, fragte er sich, ob er seine Pläne ändern sollte. Obwohl er sich geschworen hatte, sein Vorhaben so zu Ende zu bringen, wie er es ersonnen und geplant hatte, schlich sich ein neuer Gedanke ein. Das Ableben der beiden Männer befriedigte ihn zutiefst, und bisher war er sicher gewesen, dass sich mit dem Tod des dritten Mannes die Wunden in seiner Seele schließen würden. Es war ihm geradezu selbstverständlich erschienen, durch die Vollendung seines Planes den Übergang in ein neues Leben zu bewirken. Ein Leben ohne Hass, ohne diese innere Unruhe, die ihn viele Jahre umgetrieben hatte. Aber konnte er dessen sicher sein? Was erwartete ihn wirklich nach Abschluss seines Vorhabens?

Gegen diese Unsicherheit stand die Gewissheit, ein Leben zerstören zu können, ohne es zu beenden. Wer dem Tod ins Auge sehen musste, hatte – wenn man es geschickt anstellte – qualvolle Stunden zu durchstehen, bis alles zu Ende war. Aber war der Verlust eines geliebten Menschen nicht unendlich quälender? Den eigenen Tod zu erleiden, war eine kurze Strafe, das Leiden am Tod eines Kindes eine lebenslange Sühne. Wenn er also die Tochter statt des Vaters ...

Mit großem Hallo endete das Spiel der jungen Leute. Unter anfeuernden Rufen rannte ein Teil von ihnen in Richtung Meer. Das Wasser spritzte unter ihren Füßen, schon bald stürzte der eine oder andere ins Watt. Schließlich erreichten sie die zum Schwimmen notwendige Wassertiefe.

Während Julia und ihre Freunde in der Nordsee planschten, ließ er sich unterhalb der Promenade im Sand nieder. Von dort aus hatte er die Jugendlichen im Blick. Ein Foto des Mädchens aus geringer Distanz würde dem Vater signalisieren, dass es nicht in seiner Macht stand, seine Tochter immer und überall zu schützen.

Und das wäre ein weiterer Nagel an Ostendorffs Sarg.

*

„Gibt's was Neues von der Elbvertiefungs-Front?", fragte Marie, als ihr Vater die Tür öffnete und sie in die Arme schloss.

Holger Janssen winkte ab. „Nur das Übliche. Die Politiker eiern rum. Erzählen uns, dass sie unseren Lebensraum schützen wollen, und tun doch nichts gegen die Bedrohung. Ich habe das Gefühl, dass die uns schlicht verarschen. Neuerdings sprechen sie von *Fahrrinnenanpassung*. Das klingt weniger gefährlich. Aber komm erst mal rein und lass uns von etwas anderem reden." Sein betrübter Gesichtsausdruck wandelte sich zu einem verschmitzten Lächeln. „Ich habe etwas Erfreuliches entdeckt. Etwas, das deiner Mutter und mir, sagen wir mal, Anlass zu gewissen Hoffnungen gibt."

„Da bin ich schon richtig neugierig", lachte Marie. „Aber zuerst will ich Mama guten Tag sagen."

„Selbstverständlich. Und dann gibt's sowieso erst Kaffee und Kuchen auf der Terrasse. Deine Mutter hat schon alles fertig. Du musst dich also noch etwas gedulden."

„Das wird ja immer spannender."

Maries Vater nickte und zwinkerte seiner Frau zu, die den Kopf aus der Küchentür streckte. „Nicht nur für dich, mein Kind."

„Da bist du ja." Rieke Janssen strahlte über das ganze Gesicht und drückte ihre Tochter, so schien es Marie, heute besonders heftig. Ihr begann die angekündigte Überraschung etwas unheimlich zu werden. Was führten ihre Eltern im Schilde? Dann aber genoss sie doch den Obstkuchen ihrer Mutter und amüsierte sich innerlich über die mühsam verdeckte Ungeduld ihres Vaters.

Schließlich schien er es nicht mehr auszuhalten. „Lass uns mal kurz ins Wohnzimmer gehen, Marie. Es dauert nur ein paar Minuten." Holger Janssen schob eine Videokassette in den Recorder. „Habe ich gestern aufgenommen. Eigentlich hatte ich auf Neuigkeiten über die Elbvertiefung gehofft. Und dann kam das."

Das Fernsehbild flackerte kurz auf, dann erkannte Marie die Szene vom Vortag auf der Insel Neuwerk wieder. Zuerst erschien der Senator aus Hamburg, dann der Abgeordnete Ostendorff. „Jetzt pass auf!" Ihr Vater deutete zum Bildschirm.

„Gilt das auch für die Elbvertiefung?", klang eine vertraute Stimme aus dem Fernsehlautsprecher. Die Kamera schwenkte ins Publikum und erfasste Felix Dorn. Der Fragesteller sah herausfordernd in die Kamera und hatte seinen Arm um die junge Frau neben sich gelegt.

Marie lächelte. Das also hatte ihre Eltern in Aufregung versetzt.

„Ein sympathischer junger Mann", bemerkte ihr Vater und stellte den Videorecorder aus.

Marie nickte abwesend. Etwas auf dem Fernsehbild hatte sie irritiert. „Schalt bitte wieder ein, Vater. Ich möchte das gerne noch einmal sehen."

„Mit Vergnügen." Ihr Vater drückte Knöpfe auf der Fernbedienung. „Deine Mutter und ich haben das schon mindestens fünfmal gesehen. Und nun brennen wir darauf, etwas über deinen netten Begleiter zu erfahren."

„Später. Kannst du das mal langsamer laufen lassen?“

„Natürlich, mein Schatz. Wir freuen uns ja so ...“

„Stopp!“, rief Marie. „Etwas zurück. Jetzt anhalten. - Danke.“

„Ein hübsches Paar. Wer ist der junge Mann?“

Marie schüttelte unwillig den Kopf. „Später, Vater. Im Augenblick interessiert mich etwas anderes. Kann ich die Kassette mitnehmen? Du bekommst sie natürlich zurück.“

„Na klar, du kannst sie haben. Willst sie bestimmt auch dem jungen Mann ...“

„Nein, nein. das meine ich nicht. Siehst du den Mann unmittelbar hinter mir? Das Gesicht habe ich schon einmal gesehen. Auf einem Foto, das vor fast dreißig Jahren aufgenommen wurde.“

„Aber ...“ Holger Janssen sah seine Tochter zweifelnd an.

„Ich weiß, Vater. Es kann nicht sein. Der Mann dort ist ungefähr so alt wie ich. Trotzdem ... Ich muss der Sache nachgehen. Möglicherweise kann er uns wichtige Hinweise geben. Darum brauche ich das Band.“

Seufzend beugte sich ihr Vater zum Videorecorder und ließ die Kassette auswerfen. „Und ich hatte gehofft ... Na ja, sei's drum. Das ist schon ein besonderer Beruf, für den du dich entschieden hast. Bleibst du wenigstens noch zum Abendbrot? Oder willst du damit gleich zu deinem Hauptkommissar?“ Er drückte Marie die Videokassette in die Hand.

In Marie arbeitete es. Am liebsten hätte sie Röverkamp sofort angerufen und wäre zur Dienststelle gefahren, um ihm die Aufnahme zu zeigen. Aber damit hätte sie ihren Eltern den Sonntag verdorben. Und Fahndungsmaßnahmen würden sie ohnehin erst morgen früh einleiten können. „Ich bleibe“, sagte sie schließlich. „Konrad ist wahrscheinlich noch bei seiner Freundin. Und da will ich ihn nicht stören.“

„Eine sehr kluge Entscheidung.“ Holger Janssen strahlte. „Dann lass uns wieder rausgehen. Deine Mutter wartet bestimmt schon sehnsüchtig auf eine Antwort.“

„Eine Antwort? Worauf?“

Janssen schmunzelte. „Für eine Kriminalistin kannst du ganz schön blöde Fragen stellen.“

*

Trotz der verfahrenen Ermittlungssituation betrat Konrad Röverkamp am Montagmorgen die Polizeiinspektion in bester Laune. Was er am Dienstag bei Sabine nicht anzusprechen gewagt hatte, war am Wochenende doch Thema geworden. Als hätte sie die Gedanken erraten, die in seinem Kopf kreisten, hatte sie ihn mit einem Vorschlag überrascht.

Zunächst war die Stimmung allerdings ein wenig bedrückt gewesen, nachdem er auf ihre Frage, was ihn beschäftige, zu Ausflüchten gegriffen hatte. Daraufhin war sie für eine Weile verstummt. Schließlich hatte er sich dazu durchgerungen, Amelies Tod und das Erbe zu erwähnen. So beiläufig wie möglich. Aber sie hatte alles genau wissen wollen. Jede Einzelheit hatte sie ihm aus der Nase gezogen.

Dann hatte sie diese Frage gestellt, die plötzlich alles in einem neuen Licht erscheinen ließ. „Was hältst du davon, wenn wir deine Wohnung völlig neu einrichten?"

„Wir? Du sagst *wir*? Du meinst ... du willst ... mit mir ...?"

„Es muss doch etwas geschehen, Konrad. Die alten Möbel, hast du gesagt, werden von Amelie Karstens' Sohn irgendwann abgeholt. Renovierungsbedürftig ist die Wohnung auch. Und du wirst ja nicht weiter in den zwei Zimmern hausen und den Rest der Wohnung ungenutzt lassen wollen. Ich stelle mir vor, dass wir dir ein Schlafzimmer und ein Arbeitszimmer nach deinen Bedürfnissen einrichten. Wohnzimmer und Wintergarten, Flur und Küche gestalten wir gemeinsam. Und dann wären da noch zwei Zimmer ..."

„Ja?" Sein Herz hatte geklopft.

„... die man erst mal so lassen könnte, wie sie sind. Oder ..."

„Oder?"

„Oder wir richten sie so ein, dass sich dort eine Frau wohlfühlen könnte."

Er musste ziemlich verdattert ausgesehen haben, denn Sabine hatte laut gelacht.

„Ich dachte", hatte er gestottert, „du hättest ... du wolltest ... deine Unabhängigkeit ..."

„Natürlich behalte ich meine Wohnung, Konrad. Vorerst. Aber erstens möchte ich dich auch mal besuchen können, ohne auf dem Sofa nächtigen zu müssen, und zweitens kann sich ja meine Sicht der Dinge ändern. Vielleicht will ich eines Tages mit dir zusammenziehen. Oder hältst du das für völlig ausgeschlossen?"

Plötzlich war alles so einfach gewesen. Glasklar und unbeschwert zugleich hatte er seine Zukunft gesehen.

Auf der Rückfahrt nach Cuxhaven war der Dialog immer wieder in seinem Kopf abgelaufen. Warum war *er* nicht auf die Idee gekommen? Warum hatte er sich so schwer getan, überhaupt mit Sabine über die gemeinsame Zukunft zu reden?

Auch wenn die Sommerhitze in den Nächten kaum nachließ, hatte er tief und fest geschlafen und fühlte sich frisch und voller Energie. Seine Kollegin empfing ihn mit einem fröhlichen Gruß. Sie wirkte ebenfalls unternehmungslustig.

„Hattest du ein schönes Wochenende, Marie? Du wirkst so fröhlich."

„Danke gleichfalls, Konrad. Ja, mein Wochenende war okay. Und ich habe eine Überraschung mitgebracht. Möchtest du sie gleich sehen? Oder verrätst du mir erst, wem wir deine gute Laune verdanken? Sabine?"

Röverkamp nickte. „So ist es, Marie. Aber was hast du mitgebracht? Kuchen von deiner Mutter?"

Sie schüttelte den Kopf, zog eine Videokassette hervor und wedelte damit herum. „Wir brauchen einen Rekorder. Kommst du mit ins Besprechungszimmer?"

*

Am Morgen waren Blutflecken auf seinem Kopfkissen gewesen. Eine alte Gewohnheit hatte sich wieder eingestellt und war zum unbewussten Ventil seiner inneren Anspannung geworden: Ostendorff hatte so heftig und ausdauernd auf seine Unterlippe gebissen, dass sie geblutet hatte. Wieder war an Schlaf nicht zu denken gewesen. Beunruhigende Bilder hatten ihn geplagt.

Szenen aus einem lange zurückliegenden Winter. Eine unendliche Schneewüste. Erregende Tänze in einer bäuerlichen Stube. Ein brennender Stall. Brüllende Rinder. Der eiskalte Sitz auf einem dröhnenden Traktor.

Und immer wieder dieses Foto, das ihm die Polizei vorgelegt hatte. Musste das Kind so unbedarft daherplappern? Da Julia ihn erkannt hatte, konnte seine Reaktion vielleicht nicht wirklich überzeugt haben. Dennoch hatten sich die Beamten mit seiner Auskunft zufrieden gegeben. Ob sie noch über andere Informationen verfügten?

Ruhelos hatte er sich im Bett gewälzt, war schließlich aufgestanden und wie ein Getriebener durch das Haus gewandert. Weder Bier noch Schlaftabletten hatten die erhoffte Nachtruhe gebracht. Erst gegen Morgen war er eingedämmert. Im Traum hatte er eine Beisetzungszeremonie erlebt. Aber es war nicht Christine gewesen, deren Sarg er gefolgt war. Oder doch? Die Erinnerung war allzu rasch verblasst.

Ostendorff fühlte sich matt und zerschlagen. Auf dem Nachtschrank fand er einen Zettel. „Bin mit Stefanie nach Hamburg gefahren. Christine." Wer war Stefanie? Ach ja, diese Freundin aus dem Tennisclub. *Gut, dass Christine nicht da ist!* Er schlurfte ins Bad. Der Spiegel zeigte ihm ein zerknittertes Gesicht mit dunklen Augenringen.

Nach einer gründlichen Morgentoilette und einem eiligen Frühstück fühlte er sich besser. Er spürte, wie die Lebensgeister zurückkehrten. Entschlossen, seine gewohnte Handlungsfähigkeit zurückzugewinnen, begab er sich ins Arbeitszimmer und schaltete den Computer ein, um die aktuellen E-Mails abzufragen. Als eine Nachricht auftauchte, die nur aus einem Bild bestand, begann sein Herz zu rasen. Mit feuchter Hand führte er den Mauszeiger auf den Anhang, um ihn zu öffnen. Die Frau auf dem Foto war nicht Christine.

Julia hockte im Sand und starrte abwesend vor sich hin.

Eine Welle aus Wut und Verzweiflung wogte durch Ostendorff. Der Mistkerl lauerte seiner Tochter auf. Es musste etwas geschehen. Wenn er die Kontrolle über sein Dasein verlor, würde alles in einer Katastrophe enden. Irgendwie musste er diesen jungen Mann, der wie ein Abziehbild des toten Erik Bohm aussah, aus dem Verkehr ziehen. Er konnte nicht zulassen, dass der Nachkomme des Jugendfreundes seine Existenz gefährdete. Irgendwie würde sich herausfinden lassen, wie sein Vorname war und wo der Mann lebte.

Vielleicht sollte er der Polizei doch einen Tipp geben. Die hatte alle Möglichkeiten. Selbst wenn dieser Kriminalbeamte auf die Ereignisse von damals stoßen sollte, würde er damit nichts anfangen können. Es gab keine Beweise. Auch Bohm junior würde nichts belegen können.

Wenn der meinem Kind zu nahe kommt, bringe ich ihn um. Während Ostendorff in den Schubladen seines Schreibtischs nach der Pistole suchte, wurde ihm bewusst, dass er die Tötung zweier Menschen in Erwägung zog.

Seltsamerweise erschien ihm dieser Gedanke plötzlich als ganz gewöhnliches Kalkül, wie man es zur Lösung von Problemen anstellte. Die Erkenntnis ließ ihn ruhiger werden. Er würde systematisch vorgehen. Einen Plan entwickeln. Wie eine politische Strategie. Darin war er schließlich geübt. Für einen Augenblick irritierte ihn die Frage, welches die richtige Reihenfolge war, doch dann sagte er sich, dass sich das aus den Plänen ergeben würde. Ohnehin musste er zuerst Nachforschungen über Eriks Familie anstellen. Er wusste auch schon, wo er anfangen würde.

So viel wusste er schon jetzt: Christine würde einen Unfall erleiden. Am besten auf hoher See. Wenn die Yacht aus der Werft kam, würde er einen Nordsee-Törn vorschlagen. Sie waren lange nicht zusammen gesegelt. Irgendwann würde sich das Wetter ändern und wieder ordentlichen Wind bringen. Ja, das war ein guter Gedanke. Julia weigerte sich ohnehin, das schwankende Boot zu betreten. Er würde also mit Christine allein auf dem Wasser sein.

Ostendorff griff zum Telefon, um bei der Werft nachzufragen. Drei bis vier Tage hatten sie für die Reparatur veranschlagt. Vielleicht waren sie schon fertig.

Während er dem Rufzeichen lauschte, sah er vor seinem inneren Auge das Boot durch die Nordsee gleiten, sah Christine, von einem Stoß des plötzlich umschlagenden Baumes aus dem Gleichgewicht gebracht, über die Reling stürzen. Natürlich ohne Schwimmweste, die sie, wie so oft, gegen seinen ausdrücklichen Rat abgelegt hatte. Natürlich würde er wenden, sie unter Einsatz seines Lebens aus dem Wasser ziehen. Aber zu spät. Der Schlag hatte sie betäubt, sie war ertrunken, Wiederbelebungsversuche blieben erfolglos.

Jemand von der Werft meldete sich und versicherte ihm, dass seine Yacht „Julia" so gut wie fertig sei und schon morgen zum Liegeplatz gebracht würde.

Ostendorff legte auf und betrachtete die Pistole. Die schwarze, metallisch glänzende SIG Sauer P228 war eine kompakte Waffe, die kaum mehr als achthundert Gramm wog und trotzdem dreizehn Patronen der Neun-Millimeter-Para-Klasse verschießen konnte. Das sollte für Bohm junior reichen. Eine Leiche in der Nordsee verschwinden zu lassen, war kein ernsthaftes Problem, wenn man eine hochseetüchtige Yacht besaß. Oder war ein Hafenbecken günstiger? Vielleicht einfacher.

Er musste ihn nur finden.

*

„Ich bin sicher, dass es dieser Mann war, dessen Anblick Ostendorff aus dem Konzept gebracht hat." Marie drückte die Auswurftaste und nahm die Kassette aus dem Rekorder. „Das hättest du erleben müssen. Dieser aalglatte Abgeordnete, der sonst immer so was von cool daherkommt und stets in wohlgesetzten Worten spricht, ist regelrecht ins Stottern geraten. Felix meinte zwar ..." Sie machte eine wegwerfende Handbewegung. „Egal. Es *muss* dieser Erik gewesen sein. Beziehungsweise sein Sohn."

„Was meinte Felix?" Konrad Röverkamp sah seine Kollegin aufmerksam an.

Marie zögerte. „Eigentlich spielt es keine Rolle."

„Verrätst du es mir trotzdem?"

„Na gut." Marie hob die Schultern. „Felix dachte, *ich* sei der Grund für Ostendorffs Irritation. Weil er mich wiedererkannt hat."

Röverkamp lächelte. „Hätte durchaus sein können. Aber wahrscheinlich hast du recht. Ostendorff hat offenbar Gründe, weshalb wir ihn nicht mit den drei anderen auf dem Foto in Verbindung bringen sollen. Zwei von ihnen sind tot. Der dritte taucht in Form seines Ebenbildes auf. Nehmen wir an, es handelt sich um den Sohn jenes Eriks. Warum bringt er unseren Herrn Abgeordneten so aus der Fassung?"

„Möglichkeit eins", antwortete Marie, „er hat nicht gewusst, dass es diesen Sohn gibt. In diesem Fall könnte er überrascht sein. Aber mehr auch nicht. Das allein bringt einen abgebrühten Politiker nicht aus dem Takt."

„Also?"

„Möglichkeit zwei: Er hat Angst. Zum Beispiel davor, dass Erik junior etwas ans Tageslicht bringt, das Ostendorff gern unter der Decke halten möchte, weil es seiner politischen Karriere schaden könnte."

Der Hauptkommissar nickte nachdenklich. „Das würde zu seinem albernen Versteckspiel passen. Da er sich und die anderen jungen Männer auf dem Foto wohl erkannt hat, das vor uns aber nicht zugeben will, dürfen wir vermuten, dass die vier Herren eine gemeinsame Leiche im Keller haben. Was nicht unbedingt wörtlich verstanden werden muss."

„Also?", fragte nun Marie.

„Da Ostendorff mauert, werden wir den jungen Mann suchen. Notfalls per Fahndung. Er wird uns zumindest die Frage beantworten, ob Erik sein Vater ist. Und vielleicht auch erklären können, in welcher Beziehung er zu den anderen stand."

„Gehen wir jetzt davon aus, dass Hannes Fedder und sein Sohn aus dem Rennen sind?"

„Ich meine vorerst ja. Jedenfalls bin ich froh, dass wir Krebsfänger nicht dazu gedrängt haben, einen Haftbefehl zu beantragen. Wenn allerdings der junge Mann auf dem Video hinter den Todesfällen Evers und Jensen steckt, dürfte auch Ostendorff in Gefahr sein. Wir müssen ihn zumindest warnen. Besser wäre sogar, wir könnten ihn überwachen. Ich werde Christiansen bitten, uns drei Teams für eine Rundumüberwachung zur Verfügung zu stellen. Vielleicht bekommen wir dann wenigstens eins. – Kümmerst du dich um die Fahndung?"

„Selbstverständlich." Marie nickte. „Und wer spricht mit Ostendorff?"

„Das machen wir zusammen."

19

„Tja, Jungs. Auf den *Deutschen Herbst* folgt ein deutscher Winter. Eiszeit ist angesagt. Passt irgendwie. Oder?"

„Deutscher Herbst?"

„Baader, Meinhof, Ensslin. Ponto, Schleyer, Buback. Operation Feuerzauber in Mogadischu. Die ganze Terrorscheiße. Nix von gehört? GSG 9 müsstet ihr doch kennen. Und den Film? Kluge, Fassbinder und Konsorten? Lief im Fernsehen."

„Schon, aber ..." Hendrik, der neben dem Fahrer saß, wusste nicht recht, worauf Tom hinauswollte.

Der machte eine wegwerfende Handbewegung. „Na ja, bringt sowieso nix. Maihofer tritt zurück. Wegen Schleyer. Leber tritt zurück. Wegen MAD-Wanzen. Filbinger muss abdanken. Wegen Nazi-Richteramt. Und nun? Du denkst, jetzt wird alles besser. Aber dann: Strauß wird Ministerpräsident in Bayern! Meinhof und Co hätten lieber Cannabis anbauen sollen. Gras für alle! Du kannst den Kapitalismus nicht wegbomben. Du musst ihn unterlaufen. Dich einfach ausklinken."

„Aber", wandte Jan vom Rücksitz ein, „wenn sich alle ausklinken - wer macht dann die Arbeit?"

„Arbeit!", lachte der Langhaarige. „Arbeit ist Ausbeutung. Und Ausbeutung ist Scheiße."

„Tolle Logik", erwiderte Jan. „Wenn Politiker und Unternehmer nicht dafür sorgen würden, dass die Wirtschaft brummt, liefe gar nichts."

„Oh Mann, ist das ätzend, Alter. Glaubst du das wirklich? Und die Arbeiter liegen in ihren Villen im Tessin in der Sonne? Na ja, ihr seid auch alle Opfer der Springer-Presse. Lasst uns lieber eine rauchen." Tom kramte in einem Netz unter dem Armaturenbrett. „Habe mir vorhin noch eine Tüte gebaut. Hier. Steck mal an! Astreines Gras."

Er warf Hendrik einen zerdrückten Joint in den Schoß, der neugierig das zigarettenähnliche Gebilde betrachtete und ein Feuerzeug aus seiner Hosentasche fummelte. Um nicht in den Verdacht zu kommen, völlig ahnungslos zu sein, setzte er das zugedrehte Ende rasch in Brand, zog einmal und noch einmal und gab den Joint an den Fahrer weiter. Der klebte ihn sich in den Mundwinkel, inhalierte einige Züge und reichte ihn weiter zur Rückbank.

„Langsam ziehen und ordentlich inhalieren", riet Tom.

Ein süßlicher Geruch, der Hendrik an Räucherstäbchen mit einem Hauch von Zitrone erinnerte, breitete sich in dem kleinen Wagen aus.

Inzwischen hatte wieder Schneefall eingesetzt, und der Wind frischte auf. Mühsam kämpften die Scheibenwischer gegen die Flocken an. Der Ausschnitt, den sie freilegten, wurde allmählich kleiner. Während die Männer schweigend den Joint kreisen ließen, starrten sie durch die beschlagenen Fenster in das Schneetreiben und lauschten dem gleichmäßigen Knattern des Motors, in das sich zunehmend das Geräusch des leicht flatternden Stoffdaches mischte.

Plötzlich nahm der Fahrer Gas weg und ließ den Wagen ausrollen. Er stieß Hendrik in die Seite. „Kannst du mal den Schnee von der Scheibe wegmachen? Der Wischer kann sich kaum noch bewegen."

Eisiger Wind fegte durch die geöffnete Tür in den Wagen, als Hendrik die Tür öffnete, und alle waren froh, als er wieder auf seinem Sitz hockte und der 2 CV anrollte.

Am Bremer Kreuz ließ Tom sie aussteigen und wünschte ihnen eine gute Reise. „Und lasst euch nicht verarschen beim Bund!", rief er beim Anfahren. „Nehmt lieber öfter mal 'nen Joint."

„Der hat vielleicht Nerven." Kopfschüttelnd sah Jan dem bunten Wagen nach, der rasch im Schneetreiben verschwand.

Sven hob die Schultern. „Dem bleibt auch nichts anderes übrig, als irgendwann erwachsen zu werden."

Während sie mit den Augen die schwächer werdenden Rücklichter verfolgten, kroch hinter ihnen brummend ein Lkw die Auffahrt herauf.

„Los!", rief Hendrik. „Den schnappen wir uns."

*

Auf dem Brockeswalder Friedhof schien es kühler zu sein als in den Straßen. Alter Baumbestand sorgte für reichlich Schatten, und ein leichter Luftzug brachte ebenfalls ein wenig Abkühlung. Ostendorff brauchte eine Weile, um die Grabstätte wiederzufinden. Der Friedhof hatte sich verändert, und Erik Bohms Grabstein, den er neu und blank in Erinnerung hatte, wirkte alt und verwittert. Sein Herz schlug schneller, als er entdeckte, was er erhofft, aber nicht unbedingt erwartet hatte. Auf dem Grab standen Blumen. Nicht mehr ganz frisch, aber das konnte man bei der sommerlichen Hitze auch nicht erwarten. Doch länger als zwei oder drei Tage konnte es nicht zurückliegen, dass sie jemand dort arrangiert hatte.

Suchend sah Ostendorff sich um. Hier und da waren ältere Leute damit beschäftigt, Gräber zu pflegen und deren Bepflanzungen mit Wasser zu versorgen. An einer Wegbiegung fand er, wonach er Ausschau gehalten hatte: einen Friedhofsgärtner.

Ja, er wisse, dass an dem Grab von Erik Bohm regelmäßig ein junger Mann auftauche. Er habe ihn schon wiederholt aus einem Toyota Yaris steigen gesehen.

Eine kleine rührselige Geschichte und ein größerer Geldschein machten den Mann zu seinem Helfer. Zufrieden verließ Ostendorff das Friedhofsgelände. Es war nur noch eine Frage der Zeit und er könnte Bohm junior ins Visier nehmen.

*

Als er zum Swatten Diek zurückkehrte, parkte vor dem Haus ein Auto, das er zu spät als Dienstwagen des Kriminalbeamten erkannte. Während er in die Garagenzufahrt einbog, stiegen der Kriminalhauptkommissar und seine Assistentin – oder was immer das Mädchen in seiner Begleitung sein mochte – aus und kamen auf ihn zu.

„Guten Tag, Herr Ostendorff", grüßte ihn der Beamte höflich. „Entschuldigen Sie bitte, dass wir hier unangemeldet aufkreuzen. Aber wir müssen Sie noch einmal kurz sprechen."

„Ich habe Ihnen doch alles gesagt, was ich weiß.“ Ostendorff gab sich keine Mühe, seinen Unwillen zu verbergen. „Mehr kann ich wirklich nicht für Sie tun.“

„Aber wir können etwas für Sie tun, Herr Abgeordneter“, versetzte die junge Frau. „Dürfen wir hereinkommen? Oder möchten Sie lieber auf der Straße ...“

„Na gut.“ Er öffnete die Haustür. „Kommen Sie herein. Aber ich habe wenig Zeit. Wenn Sie sich bitte kurz fassen wollen ...“

„Selbstverständlich. Es dauert nur ein paar Minuten.“

„Also?“, fragte Ostendorff und blieb im Hausflur stehen. „Setzen müssen wir uns ja wohl deshalb nicht.“

Konrad Röverkamp hob die Schultern. „Aus welchen Gründen auch immer Sie uns weismachen wollen, die Männer auf dem Foto, das wir Ihnen vorgelegt haben, nicht zu kennen – wir sind jedenfalls nach wie vor von dem Gegenteil überzeugt und wir werden herausfinden, warum Sie es leugnen.“

„Kommen Sie bitte zur Sache“, knurrte Ostendorff.

„Ich bin dabei.“ Röverkamps Stimme klang kühl. „Wir müssen davon ausgehen, dass Sie und Ihre Familie gefährdet sein könnten. Wenn sich bewahrheitet, was wir zur Zeit nur vermuten, dann könnte der Sohn eines der auf dem Foto abgebildeten Männer für die Morde an zweien dieser Männer verantwortlich sein. Wir wissen noch nichts über die Motive. Aber es könnte sich um Racheakte handeln, deren Ursprung in der Vergangenheit liegt. Und in diesem Fall kann nicht ausgeschlossen werden, dass Sie das nächste Opfer werden sollen. Darum möchten wir zwei Beamte zu Ihrem Schutz abstellen.“

Ostendorff setzte ein gequältes Grinsen auf. „Was ist das denn für eine Räuberpistole? Völlig abwegig. Und lauter Konjunktive – *könnte, könnte, könnte*. Ich denke, Sie haben jemanden aus der Firma von diesem Evers unter Verdacht. Den sollten Sie festsetzen, statt mich mit solch abenteuerlichen Spekulationen zu behelligen. Machen Sie sich um mich keine Sorgen. Ich kann ganz gut selbst auf mich aufpassen. Mit einer Bewachung durch Polizeibeamte bin ich keinesfalls einverstanden. Und nun bitte ich Sie zu gehen. Guten Tag.“ Mit einer einladenden Handbewegung öffnete er die Tür.

Der Besuch der Kriminalbeamten hatte ihn stärker aufgewühlt, als er sich eingestehen mochte. Er war nahe daran gewesen, die Fassung zu verlieren. Während Ostendorff sich einen Cognac einschenkte, bemerkte er, dass seine Hände zitterten. Eine innere Stimme drängte ihn, den Kommissar ins Vertrauen zu ziehen. Wenn er sich der Polizei offenbarte, wäre er die Verantwortung los. Man würde nach Eriks Sohn suchen, ihn finden und zur Rechenschaft ziehen. Die Gefahr wäre gebannt. Aber alles andere würde außer Kontrolle geraten. Man würde die Geschichte von damals ans Licht zerren. Er wäre erledigt. Und wie sollte er dann noch Christine ...?

Ostendorff stürzte den Cognac hinunter und schüttelte sich. Die Vorstellung, seine Handlungsfähigkeit aufs Spiel zu setzen, trieb ihm den Schweiß aus allen Poren. Rasch kippte er ein zweites Glas. *Nein, verdammt. Ich nehme das selbst in die Hand. Bohm junior wird im Hafen versinken. Und mit ihm die Gefahr eines Skandals.*

Mit diesem Entschluss kehrte sein Selbstbewusstsein zurück. Er spülte das Glas aus und stellte die Flasche zurück. Bis es so weit war, würde er sich wie gewohnt um die Alltagsgeschäfte kümmern. Und um den Wahlkampf. Das würde ihn auf andere Gedanken bringen. Offenbar legte Eriks Sohn es darauf an, ihn mit dem Zeitungsartikel und den Fotos zu zermürben. Das würde ihm nicht gelingen. Die warnende Stimme in seinem Inneren schob er zur Seite.

*

Der Anruf erreichte ihn am nächsten Tag, als er gerade das Büro verlassen wollte, um zum Yachthafen zu fahren. Mitarbeiter der Werft hatten die „Julia“ nach der Reparatur dorthin zurückgebracht, und er wollte sie sich ansehen. Nun aber würde er einen anderen Weg einschlagen.

Ostendorff hastete zu seinem Auto, um die Chance zu nutzen. Wenn Bohm den Weg vom Parkplatz zum Grab seines Vaters und wieder zurück zu seinem Wagen in normalem Tempo zurücklegte, würde er mindestens zwanzig Minuten brauchen. Genug

Zeit, um den Friedhof zu erreichen, ohne durch Geschwindigkeitsübertretungen aufzufallen.

Als Ostendorff den Yaris entdeckt hatte, rangierte er in eine Parklücke, von der aus er ihn im Blick hatte und ihm rasch folgen könnte, sobald er losfuhr.

Lange bevor er das Gesicht des jungen Mannes erkennen konnte, wusste er, dass er ihn gefunden hatte. Er besaß Eriks Gestalt, seine Körperhaltung und seinen Gang. Fasziniert beobachtete Ostendorff, wie das Ebenbild seines Jugendfreundes näher kam, in seinen Taschen nach dem Autoschlüssel suchte, sich in den Wagen setzte und startete.

Gemächlich rollte der Wagen vom Parkplatz und bog in die Sahlenburger Chaussee ein. Ostendorff folgte ihm ohne Eile.

*

Bei einem Rundgang durch die Wohnung hatte Konrad Röverkamp die Räume in einem völlig neuen Licht wahrgenommen. In Gedanken hatte er Amelie Karstens' Möbel durch modernere, leichtere und hellere ersetzt, die Wände von den vergilbten Tapeten befreit und weiß anstreichen lassen. Die Wirkung hatte ihn überrascht. Er hatte Sabine über weichen Teppichboden gehen und sich selbst in einem bequemen Liegesessel sitzen und ein kühles Bier genießen sehen.

Die Vorstellung hatte ihn beflügelt. Kurzentschlossen hatte er begonnen, Amelies Esstisch vor die Fensterfront zu rücken, den Fernseher aus der Zimmerecke zu wuchten, um ihn in einer Nische unterzubringen, und die schweren Ledersessel umzugruppieren. Zufrieden betrachtete er das Ergebnis und wischte sich den Schweiß von der Stirn. Um sicher zu sein, dass der Fernsehapparat noch funktionierte, schaltete er ihn ein. Plötzlicher Durst trieb ihn zum Kühlschrank, wo er feststellen musste, dass der Biervorrat auf zwei Flaschen zusammengeschmolzen war. Er öffnete die vorletzte Flasche, nahm ein Glas aus dem Schrank und kehrte ins Wohnzimmer zurück. Auf dem Bildschirm lief das Regionalprogramm von Radio Bremen. Aus der Hansestadt, aus Bremerhaven und aus dem Elbe-Weser-Dreieck berichteten Reporter über die Auswirkungen der Hitzeperiode. Der Juli brach offenbar alle Rekorde. Landwirte klagten über Ernteausfälle, Waldgebiete waren für Besucher gesperrt worden, und das Wasser der Elbe war so warm wie nie zuvor.

Röverkamp ließ sich in einen der Sessel sinken und leerte sein Glas. Als der Moderator einen Beitrag mit Rezepten für leichte Gerichte und Tipps für gesunde Ernährung an heißen Tagen ankündigte, drückte er auf die Fernbedienung, um einen anderen Sender zu suchen. Nach einigen Werbeclips landete er bei einer Sendung über die Geschichte der norddeutschen Küstenländer. Interessiert verfolgte Röverkamp die Aufnahmen aus der Vergangenheit, erst in schwarz-weiß, später mehr und mehr in Farbe. Auch über die großen Naturkatastrophen. Die Filme aus dem Winter 1978/79 zeigten festgefahrene Züge, vom Schnee zugewehte Autos und Menschen, die mit Schaufeln und Schneeschiebern gegen die weißen Massen ankämpften.

Sofort drängten sich ihm Bilder aus seiner eigenen Erinnerung vor das Geschehen auf der Mattscheibe. Damals war er mit Ingrid in Schleswig-Holstein unterwegs gewesen. In einem VW Käfer auf der Autobahn. Er hatte Schneeketten aufziehen müssen, und irgendwann waren sie fast allein unterwegs gewesen. Im Autoradio hatten sie Hinweise auf Straßensperrungen und Notunterkünfte in Turnhallen und Notfalleinsätze der Bundeswehr gehört. Ingrid hatte sich Sorgen um ihren Bruder gemacht, der bei den Pionieren Dienst tat.

Die Heizung des luftgekühlten Motors hatte kaum noch die Scheiben frei halten, geschweige denn den Innenraum erwärmen können. Gelegentlich hatten sie anhalten müssen, um die Fenster vom Schnee zu befreien. Mit fünf Stunden Verspätung waren sie bei ihren besorgten Freunden in Pinneberg angekommen. Damals gab es kein Handy, über das man sie hätte informieren können. Die Rückreise hatten sie verschieben müssen, weil der Krisenstab ein Fahrverbot ausgesprochen hatte. Ingrid hatte Ferien, aber er hatte in seiner Dienststelle in Stade anrufen und den Zwangsurlaub melden müssen.

Fasziniert betrachtete Konrad Röverkamp die Luftaufnahmen von eingeschneiten Häusern und Fahrzeugen und verfolgte Szenen, in denen Militärhubschrauber von der Außenwelt abgeschnittene Gehöfte mit Medikamenten und Lebensmitteln versorgten oder Schwangere zu Entbindungskliniken flogen und Bauern angesichts ausgefallener Melkmaschinen verzweifelt versuchten, ihre Kühe mit der Hand zu melken. Auf Autobahnen kämpften sich Bergepanzer Wege durch die weiße Wüste.

Sein Unterbewusstsein sandte ihm ein Signal, das er nicht deuten konnte. Irgendetwas aus der Sendung erinnerte ihn an ein gegenwärtiges Problem. Während auf dem Bildschirm der Pächter einer Autobahnraststätte von seinen Erlebnissen mit gestrandeten Autofahrern und Busreisenden berichtete, stellte Röverkamp den Ton ab und schloss die Augen.

Plötzlich war die Verbindung da: Die vier jungen Männer auf dem Foto dürften im Herbst 1978 zum Wehrdienst eingezogen worden sein. Während des Katastrophen-Winters waren sie irgendwo im Land stationiert. In Hannover vielleicht. Oder in Lüneburg. Als Wehrpflichtiger lebte man für das Wochenende. Dann ging es nach Hause. Egal wie weit entfernt, am liebsten zu mehreren im Auto. Vier oder fünf, manchmal auch sechs Soldaten in einem Wagen. – Evers und Jensen waren erfroren. Wenn die These vom Racheakt zutraf, war die Todesart vielleicht kein Zufall. Dann hatte der Mörder nicht einfach die günstige Gelegenheit bei der CuxFrisch genutzt, sondern seine Opfer ganz bewusst den Kältetod sterben lassen. Sie sollten das zumindest einmal überprüfen: Waren während des Katastrophenwinters Angehörige dieses Mannes ums Leben gekommen? Vielleicht die Eltern? Und es könnte ja sein, dass er Evers, Jensen und Ostendorff für ihren Tod verantwortlich machte.

Die weiteren Bilder der Sendung verfolgte der Hauptkommissar nur noch mit halber Konzentration. Seine Gedanken wanderten immer wieder zurück zu dieser Idee. Noch handelte es sich um eine Annahme, eine reine Arbeitshypothese. Aber je länger er darüber nachdachte, desto einleuchtender erschien sie ihm. Morgen würde er mit Marie Janssen nach Informationen über Begebenheiten aus jenem Winter suchen, die sich in Cuxhaven und Umgebung zugetragen hatten. Da traf es sich gut, dass seine Kollegin über einen guten Draht zu den Cuxhavener Nachrichten verfügte. Bestimmt gab es dort ein gut gefülltes Archiv mit den alten Ausgaben. Parallel dazu würde er bei der Staatsanwaltschaft und im Landeskriminalamt nach ungeklärten Todesfällen forschen.

Die Aussicht, konkrete Schritte planen zu können, erfüllte ihn mit Zufriedenheit. Er ging zum Kühlschrank, um auch noch die letzte Flasche Bier zu öffnen. Während er sein Glas erneut füllte, nahm er sich vor, endlich für neue Vorräte zu sorgen. In diesen Tagen ohne kühles Bier auskommen zu müssen, war eine beunruhigende Vorstellung.

*

Erwartungsvoll blätterte Marie die schon leicht vergilbten Zeitungsseiten durch. 1978 war ihr Geburtsjahr. Ihre Eltern hatten damals noch in Cuxhaven gewohnt. *Ich sollte sie mal fragen, wie sie diesen Winter erlebt haben.*

Eine freundliche Mitarbeiterin der Zeitung hatte ihr die Jahrgänge 78 und 79 herausgelegt. Großformatige, schwere, in Kunstleder gebundene Folianten, die nach Staub und Speicherluft rochen. Nur drei Monate waren für sie interessant. Dezember 1978 und Januar und Februar des folgenden Jahres.

Mit zunehmender Faszination betrachtete Marie die Schlagzeilen aus der Vergangenheit.

Schnee-Chaos im Norden – Verkehrsstaus im Süden. Bisher zwölf Kälte-Tote. Katastrophenalarm und Fahrverbot im Landkreis Cuxhaven. Versorgung der Dörfer wird immer schwieriger. Oberkreisdirektor Prieß mit Hubschrauber über Katastrophengebiet. Hamsterkäufe verschärfen Situation im Kreis.

Zu den groß aufgemachten Artikeln gab es Fotos von eingeschneiten Fahrzeugen, von Menschen vor meterhohen Schneewällen und von vereisten Schiffen im zugefrorenen Hafen. Alle in Schwarzweiß. Marie wandte sich den kleineren Meldungen zu.

> Die Ortschaft Cappel im Wurster Land ist seit zwei Tagen von der Außenwelt abgeschnitten. Auf der Weser gefährdet Treibeis die Schifffahrt. In Nordholz und Altenwalde sind Bergepanzer der Bundeswehr zum Schneeräumen im Einsatz. Von den Aussiedlerhöfen kann die Milch nicht abtransportiert werden. – Bei einem Scheunenbrand in einem Neuenwalder Viehhandel kamen zweiundfünfzig Schweine um. In Ihlienworth brannte ein Einfamilienhaus bis auf die Grundmauern nieder, weil die drei Feuerwehren aus der Umgebung im Schnee stecken blieben und nicht eingreifen konnten. Beim Brand eines Stallgebäudes auf einem Aussiedlerhof in der Nähe von Debstedt starb der Landwirt in den Flammen, als er versuchte, seine Rinder zu retten. Dorfbewohner fanden später die verendeten Tiere im Umkreis des Hofes im Schnee. Die Tochter des Bauern war schwer verletzt und nicht ansprechbar. – Auf der Bahnstrecke Cuxhaven-Bremerhaven endete die Fahrt des Eilzugs nach Aachen in einer zwei Meter hohen und hundert Meter langen Schneewehe bei Wremen. Der Zug musste mit zwei Lokomotiven zurück nach Cuxhaven gezogen werden.

Da Marie nicht wusste, wonach genau sie suchen sollte, nahm sie das Angebot an, die Zeitungsseiten zu kopieren. Nach zweieinhalb Stunden mühsamen Hantierens mit den schweren Folianten hatte sie einen Stapel Kopien aufgehäuft. Als sie Ende Februar 1979 erreicht hatte, gab es kaum noch Meldungen zum Winterwetter. Sie blätterte wieder zurück, um sicher zu sein, dass sie nichts übersehen hatte.

Dabei fiel ihr Blick auf einen Namen, der sie elektrisierte. Rasch ging sie ein weiteres Mal zum Kopierer. Dann stellte sie alle Bände ins Regal zurück und verabschiedete sich eilig. Sie brannte darauf, Konrad Röverkamp von ihrer Entdeckung zu berichten.

*

Daniel Bohm war nicht wohl in seiner Haut, seitdem er das Foto an die Polizei geschickt hatte. Er hatte es zwar anonym zugestellt. Aber vielleicht hatten sie ja doch die Möglichkeit, ihn – und dann auch seine Mutter – aufzuspüren. Er hatte immer wieder das Gefühl, beobachtet zu werden. Nachdem er bei seiner Rückkehr vom Friedhof den Wagen abgestellt hatte, sah er sich unauffällig um. Doch so weit er die Straße überblicken konnte, entdeckte er niemanden, der sich für ihn interessierte.

An der Haustür drehte er sich ein weiteres Mal um. Niemand war in der Nähe. Rasch schloss er auf und betrat das Treppenhaus. In der Wohnung trat er ans Fenster und sah auf die Straße hinunter. Ein silbergrauer Mercedes rollte langsam vorbei, hielt aber nicht an. Der Wagen wurde von einem Motorrad überholt, von dem er einen Moment lang glaubte, es schon am Friedhof gesehen zu haben. Der Fahrer war ihm aufgefallen, weil er trotz der Wärme einen schwarzen Lederanzug trug.

Unwillig schüttelte er den Kopf. *Mach dich nicht verrückt. Du bildest dir jetzt echt was ein.* Er verließ seinen Beobachtungsposten und holte sich eine Flasche Bier aus der Küche, stellte den Fernseher an und ließ sich in einen Sessel fallen.

In dem Augenblick, in dem er zum ersten Schluck ansetzte, schrillte die Haustürklingel. Bohm erschrak. Zögernd stellte er die Flasche ab und erhob sich. Sollte er öffnen?

20

Schweigend wanderten die Männer durch die nächtliche Stadt. Unter ihren Schuhen knirschte der Schnee. Es war das einzige Geräusch, das sie begleitete. In der Zeit zwischen Mitternacht und Morgen schien die ganze Stadt und ihre Bevölkerung im Schlaf versunken zu sein. Hendrik und Sven schritten zügig aus, Jan trottete mit zunehmendem Abstand hinterher. Hin und wieder blieben die beiden stehen und trieben ihn zur Eile. In einer knappen Stunde war Wecken. Bis dahin mussten sie in der Kaserne sein.

Um von Bremen nach Lüneburg zu gelangen, hatten sie den Rest des Tages und fast die ganze Nacht benötigt. Der Lastwagenfahrer, der sie am Bremer Kreuz aufgegabelt hatte, war nur bis Sittensen gefahren. Unterwegs hatte er ihnen das Kontrastprogramm zum kiffenden Tom geboten. „Diese langhaarigen Affen gehören alle ins Arbeitslager. Und Terroristen müsste man einfach an die Wand stellen." Einwände hatte er nicht gelten lassen. „Helmut Schmidt sollte die GSG 9 öfter einsetzen. Dann hätten wir weniger Probleme, glaubt mir, Jungs. Ihr werdet auch noch dahinterkommen, wenn ihr arbeitet und Steuern zahlt."

Auf der A 1 waren nur noch vereinzelt Fahrzeuge unterwegs gewesen. Um während der Wartezeiten nicht zu erfrieren, waren sie zwischendurch immer wieder einige Kilometer gelaufen. Stück für Stück hatten sie sich Lüneburg genähert.

Und nun wurde die Zeit knapp. Außerdem konnten sie nicht einfach durchs Kasernentor spazieren. Die Wachsoldaten würden ihre Ausweise kontrollieren und auf diese Weise mitbekommen, wann sie zurückgekehrt waren. Sie mussten also irgendwo unbeobachtet über den Zaun oder die Mauer klettern. Die Stellen, an denen das möglich war, kannten sie zwar, aber durch den Schnee war es trotz der nächtlichen Stunde nicht wirklich dunkel.

Als sie die rückwärtige Mauer der Scharnhorst-Kaserne erreichten, blieben noch knapp zwanzig Minuten bis zum Wecken. Weit und breit war niemand außer ihnen unterwegs. Sven bildete eine Räuberleiter, und Hendrik stieg in die Mulde der gefalteten

Hände. Dann kletterte er auf Svens Schultern und musterte das Gelände hinter der Mauer. „Die Luft ist rein!", rief er halblaut von oben. „Los, Jan. Jetzt du." Zuletzt zogen sie Sven hoch, dann sprangen sie in den Schnee auf der Innenseite.

„Geschafft!", frohlockte Hendrik. „Noch fast eine Viertelstunde bis zum Wecken. Das kriegen wir hin. Beeilt euch!" Er stürmte voran.

In diesem Augenblick klickte der Verschluss eines G3-Gewehrs. „Halt! Stehen bleiben!"

Erschrocken fuhren die Kameraden herum.

*

„Ich sehe es dir an. Du hast etwas gefunden." Konrad Röverkamp sah Marie erwartungsvoll entgegen, als sie das Büro betrat.

„Das mit dem Zeitungsarchiv war eine gute Idee. Dieser Winter muss wirklich katastrophal gewesen sein. Ohne die Bilder und Berichte aus der Zeitung hätte ich mir das gar nicht richtig vorstellen können. Bei Gelegenheit musst du mir mal davon erzählen. Ich war ja gerade erst geboren."

Sie legte den Stapel Kopien auf ihrem Schreibtisch ab. „Unglaublich, was damals alles passiert ist. Aber das Interessanteste habe ich nicht bei den Meldungen gefunden." Sie zog ein Blatt aus dem Stapel und hielt es so, dass Röverkamp einen Blick darauf werfen konnte.

„Todesanzeigen?"

„Genau!" Marie tippte auf die Nachrufe.

„Claas Clasen? Wer soll ..."

„Nein. Nicht der. Schau dir die kleinere daneben an. Im Februar 1979 ist ein junger Mann von gerade mal zwanzig Jahren gestorben. Sein Vorname war Erik."

Mit zusammengekniffenen Augenlidern studierte Röverkamp die Anzeige und murmelte halblaut Worte aus der Anzeige. „Erik Bohm. Hoffnungsvoller Vater und Ehemann. Tragische Umstände."

Er sah auf. „Marie, das ist genial! Gute Arbeit! Jetzt haben wir nicht nur den Namen, sondern auch eine Adresse, bei der wir ansetzen können. Und mit den vollständigen Personalien können wir bei Behörden nachfragen, ohne uns dumme Antworten anhören zu müssen. Die Kollegen von der Fahndung haben nämlich noch nichts herausgefunden."

„Soll ich das übernehmen?"

„Dafür wäre ich dir sehr dankbar." Röverkamp sah auf die Uhr. „Ich muss nachher zum Friedhof. Die Beerdigung von Amelie Karstens."

*

Der Mann vor der Tür kam ihm bekannt vor. Aber im Augenblick konnte er das Gesicht nicht zuordnen. Wahrscheinlich, weil er niemals mit seinem Besuch gerechnet hätte.

„Guten Tag, Herr Bohm." Gewinnend lächelte ihn der Besucher an. „Mein Name ist Ostendorff. Entschuldigen Sie bitte, dass ich unangemeldet komme. Ich will Sie auch nicht lange aufhalten. Haben Sie eine Minute Zeit für mich?"

Verblüfft trat Daniel Bohm zur Seite. *Der Politiker. Er ist mit auf dem Foto.* „Bitte."

Während er den Abgeordneten ins Wohnzimmer führte und den Fernsehapparat ausschaltete, kreisten Fragen in seinem Kopf. *Was will der von mir? Weiß er, dass ich das Foto weitergegeben habe? Will er darüber mit mir sprechen?*

Nachdem sie sich gesetzt hatten, musterte Ostendorff ihn. Dabei lächelte er noch immer. „Sie sehen Ihrem Vater wirklich sehr ähnlich. Ich kannte Erik. Wir waren befreundet. Er stand mir sehr nah."

Bohm nickte stumm.

„Sie fragen sich sicher, was ich von Ihnen will. Und das mit Recht. Wissen Sie, kürzlich habe ich beim Aufräumen alte Erinnerungen an Ihren Vater wiedergefunden. Darunter auch seine Todesanzeige, aber auch die Ankündigung Ihrer Geburt. Um es kurz zu machen: Ich möchte etwas für Sie tun. Auf die Schnelle lässt sich das nur nicht erklären. Ich habe gleich noch einen Termin. Können wir uns heute Abend zu einem ausführlichen Gespräch treffen?

Ich würde Sie um neun Uhr abholen. Dann fahren wir zum Hafen, essen dort eine Kleinigkeit und ich erkläre Ihnen mein Angebot."

Daniel Bohm überlegte einen Augenblick, dann zuckte er mit den Schultern. „Von mir aus."

Sein Besucher erhob sich. „Jetzt muss ich mich leider verabschieden."

*

Alles war viel einfacher, als er gedacht hatte. Bohm, Daniel war sein Vorname, hatte auf der Klingel gestanden, schien keineswegs der raffinierte Bösewicht zu sein, für den er ihn gehalten hatte. Aber egal, er musste ihn aus dem Weg schaffen. Nur wie er ihn auf die Yacht bekommen sollte, war ihm noch nicht klar. Mit vorgehaltener Pistole würde er ihn nicht zwingen können, das Boot zu betreten. Dafür war in diesen lauen Sommernächten zu viel Betrieb auf den Stegen und Anlegern. So sehr er sich auch den Kopf zermarterte – ein überzeugendes Argument, mit dem er ihn dazu hätte überreden können, fiel ihm nicht ein.

Also würde es doch in der Nähe des Hafens geschehen, wo er ihn anschließend verschwinden lassen könnte.

Ostendorff sah auf die Uhr. Wenn er das Boot nicht seeklar machen musste, blieb ihm noch genügend Zeit, den Wagen vorzubereiten. Die Polster mussten geschützt werden. Falls es im Auto passierte. Besser wäre natürlich draußen. Direkt am Hafenkai. Und er brauchte etwas zum Beschweren. Suchend sah er sich um. Schließlich entschied er sich für den Stockanker. Ersatz würde er morgen vom Schiffsausrüster holen.

Auf dem Weg führte er zwei Telefonate. Anschließend wusste er, wo und wie Bohm sein Geld verdiente.

*

Konrad Röverkamp war der Gang nicht leicht gefallen. Beerdigungszeremonien förderten in seinem Inneren noch immer jenen Schmerz zu Tage, der sich in seinem Unterbewusstsein verborgen hielt und ihn an den Abschied von Ingrid erinnerte. Auch wenn die Empfindung mit den Jahren schwächer geworden war und rascher wieder verging, blieb doch das Bild des im Grab versinkenden Sarges gegenwärtig.

Dennoch war er dankbar für die Möglichkeit, sich durch diesen Ritus von Amelie Karstens verabschieden zu können. Der Pastor hatte auf große Worte und fromme Sentenzen verzichtet und der kleinen Trauergemeinde das Gefühl vermittelt, der Verstorbenen das letzte Geleit zu einer großen Reise gegeben zu haben.

„Wie war's?", fragte Marie Janssen zögernd und sah ihn aufmerksam an, als er ins Büro zurückkehrte.

„Nicht so schlimm wie sonst." Röverkamp ließ sich an seinem Schreibtisch nieder. „Der Pastor war vernünftig. Hat das Ganze kurz und schmerzlos, aber trotzdem würdevoll bewältigt. Und ich habe Amelies Sohn kennen gelernt. Auch schon ein älterer Herr. Pensionierter Oberstudiendirektor. Macht einen sehr netten Eindruck. Hat offenbar keine Probleme damit, dass seine Mutter mir die Wohnung vererbt hat."

Röverkamp hing noch ein wenig seinen Gedanken nach, dann straffte er sich. „Was hast du über Daniel Bohm herausgefunden?"

Marie reichte ihm einen Zettel. „Ich habe Adresse, Geburtsdatum und Arbeitsplatz. Er arbeitet in einem Hotel in Duhnen. Habe schon angerufen. Heute ist sein freier Tag."

Röverkamp sprang auf. „Also – worauf warten wir noch?"

„Ich habe nur auf dich gewartet." Marie lächelte. Sie zog ihre Waffe aus dem Fach und steckte sie ins Holster. „Von mir aus können wir."

*

Sichtlich überrascht empfing Daniel Bohm die Beamten an der Wohnungstür. „Polizei?" Er starrte auf den Dienstausweis. „Sie wollen zu mir? Was ...?"

„Können wir das drinnen besprechen?", unterbrach ihn Hauptkommissar Röverkamp und lächelte aufmunternd.

„Natürlich. Bitte kommen Sie herein."

Sie betraten eine kleine, einfach eingerichtete Wohnung. Es gab weder Bilder an den Wänden noch Gegenstände oder gar Blumen, die auf die Anwesenheit einer Frau hätten schließen lassen. Als sie Bohm im Wohnzimmer gegenübersaßen, legte Röverkamp das Foto auf den Tisch. „Kennen Sie diese Aufnahme?"

Bohm starrte mit gesenktem Kopf auf das Bild. Auf seiner Stirn entdeckte Marie winzige Schweißperlen.

Schließlich nickte er wortlos.

Röverkamp räusperte sich. „Können Sie uns sagen, wer darauf zu sehen ist?"

Erneut senkte Bohm den Kopf. „Mein Vater", flüsterte er und machte eine Pause. „Jan Evers." Wieder eine Pause. „Sven Jensen ... und ... Herr Ostendorff."

„Dieses Foto", sagte Marie Janssen, „wurde uns anonym zugeschickt. Kann es sein, dass wir es Ihnen verdanken?"

In Daniel Bohm schien es zu arbeiten. „Ja", bestätigte er schließlich tonlos.

„Was wollten Sie damit erreichen?"

„Mein Vater ..." Er verstummte.

„Ihr Vater", fuhr Konrad Röverkamp fort, „ist ein halbes Jahr nach Ihrer Geburt ums Leben gekommen. Wissen Sie, woran er gestorben ist?"

Wieder brauchte Bohm eine Weile für die Antwort. Schließlich nickte er unmerklich. „Erfroren. In seinem Auto. Auf der Autobahn. Das war dieser Winter ..."

„... 1978/79", ergänzte Marie. „Damals hat es mehrere Todesfälle dieser Art gegeben."

Hauptkommissar Röverkamp deutete auf das Foto. „Zwei Freunde Ihres Vaters sind ebenfalls erfroren. Allerdings nicht in jenem Winter, sondern in diesen Tagen. Während eines heißen Sommers. Jemand hat also gehörig nachgeholfen. Erkennen Sie da einen Zusammenhang?"

Bohm schüttelte den Kopf und sah ratlos von einem zum anderen. „Sie haben doch in der Zeitung ... Ich meine, Sie suchen eine Verbindung zwischen ... Evers und Jensen. Und da dachte ich ... Ich wollte doch nur ... Weil die sich doch kennen müssen. Von früher."

„So ist es", bestätigte Konrad Röverkamp. „Und sie waren mit Ihrem Vater befreundet. Und mit Hendrik Ostendorff. So lautet jedenfalls die Aufschrift auf dem Original. Waren die vier Freunde vielleicht zusammen bei der Bundeswehr?"

„Ich war damals ..."

„... ein halbes Jahr alt. Das wissen wir. Aber hat Ihre Mutter nie mit Ihnen über den Tod Ihres Vaters gesprochen? Zum Beispiel über die Umstände, die dazu geführt haben, dass er allein auf der Autobahn unterwegs war? An einem Wochenende?"

Daniel Bohm knetete seine Hände. „Doch", stieß er schließlich hervor. „Aber ..."

„Aber?"

„Meine Mutter hat ... ist ... Ich möchte nicht, dass sie in die Sache hineingezogen wird. Sie ist wieder verheiratet und glücklich. Wenn Sie mir versprechen, meine Mutter in Ruhe zu lassen, erzähle ich Ihnen, was ich weiß."

„Erzählen Sie, Herr Bohm." Konrad Röverkamps Stimme klang ermunternd und nachsichtig zugleich. „Wenn keine Fragen offenbleiben, müssen wir Ihre Mutter auch nicht behelligen."

Bohm holte tief Luft. „Ja, sie waren zusammen beim Bund. Kamen immer gemeinsam von Lüneburg nach Cuxhaven. Mein Vater war der einzige, der ein Auto besaß. Meine Mutter hat nicht geglaubt, dass mein Vater an jenem Wochenende allein gefahren ist. Sie war davon überzeugt, dass irgendetwas vorgefallen ist. Aber Evers, Jensen und Ostendorff haben gesagt, dass sie in der Scharnhorst-Kaserne in Lüneburg geblieben sind. Mein Vater sei trotz der schlechten Wetterbedingungen allein gefahren, weil er seine Frau und sein kleines Kind sehen wollte."

„Sind diese Aussagen überprüft worden?", warf Marie ein.

„Nein." Bohm schüttelte den Kopf. „Die Polizei hat sich nicht dafür interessiert. Es gab, hieß es, keine Anzeichen für Fremdverschulden. Mein Vater ist in seinem Auto eingeschlafen und erfroren. Das war alles."

„Womit wir wieder bei dieser doch etwas ausgefallenen Todesart wären." Hauptkommissar Röverkamp fixierte Bohm. „Wenn seinerzeit wirklich etwas vorgefallen ist – wie Sie sagen – und wir annehmen, dass Ihr Vater in Begleitung seiner Freunde unterwegs war, könnte man zu dem Schluss kommen, dass sie in irgendeiner Weise für den Tod Ihres Vaters verantwortlich waren. Oder zumindest gemacht werden könnten. Und jetzt übt jemand grausame Rache. Sie zum Beispiel."

Daniel Bohm erbleichte, die Schweißperlen auf seiner Stirn begannen als kleine Bäche an den Schläfen herabzurinnen. Hastig kramte er nach einem Taschentuch und fuhr sich über das Gesicht.

„Nein! Warum sollte ich ...? Ich könnte niemals ..."

„Aber Sie kannten Jan Evers und Sven Jensen?"

Bohm hob die Schultern. „Eigentlich nur die Namen. Persönlich bin ich nie ..."

Röverkamp winkte ab. „Wo waren Sie am Donnerstagabend voriger Woche und in der Nacht zum Samstag?"

„Ich habe gearbeitet. Sie können im Hotel fragen. Ich hatte in letzter Zeit dauernd Spätdienst."

Marie Janssen machte sich eine Notiz. „Wir werden das überprüfen."

Röverkamp nickte und gab seiner Kollegin ein Zeichen. Marie erhob sich und ging in den Flur. Während sie vor der Tür telefonierte, stellte Röverkamp die nächste Frage. „Haben Sie Kontakt zu Herrn Ostendorff aufgenommen?"

„Nein. Aber er hat ..." Bohm verstummte. Als wäre ihm bewusst geworden, etwas auszuplaudern.

„Herr Ostendorff hat sich bei Ihnen gemeldet?" Der Hauptkommissar hatte die Stimme gehoben. „Wann?"

„Vorhin. Er war vorhin hier. Kurz bevor Sie ..."

„Was wollte er von Ihnen?"

„Mir ... eine Stelle ... vermitteln."

„Einfach so?"

„Aus alter Verbundenheit mit meinem Vater – hat er gesagt. Aber ..."

„Aber?", hakte Röverkamp nach.

„Die Einzelheiten müssen erst noch besprochen werden. Er war nur ganz kurz hier. Hatte noch einen Termin."

„Haben Sie sich verabredet?"

Daniel Bohm zögerte kurz, dann schüttelte er den Kopf. „Er will sich wieder melden."

Marie Janssen kehrte ins Wohnzimmer zurück und nickte ihrem Kollegen zu. „Die Alibis wurden bestätigt."

„Herr Bohm", sagte Hauptkommissar Röverkamp, „wir müssen Sie trotzdem bitten, die Stadt nicht zu verlassen und sich zu unserer Verfügung zu halten. Der Verdacht gegen Sie ist noch nicht vollständig ausgeräumt. Für den Augenblick haben wir keine weiteren Fragen." Er erhob sich.

Daniel Bohm beeilte sich, die Besucher hinauszugeleiten.

An der Wohnungstür drehte sich Röverkamp noch einmal um und drückte ihm eine Visitenkarte in die Hand. „Noch etwas, Herr Bohm. Wenn sich Herr Ostendorff bei Ihnen meldet, rufen Sie mich bitte sofort an."

*

„Mein Gott, ist das frustrierend. Schon wieder löst sich eine Theorie in Wohlgefallen auf." Marie Janssen kurbelte die Scheibe des alten Dienstwagens herunter, um Luft in den Innenraum zu lassen.

Konrad Röverkamp lächelte bitter und ließ den Motor an. „So ist das manchmal. Es gibt Fälle, die um so verwirrender werden, je länger wir uns damit befassen. Und wie du weißt, können wir auch nicht *alle* Delikte aufklären."

„Meinst du, wir finden den Mörder von Evers und Jensen überhaupt nicht?" In Maries Stimme schwang Empörung mit.

„Das will ich nicht hoffen", entgegnete ihr Kollege. „Aber es ist auch nicht ausgeschlossen."

Marie schüttelte heftig den Kopf. „Damit könnte ich mich nicht abfinden. Es muss eine Lösung geben. Ich glaube, wir kommen dem Ziel näher, wenn wir die Verbindung zu den damaligen Ereignissen exakter herstellen können."

„Dazu müssten wir erst einmal wissen, was sich an jenem Wochenende ereignet hat."

„Genau." Marie nickte nachdrücklich. „Und deshalb werde ich morgen bei der Bundeswehr in Lüneburg nachforschen. Es muss doch jemanden geben, der sich an dieses Katastrophenwochenende erinnern kann. Und der noch weiß, ob seine Kameraden in der Kaserne geblieben sind oder mit Erik Bohm unterwegs waren."

Konrad Röverkamp wiegte den Kopf. „Das dürfte schwierig sein. Aber du hast recht. Wir sollten nichts unversucht lassen."

*

Es war an der Zeit, das Ende des dritten Mannes einzuleiten. Schon vor Wochen hatte er unter falschem Namen ein verlassenes Gebäude mit Stromanschluss gemietet und dort alles für den letzten Akt vorbereitet.

Regelmäßig überprüfte er die Umgebung auf ungebetene Besucher und die Funktionsfähigkeit der im Gebäude sorgfältig eingerichteten Anlage. Es gab zahlreiche, möglicherweise sogar leichter auszuführende Möglichkeiten, sein Ziel zu erreichen. Aber nachdem zwei Mitglieder des Trios so wirkungsvoll abgetreten waren, erschien es ihm nur konsequent, an seiner Methode festzuhalten.

Zufrieden verschloss er die Tür, vergewisserte sich, dass ihn niemand beobachtete, und schlenderte zur Straße, wo er sein Motorrad abgestellt hatte.

Eine halbe Stunde später hatte er den silbernen Mercedes wiedergefunden. Inzwischen kannte er die Strecken, auf denen der Fahrer pendelte, und war mit dessen Gewohnheiten so weit vertraut, dass er die Verfolgung jederzeit unterbrechen und ziemlich sicher wieder aufnehmen konnte.

*

Ostendorff fuhr deutlich langsamer als sonst. Zum einen blieb ihm noch reichlich Zeit bis zu seiner Verabredung mit Daniel Bohm, zum anderen empfand er eine zunehmende Erregung. Obwohl er entschlossen war, sein Vorhaben in die Tat umzusetzen, nagten Zweifel in ihm. Wenn Bohm es sich anders überlegt hatte? Wenn er gar nicht mehr in seiner Wohnung war? Wenn er die Polizei eingeschaltet hatte?

Immer wieder versuchte er, sich den Ablauf vorzustellen. Sie würden in einer der Hafenkneipen etwas essen. Und trinken. Möglichst viel trinken. Jedenfalls Bohm. Alles würde leichter, wenn der Mann vom Alkohol benebelt wäre.

Wenn sie aus der Kneipe kämen, würde er Bohm zum alten Fischereihafen dirigieren. Dort würden um diese Zeit kaum noch Menschen anzutreffen sein. Am Nordseekai würde es passieren. Ein Schuss würde vielleicht Aufmerksamkeit erregen. Besser wäre, er würde ihn mit der Pistole niederschlagen. Dann den Anker ... Ostendorff trat auf die Bremse. Ich kann nicht erst dann losgehen und den Anker holen. Er bog ab und lenkte den Wagen zurück in Richtung Hafen. Das Gewicht zum Beschweren seines Opfers würde er vorher dort verstecken.

*

Als es an der Tür klingelte, hatte Daniel Bohm eine Eingebung. Er nahm die Visitenkarte des Kriminalbeamten und tippte dessen Mobilfunknummer in sein Handy. Dann drückte er die Wähltaste, wartete einige Sekunden und legte wieder auf.

Ostendorff erwartete ihn an seinem Wagen. Als Bohm sich näherte, breitete er die Arme aus. „Es freut mich, dass wir so kurzfristig zueinander kommen. Steigen Sie ein. Ich habe jetzt Hunger. Und Durst. Sie doch sicher auch."

21

Stabsunteroffizier Detlev Burmester scheute Schriftverkehr und hasste es, Formulare auszufüllen oder Berichte zu schreiben. Wenn er die drei traurigen Gestalten, die von zwei Wachsoldaten bei ihm abgeliefert worden waren, melden würde, käme eine Papierflut auf ihn zu, die geeignet war, ihm den Tag zu verderben.

Andererseits ging er ein schwer zu kalkulierendes Risiko ein, wenn er den Vorfall unter den Tisch fallen ließ. Würde es sich um Zeit- oder Berufssoldaten oder gar Offiziersanwärter handeln, hätte er nicht gezögert und sofort und mit innerer Freude begonnen, die notwendigen Schritte zu einer Disziplinarmaßnahme einzuleiten. Aber hier handelte es sich um Wehrpflichtige die – wie sie glaubhaft versicherten – einen Freund in Uelzen besucht hatten und dort von der Schneekatastrophe überrascht worden waren. Sie hatten sich bisher nichts zuschulden kommen lassen, und wenn er für eine Diszi sorgte, würde nicht viel mehr als eine Ermahnung und ein Sonderdienst für jeden rauskommen.

Missmutig musterte er die durchgefrorenen und sichtlich erschöpften jungen Männer, von deren Parkas Eis- und Schneewasser auf die Dielen des UvD-Zimmers tropften. Er dachte nach. Könnte er nicht angesichts der katastrophalen Wetterlage eine gewisse Großzügigkeit an den Tag legen? Und vor allem: Ließ er sie laufen, waren sie ihm verpflichtet. Aber weder mit einem Abiturienten noch mit einem Koch konnte er etwas anfangen. Allenfalls der Elektroinstallateur konnte ihm nützlich sein. In dem alten Haus in der Innenstadt, das Burmester von seinen Eltern übernommen hatte, mussten dringend Leitungen, Lichtschalter und Steckdosen erneuert werden. Da konnte ein Fachmann hilfreich sein.

Das gab den Ausschlag. Aber der Form halber musste er noch ein wenig zögern. „Warum seid ihr nicht einfach ganz normal durchs Tor gegangen?"

Die Männer sahen sich an. „Dann wären wir zu spät gekommen", antwortete der Gefreite Evers. „Hinten rum ging's schneller."

„Ist euch klar, dass ihr euch damit in Gefahr gebracht habt? Ein nervöser Wachsoldat hätte schon mal abdrücken können."

Betreten nickten die Männer und senkten die Köpfe.

Stabsunteroffizier Burmester schwieg während einer Zeitspanne, die er für angemessen und entsprechend wirkungsvoll hielt. „Wegtreten!", brüllte er dann.

Erschrocken sahen Hendrik, Sven und Jan auf und starrten den Vorgesetzten entgeistert an.

„Spreche ich undeutlich?" Burmester setzte eine grimmige Miene auf.

Hastig grüßend verließen die Soldaten den Raum. Erst als sie ihr Zimmer erreichten, fiel die Anspannung ab.

„Wer sagt's denn", stellte Sven fest. „Alles in Butter. Jetzt müssen wir nur noch Erik einnorden. Damit der sich nicht verplappert."

*

Automatisch sah Konrad Röverkamp zuerst zur Uhr, als sein Handy klingelte. Es war zwar noch relativ früh am Abend, aber um diese Zeit waren Telefongespräche bei ihm selten. Allenfalls die Dienststelle oder Sabine ... Aber die Nummer dieses Anrufers gehörte nicht zu den im Telefon gespeicherten Kontakten, aber von diesem Anschluss aus hatte gerade schon einmal jemand angerufen, ohne sich zu melden. Darum meldete er sich jetzt auch nur noch mit einem kurzen „Ja?"

Röverkamp erhielt keine Antwort, deshalb schickte er ein „Hallo?" hinterher. Als sich immer noch niemand meldete, legte er den Daumen auf die Ende-Taste. Doch ein unbestimmtes Gefühl ließ ihn zögern, und er nahm das Handy noch einmal ans Ohr. Aus dem Lautsprecher klangen Geräusche. Gesprächsfetzen, Musik, Gelächter, Gläserklirren. Menschen in einer Kneipe? Erneut wollte Röverkamp auflegen. Nicht zum ersten Mal passierte es, dass jemand versehentlich sein Handy aktiviert und eine ungewollte Verbindung hergestellt hatte. Etwas ließ ihn innehalten. War am anderen Ende der Name Ostendorff gefallen? Röverkamp presste das Telefon ans Ohr.

„Können Sie mir etwas über die Todesumstände sagen?", fragte eine Stimme.

„Ihr Vater ist erfroren. In seinem Auto."

„Aber warum war er allein? Sie sind doch damals immer zusammen ..."

„Ja, mein lieber Bohm. Natürlich sind wir immer zusammen gefahren. Auch an jenem Wochenende. Aber irgendwo hinter Debstedt ging's nicht weiter. Schneekatastrophe eben. Alles dicht. Wir sind zu Fuß zu einem nahen Bauernhof ..."

„Und haben ihn allein zurückgelassen?"

„Ihr Vater *wollte* nicht mit. Wahrscheinlich hatte er Angst um sein Auto. Er war überhaupt etwas ängstlich. Tut mir leid, Ihnen das sagen zu müssen."

„Und Sie? Sie sind ..."

Konrad Röverkamp war aufgestanden und mit dem Handy am Ohr zum Telefon gehastet. Rasch wählte er die Nummer der Dienststelle. „Wir haben uns", ging es an seinem Ohr weiter, „durch den Schneesturm zu diesem Bauernhof gekämpft."

Der Hauptkommissar hielt das Mikrofon seines Handys zu und sprach in die Sprechmuschel des Telefons auf Amelies Kommode. Er trug dem diensthabenden Kollegen auf, Kriminaloberrat Christiansen und Kommissarin Janssen zu alarmieren und die Ortung eines Mobiltelefons zu veranlassen. Hastig las er die Nummer vom Display und drückte das Handy wieder ans Ohr. Der Geräuschpegel war angestiegen, die Stimmen nur noch mit Mühe zu vernehmen. Unterbrechungen erschwerten das Verstehen zusätzlich.

„Haben Sie ni... ternommen, um mei... ...ater zu helfen?" „Was hätt... ...ir tun ...llen? Der ...of ... eingesch... Es gab keine ...fonverbindung. Wir ...ßen ... fest." „Und ..äter – ...aru... ha... ... später nichts gesagt?"

Plötzlich war der Ton wieder klar. Konrad Röverkamp eilte aus der Wohnung und sprang die Stufen hinab, das Handy weiter ans Ohr gepresst.

„Ihrem Vater hätte es nichts mehr genützt. Und wir ... Auf dem Hof gab es einen Zwischenfall. Ein Unglück. Wir waren so jung, wir konnten das nicht richtig einschätzen und hatten einfach nur Angst, man könne uns dafür verantwortlich machen. Ich weiß, das war nicht in Ordnung. Sehen Sie, Herr Bohm, deshalb ist es mir ein Anliegen, Ihnen zumindest jetzt ein wenig unter die Arme zu greifen. Ich möchte Ihnen eine interessante Position anbieten. Sie sind – wenn ich es richtig weiß – als Empfangsleiter eines Touristenhotels tätig. Wenn Sie wollen, kann ich Ihnen die Stelle eines Resident Managers anbieten. Sie wären zweiter Mann nach dem Hoteldirektor. In einem wirklich großen internationalen Haus. Die Dotierung wäre exzellent, vermutlich das Doppelte Ihres derzeitigen Gehalts."

„Warum wollen Sie das für mich tun?", fragte Daniel Bohm irritiert.

Ostendorff neigte den Kopf. „Sagen wir ... aus alter Verbundenheit mit Ihrem Vater."

„Und warum gerade jetzt? Warum sind Sie nicht früher zu mir gekommen?"

„Ich habe es versucht, Herr Bohm. Immer mal wieder. Habe Sie aber nicht gefunden. Jetzt erst ist es mir gelungen. Und das auch eher zufäll..."

Die Verbindung riss ab. Nur noch ein Knacken und Rauschen war zu hören. Aber Röverkamp hielt das Mobiltelefon weiter ans Ohr gepresst und rannte in Richtung Werner-Kammann-Straße. Nach wenigen hundert Metern ging ihm die Puste aus. Keuchend verharrte er und ignorierte die verwunderten Blicke von Passanten. In sein Ohr drang wieder der Hintergrundlärm einer Gaststätte. Aber keine Unterhaltung.

Als er das Polizeigebäude erreichte, lebte die Verbindung gerade wieder auf. Doch Musik und Lärm übertönten das Gespräch der Männer. Nur einzelne Wortfetzen erreichten noch sein Ohr. Anscheinend ging es jetzt um das erwähnte Hotel.

Röverkamp stürmte an der Wache vorbei, die Stufen hinauf, ließ sich schwer atmend auf den Bürostuhl vor seinem Schreibtisch fallen. Noch immer stand die Verbindung. Aber offenbar sprachen die Männer nicht. Alles was er hörte, waren typische Kneipengeräusche.

Ostendorff und Bohm treffen sich irgendwo in der Stadt. Wie hat Bohm das geschafft? Womit setzt er Ostendorff unter Druck? Warum stellt Ostendorff eine Handyverbindung zu mir her? Und plaudert offen über das, was er uns partout nicht sagen wollte?

Röverkamp schlug mit der flachen Hand auf den Schreibtisch. *Es ist genau umgekehrt! Ostendorff ist auf die gleiche Idee gekommen wie wir. Er sieht in Bohm den Mörder von Evers und Jensen. Und will ihn sich jetzt vom Hals schaffen. Irgendwie. Bohm spürt das und wählt meine Nummer, um ...*

Das Geräusch der aufspringenden Bürotür ließ den Hauptkommissar herumfahren. Marie Janssen sah ihn erwartungsvoll an. „Es gibt Neuigkeiten?"

Erleichtert winkte der Hauptkommissar seine Kollegin heran und streckte ihr das Handy entgegen. „Bohm und Ostendorff sitzen irgendwo in einer Kneipe. Einer von ihnen hat meine Nummer gewählt. Einiges konnte ich verstehen. Ich glaube ..."

Marie nahm das Mobiltelefon und drückte es ans Ohr. Konzentriert lauschte sie eine Weile. „Klingt nach einem Portugiesen. Wenn deine Vermutung stimmt, sitzen sie in einer portugiesischen Kneipe am Hafen."

„Das kannst du hören?" Er sah seine Kollegin zweifelnd an.

Marie nickte. „Natürlich kann ich mich irren. Aber ich bin ziemlich sicher. Es klingt etwas hallig, die Musik ist ziemlich laut und hört sich nach Carla Pires an. Glaubst du, dass Bohm Ostendorff umbringen will?"

„Oder umgekehrt. Es könnte doch sein, Ostendorff hält Bohm für den Mörder von Evers und Jensen. Und jetzt will er ihn möglicherweise beseitigen. Wir müssen so schnell wie möglich hin. Ich habe bereits die Ortung des Handys veranlasst."

„Dann lass uns schon mal losfahren. Bis wir die Daten kriegen, haben wir sie längst gefunden. Viele Möglichkeiten gibt's nicht. Wahrscheinlich sind sie im Costa Nova."

*

Daniel Bohm schwankte, als sie das Lokal verließen. Ostendorff deutete in Richtung Alter Fischereihafen. „Lassen Sie uns noch ein paar Schritte gehen. Der Vinho Verde hat es in sich. Bevor wir fahren, sollten wir noch ein wenig den Kopf auslüften. Ich jedenfalls."

„Eigentlich ist doch alles besprochen." Bohms Zunge war schwer geworden. „Dieses ... Knoblauch-Hähnchen war aber auch ziemlich ... Und der Wein ... Ich habe noch immer Brand wie 'ne Bergziege. Lass uns – 'tschuldigung. Ich muss noch irgendwo ein Bier trinken."

„Gute Idee." Ostendorff zog seinen Begleiter am Ärmel. „Kommen Sie, auf der anderen Seite gibt's jede Menge Bier."

*

Den Wagen hatten sie in einiger Entfernung vom Costa Nova abgestellt. Nun hasteten sie die Präsident-Herwig-Straße entlang. Marie eilte voran, und Konrad Röverkamp hatte Mühe, ihr zu folgen. Hin und wieder hielt er sein Handy ans Ohr. Aber die Verbindung war offensichtlich unterbrochen. Schließlich schaltete er es ab. Marie betrat das portugiesische Restaurant. Sie entdeckte weder Ostendorff noch Bohm.

„Hoffentlich kommen die bald mit den Funkzellen-Daten rüber", keuchte der Hauptkommissar hinter ihr. „Dieses Rumgerenne ist nichts für mich."

„Wir können uns aufteilen", schlug Marie vor. „Du schaust dich hier weiter um, und ich sehe da drüben nach." Sie wies in Richtung Neuer Fischereihafen. „Oder sollen wir auf die Kollegen warten?"

Es war gegen die Vorschrift, aber Röverkamp schüttelte den Kopf. „Nein. Geh nur, Marie. Aber melde dich sofort, wenn du einen von ihnen siehst."

*

Notgedrungen hatte er ein Bier mitgetrunken, während Bohm bereits das vierte Glas hinunterstürzte. Obwohl Ostendorff sich zurückgehalten hatte, spürte er zunehmend den unvermeidlichen Drang, sich zu erleichtern. Bohm dagegen schien über eine hinreichend trainierte Blase zu verfügen.

„Ich gehe jetzt pinkeln", sagte er. „Und dann brechen wir auf."

Bohm nickte und leerte sein Glas. „In Ordnung", kicherte er. „Hauptsache, du kannst ... Sie können noch ... fahren."

Als Ostendorff von seinem Gang zurückkehrte, war Bohm verschwunden.

*

Während Marie den menschenleeren staubigen Platz zwischen Altem und Neuem Fischereihafen überquerte, glaubte sie in der Dunkelheit eine Gestalt zu erkennen, die in Richtung Hafenkai wankte. Sie beschleunigte ihre Schritte und kniff die Augenlider zusammen. Kurzzeitig entfernte sich der Mann in Richtung Heringskai, dann tauchte er wieder auf und setzte seinen Weg am Niedersachsenkai entlang fort. Dort verschwand er für einen Augenblick in den Schatten der ankernden Schiffe, trat schwankend wieder daraus hervor, drehte sich einmal um sich selbst, steuerte die Hafenkante an und stoppte.

Daniel Bohm?

Marie verlangsamte ihren Schritt, denn der Mann begann an seinem Hosenlatz zu nesteln. Kurz darauf blitzte ein Wasserstrahl auf, der im Bogen ins Hafenbecken schoss. Plötzlich löste sich aus dem Schatten der Entladebaracken eine weitere Gestalt und hob langsam einen Arm. In der Silhouette seiner Hand erkannte sie eine Pistole, die auf den Rücken des pinkelnden Mannes zielte.

Marie schrie auf und spurtete los. Bohm drehte sich unsicher um, sein Strahl plätscherte auf den Asphalt. Während er ihr noch verwundert entgegenstarrte, vollführte sein Oberkörper eine Drehung in die Gegenrichtung, er geriet aus dem Gleichgewicht, ruderte mit einem Arm, um sich zu fangen, kippte zur Seite und verschwand hinter der Hafenkante. Im Wasser zwischen den Schiffen platschte es.

Während sie rannte, drückte Marie Röverkamps Kurzwahl am Handy. „Konrad!", rief sie ins Mikrofon, „ich glaube, Bohm ist ins Hafenbecken gestürzt. Am Niedersachsenkai. Ruf den Rettungsdienst an! Ich sehe, was ich machen kann." Aber sie durfte den Mann mit der Waffe nicht aus den Augen verlieren. Während sie sich der Stelle näherte, an der Bohm verschwunden war, hielt sie nach ihm Ausschau. Doch er war wie vom Erdboden verschluckt.

*

Das Herz schlug Ostendorff bis zum Hals und die Waffe brannte wie glühendes Eisen in seiner Hand. Er lief im Schatten der Hafenbaracken am Niedersachsenkai entlang. Irgendwann fand er einen Durchgang zur Straße. Erleichtert mischte er sich unter die Menschen, die aus den Lokalen strömten oder auf der Fischmeile promenierten.

Hoffentlich treffe ich jetzt keinen Bekannten. Er hätte Mühe gehabt, jetzt ein normales Gespräch zu führen. Obwohl er nicht mehr nach Atem ringen musste, raste sein Puls noch immer. Es war wohl doch nicht so einfach, einen Menschen zu erschießen. Er fragte sich, ob er wirklich hätte abdrücken können.

In einem weiten Bogen umrundete er den alten Fischereihafen, um zu seinem Wagen zurückzukehren. Aus der Ferne sah er Blaulichter aufblitzen. Die Kriminalkommissarin, die so unvermutet aufgetaucht war, hatte offenbar ihre Kollegen und den Rettungsdienst angefordert. Die Vorstellung, dass sich jemand um Bohm kümmern würde, löste ein Gefühl der Erleichterung in ihm aus. Gleichzeitig beschlich ihn der Gedanke, versagt zu haben.

Als Ostendorff seinen Wagen erreicht hatte, sah er sich um. Weit und breit gab es niemanden, der sich für ihn interessierte. Er drückte die Fernbedienung für die Zentralverriegelung. Das vertraute Geräusch blieb aus. Achselzuckend öffnete er die Fahrertür mit dem Schlüssel und ließ sich auf den Sitz fallen.

Für einige Sekunden verharrte er unschlüssig. Dann startete er den Motor und ließ den Wagen anrollen. Auf der Höhe von Westerwisch spürte er plötzlich eine Bewegung hinter sich. „Wir fahren weiter in Richtung Nordholz", sagte eine dunkle Stimme. Gleichzeitig bohrte sich ein kühles Stück Metall in seinen Nacken.

*

Die Zeiger der Uhr im Büro standen auf kurz vor Mitternacht, als Marie Janssen und Konrad Röverkamp sich an ihren Schreibtischen niederließen. Kriminaloberrat Christiansen war ihnen gefolgt und hockte sich auf einen der Besucherstühle.

Daniel Bohm war aus dem Hafenbecken gefischt und ins Krankenhaus gebracht worden. Er würde frühestens in vierundzwanzig Stunden vernehmungsfähig sein. Ostendorff war nicht wieder aufgetaucht und blieb auch telefonisch unerreichbar.

Christiansens Blick wanderte zwischen den beiden Kriminalbeamten hin und her. „Wenn ich Sie richtig verstanden habe, kommt auch dieser Bohm nicht als Täter in Frage. Stattdessen suchen wir nach einer Person, die irgendetwas über die Geschehnisse auf einem Bauernhof weiß, auf dem sich sowohl die beiden Mordopfer als auch Ostendorff an dem Wochenende aufgehalten haben, an dem Bohms Vater in seinem Autor erfroren ist."

„So ist es", bestätigte Hauptkommissar Röverkamp. „Es sollte nicht schwer sein, den Hof zu finden. Und vielleicht erfahren wir dann auch, was sich damals dort abgespielt hat. Allerdings glaube ich nicht, dass wir viel Zeit für entsprechende Recherchen haben. Wenn Ostendorff nicht während der nächsten Stunden auftaucht, müssen wir damit rechnen, dass er das dritte Opfer wird."

Christiansen nickte. „Die Fahndung läuft. Alle verfügbaren Einsatzkräfte suchen nach seinem Wagen. Zwei Beamte warten vor seinem Haus. Wir können im Augenblick nicht mehr für ihn tun."

„Aber wir können in der Zwischenzeit etwas anderes versuchen", warf Marie Janssen ein. „Ich habe vielleicht eine Idee." Sie begann die Unterlagen aus dem Zeitungsarchiv zu durchsuchen.

„Da war doch noch eine Todesanzeige. Und ein Bericht über ein Feuer auf einem Bauernhof. Augenblick ..."

„Hier!" Triumphierend hielt sie zwei kopierte Zeitungsseiten hoch. „Claas Clasen, Landwirt. Steht neben der Anzeige von Erik Bohm. Und auf dieser Seite ... Hier ist es."

> Beim Brand eines Stallgebäudes auf einem Aussiedlerhof in der Nähe von Debstedt starb der Landwirt in den Flammen, als er versuchte, seine Rinder zu retten. Dorfbewohner fanden später die verendeten Tiere im Umkreis des Hofes im Schnee. Die Tochter des Bauern war schwer verletzt und nicht ansprechbar.

Erwartungsvoll sah Marie ihre Kollegen an. „Wer weiß, was da wirklich passiert ist. Wenn wir die Frau finden, haben wir vielleicht die Lösung. Eine Frau die Clasen heißt."

„Oder hieß." Röverkamp klang skeptisch.

„Immerhin." Kriminaloberrat Christiansen wiegte den Kopf. „Ich finde, es ist einen Versuch wert. Machen Sie sich an die Arbeit, Frau Kollegin?"

Marie nickte eifrig. „Sofort."

„Gut." Christiansen erhob sich. „Wenn Sie meine Hilfe brauchen, melden Sie sich. Ich bleibe die Nacht über in meinem Büro."

*

Der Unbekannte dirigierte ihn durch die nächtlichen Straßen aus der Stadt, ließ ihn mehrmals abbiegen und über schmale Straßen und Wege fahren, die Ostendorff nicht kannte. Mal glaubte er sich in der Oxstedter Heide, mal in den Nordholzer Tannen. Dann wieder passierten sie Wiesen und Äcker.

„Wer sind Sie und was wollen Sie von mir?", fragte er heiser.

„Ruhe!", entgegnete der Mann. In einem von hohem Gebüsch begrenzten Hohlweg ließ er ihn anhalten. „Los, raus! Jetzt geht's zu Fuß weiter."

Ostendorff dachte an die Pistole in seiner Hosentasche und überlegte, wie er sie unauffällig in die Hand bekommen konnte. Doch der Mann blieb hinter ihm und stieß ihm seine Waffe in den Rücken.

Sie stolperten eine Weile durch die Dunkelheit. Plötzlich versperrte eine Gartenpforte den Weg. „Weiter!", kommandierte der Unbekannte und stieß Ostendorff gegen die niedrige Tür. Sie schwang knarrend zur Seite und gab den Weg auf ein verwildertes Grundstück frei. Nach einigen Schritten stießen sie auf ein niedriges fensterloses Gebäude.

Er wurde durch eine Stahltür gestoßen, die hinter ihm ins Schloss fiel. Sie standen in einem dunklen, stickigen Raum, in dem es nach Fisch roch. Der unbekannte Mann drückte noch immer seine Pistole in Ostendorffs Rücken.

Plötzlich flammte eine Lampe auf. In ihrem schwachen Schein erblickte Ostendorff ein seltsames Szenario. Zwischen altem Ackergerät und Gerümpel stand ein niedriger Kühltresen, wie man ihn in Supermärkten und anderen Verkaufsräumen fand. Das zerschrammte und verbeulte Gerät schien noch zu funktionieren, denn von ihm ging nicht nur der Fischgeruch, sondern auch das gleichmäßige Brummen eines Kühlaggregats aus.

Schlagartig wurde ihm klar, was ihn erwartete. Obwohl er schwitzte, begann sein Körper unkontrolliert zu zittern. Vorsichtig schob er die Hände in die Hosentaschen und umklammerte die Pistole.

*

Im Osten begann der Himmel rötlich zu leuchten, als Marie Janssen und Konrad Röverkamp hastig ihr Büro verließen, um Christiansen zu informieren. Während der letzten Stunden hatten sie ein gutes Dutzend Menschen aus dem Schlaf gerissen und mit Bürgermeistern und Behördenleitern, mit Standesbeamten und Feuerwehrleuten telefoniert. Marie hatte sogar in Lüneburg mit Hilfe der örtlichen Kollegen einen ehemaligen Hauptfeldwebel der Bundeswehr aufgetrieben. Stein für Stein hatten sie ein Mosaik zusammengesetzt, das ein nicht ganz vollständiges, aber hinreichend deutliches Bild der Ereignisse im Winter 1978/79 auf jenem Hof geformt hatte. Der Name des Bauern hatte sie schließlich zu einem Pflegeheim geführt, dessen Leiterin von einer Streifenwagenbesatzung aus dem Bett geklingelt worden war und deren Informationen aus der Krankenakte von Susanne Clasen ihnen die letzte Gewissheit gebracht hatte.

Und dann war die Meldung der Kollegen eingegangen. Sie hatten Ostendorffs silbernen Mercedes gefunden. Verlassen und leer. Nun kämmten die uniformierten Beamten auf Röverkamps Anordnung die Umgebung durch.

Während sie in der Morgendämmerung durch die menschenleere Stadt rasten, um die Fundstelle des Wagens zu erreichen, in dessen Nähe sie Ostendorff und den Täter vermuteten, gingen Marie die Bilder aus den alten Zeitungen durch den Kopf und vermischten sich mit Szenen, die in ihrer Fantasie entstanden waren. Drei junge Männer auf einem einsamen, eingeschneiten Bauernhof. Ein Bauer und seine Tochter. Die Mutter verreist. Der Vater kommt ums Leben. *Laut Feuerwehr ein Unfall. Aber eine kriminaltechnische Untersuchung hat es nicht gegeben.*

„Ich kann es mir kaum vorstellen, aber offenbar ist Susanne Clasen damals von einem der drei Männer geschwängert worden. Und dann ist sie durchgedreht. Ob die sie vergewaltigt haben?"

Röverkamp zuckte mit den Schultern. „Man weiß offenbar nicht genau, ob ihr Zustand auf eine extreme seelische Belastung oder eine Kopfverletzung zurückzuführen ist. Vielleicht ja auch auf beides."

„Jedenfalls scheint ihr Sohn die Herren Evers, Jensen und Ostendorff für ihren Zustand verantwortlich zu machen. Bestimmt auch dafür, dass er Jahre seines Lebens in verschiedenen Heimen und Pflegefamilien zubringen musste. Aber was mich am meisten beschäftigt ..." Marie unterbrach sich und starrte in die Dämmerung.

„Was?"

„Dass dieser Björn Clasen wahrscheinlich seinen eigenen Vater umgebracht hat."

„Oder dabei ist, ihn umzubringen", ergänzte Röverkamp. „Ich frage mich nur wie."

*

Ein stechender Schmerz fuhr ihm in den Nacken, breitete sich blitzartig in seinem Kopf aus, erstickte jeden Gedanken und versenkte sein Bewusstsein in ein dunkles Nichts.

Als er wieder zu sich kam, zitterten seine Hände. Sein übriger Körper schien erstarrt und fühlte sich eiskalt und unbeweglich an. Trotz eines rasenden Kopfschmerzes erfasste Ostendorff die Situation. Er lag auf dem Rücken in einer Tiefkühltruhe, deren Wände erbarmungslose Kälte ausstrahlten, über sich transparente Kunststofftüren, die mit Seilen gegen Herausdrücken gesichert waren.

Der Oberkörper eines jungen Mannes beugte sich über ihn. Obwohl er ihn im Gegenlicht nicht richtig erkennen konnte, erinnerten ihn die Gesichtszüge an jemanden. Ostendorff tastete mit steifen Fingern nach der Pistole. Sie steckte noch immer in der Hosentasche. Vorsichtig dirigierte er eine Hand in Richtung der Tasche. Sein Arm schmerzte und seine Finger brannten, aber es gelang ihm, die Waffe zu erreichen und zu umklammern. Zentimeterweise zog er sie hervor. Er schaffte es, die P228 anzuheben und unter die andere Hand zu schieben.

Als der Mann sich erneut über ihn beugte, hob Ostendorff die Pistole und drückte ab. Die Kugel durchschlug die Abdeckung der Kühltruhe und traf den Unbekannten in den Unterkiefer. Mit fassungslosem Gesichtsausdruck riss er die Hände an den Hals. Ostendorff schoss erneut. Der Schlag ließ den Körper des Mannes erbeben und zur Seite taumeln. Im nächsten Augenblick war er aus Ostendorffs Blickfeld verschwunden.

Ermattet ließ er die Waffe sinken. Er ruhte ein wenig aus, dann richtete er mit großer Kraftanstrengung die Pistole noch einmal gegen die Abdeckung und leerte Schuss für Schuss das Magazin. Die Kugeln durchschlugen das Plexiglas und hinterließen kleine kreisrunde Löcher. Aber sie zerstörten den Deckel seines eisigen Gefängnisses nicht.

Ich werde erfrieren. Wie Jan und Sven.

Verzweifelt stemmte Ostendorff die Hände gegen die Kunststoffabdeckung. Sie knackte und knarrte, gab aber keinen Zentimeter nach.

*

„Das waren Schüsse! Die sind von dort drüben gekommen!" Marie Janssen lief los, Konrad Röverkamp und einige uniformierte Beamte folgten ihr. Sie traf gleichzeitig mit zwei Kollegen vor dem Gebäude ein. „Wir müssen die Tür aufbrechen", rief sie und zeigte auf den Eingang.

„Keine Chance", antwortete einer der Beamten. „Die ist aus Stahl."

„Dann schießen Sie das Schloss auf!"

Erneut hallten Schüsse durch den aufziehenden Morgen. Sekunden später standen die Polizisten im Inneren der Hütte. Marie schlug die Hand vor Mund und Nase. Es stank nach kaltem Fisch und warmem Blut. Vor ihnen lag ein blutüberströmter Mann. Sie sank auf die Knie und tastete nach seinem Puls, rief dann: „Er lebt! Wir brauchen einen Notarztwagen. Schnell!" Einer der Beamten rannte hinaus, um zu telefonieren.

Plötzlich stand Konrad Röverkamp neben Marie. Er deutete auf eine brummende Tiefkühltruhe. „Los!", forderte er die anderen Beamten auf. „Holen Sie den Mann da raus." Er selbst umrundete das Gerät, bückte sich und riss ein Kabel heraus. Das Brummen erstarb, während die Männer die Seile durchtrennten, um die Abdeckung zu entfernen. Vorsichtig hoben sie Ostendorff heraus.

„Kommt er durch?" Marie versuchte, mit Verbandsmaterial, das einer der Kollegen aus dem Streifenwagen geholt hatte, die Blutung am Hals des ohnmächtigen jungen Mannes zu stillen.

„Ich glaube, sie schaffen es beide", brummte Röverkamp, nachdem er die Wunde begutachtet hatte. „Das sieht schlimmer aus, als es ist. Die Verletzung an der Schulter ist nicht gefährlich, und die Halsschlagader ist nicht getroffen. Ostendorff trägt sicher Erfrierungen davon. Aber die sind nicht lebensbedrohlich."

*

Gut vierundzwanzig Stunden später beglückwünschte Kriminaloberrat Christiansen Hauptkommissar Röverkamp und Kommissarin Janssen zu ihrem Ermittlungserfolg. Björn Clasen hatte angesichts der erdrückenden Indizien die Morde an Evers und Jensen gestanden. Ostendorff dagegen hatte weit von sich gewiesen, Daniel Bohm nach dem Leben getrachtet zu haben.

„Ärgerlich", befand Christiansen, „dass wir ihm das nicht nachweisen können. Und die Schüsse auf Clasen sind eindeutig Notwehr gewesen."

Er wedelte mit einigen Tageszeitungen, die dem Fall ihre ersten Lokalseiten gewidmet hatten. „Eine Frage hätte ich noch", schloss er und ließ den Blick von einem zum anderen wandern. „Wie sind Sie auf die Ereignisse im Winter 1978/79 gekommen?"

„Das war Konrad. Er konnte sich gut an die damaligen Verhältnisse erinnern."

Röverkamp schüttelte den Kopf. „Das war Marie. Zeitungsleserinnen wissen eben mehr."

Christiansen grinste. „Wie schön, dass Sie sich einig sind."

Als er das Büro verließ, blieben die Zeitungen auf Röverkamps Schreibtisch liegen. „Ein bisschen viel Lob auf einmal. Findest du nicht?" Er nahm die Blätter auf und ließ sie wieder fallen. Dabei fiel sein Blick auf die zweite Schlagzeile des Tages. Halblaut las er vor. „CuxFrisch als Cooperative? Carlos Rodriguez gründet Genossenschaft nach portugiesischem Vorbild."

Marie Janssen nickte. „Das ist doch mal eine gute Nachricht."

ENDE

Vom selben Autor

Wolf S. Dietrich, Wattläufer
222 Seiten, Paperback, Originalausgabe 2005
8. Auflage 2012, ISBN 978-3-935263-31-3 / 12,00 EUR

Ein Dorumer Fischkutter fischt eine unbekleidete Frauenleiche aus dem Meer. Wo soll Hauptkommissar Röverkamp von der Kripo Cuxhaven mit seinen Ermittlungen ansetzen? Keine Kleider, keine Papiere, keine Übereinstimmung mit Vermisstenmeldungen. An seiner Seite eine junge Absolventin der Polizeischule. Die gräbt in alten Ermittlungsakten und zieht Parallelen.
Als wieder eine Frau spurlos verschwindet, kommt Bewegung in die Sache. Aber ausgerechnet jetzt fällt Hauptkommissar Röverkamp aus, und seine Assistentin muss allein ermitteln. Sie ahnt nicht, dass es jemanden gibt, der sie ständig beobachtet. Wird die Jägerin zur Beute?

Vom selben Autor

Wolf S. Dietrich, Hotel alte Liebe
246 Seiten, Paperback, Originalausgabe 2010
2. Auflage 2011, ISBN 978-3-.935263-73-3 / 12,00 EUR

Im Cuxhavener Watt kommen kurz nacheinander zwei Männer ums Leben. Beide waren in die Stadt ihrer Jugend zurückgekehrt, um an einem Jahrgangstreffen ehemaliger Schüler ihres Gymnasiums teilzunehmen. Was sie nicht ahnten: Niemand sonst hatte eine Einladung erhalten. Und bevor sie einen Verdacht schöpfen konnten, waren sie im Hotel Alte Liebe schon ihrem Mörder begegnet. Welche Rolle spielt der angesehene Hotelier und Ratsherr Christopher Hansen? Hauptkommissar Konrad Röverkamp und Kommissarin Marie Janssen bleiben in ihren Ermittlungen zunächst stecken. Als jedoch ein wegen mehrfachen Mordes verurteilter Straftäter aus dem Gefängnis entkommt und in Cuxhaven auftaucht, geraten die Tötungsdelikte in ein völlig neues Licht. Und Marie Janssen in Gefahr ...

Inselkrimi im Prolibris Verlag

Antje Friedrichs, Letzte Lesung Langeoog
180 Seiten, Paperback, Originalausgabe 2000
7. Auflage 2007, ISBN 978-3-935263-00-9 / 11,00 EUR

Bombenalarm beim Dünensingen, ein Erpresser droht, das Ostfriesenmüsli zu vergiften, aus einer Dusche am Strand fließt plötzlich Blut – und das auf der idyllischen Ferieninsel Langeoog. Schon reisen Gäste übereilt ab. Kriminalhauptkommissar Onno Tjaden aus Wittmund soll vor Ort die Vorfälle aufklären und die Idylle wieder in Ordnung bringen. Doch bald nach seiner Ankunft gibt es einen Toten. Das Undenkbare hat sich ereignet: Mord auf Langeoog! Dann verschwindet jemand spurlos. Hängt beides zusammen?
Sind alle Feriengäste harmlos? Ein ganzer Reigen skurriler Figuren begegnet uns vor der detailgetreu gezeichneten Kulisse Langeoogs: ein tollkühner Schwimmer, eine glatzköpfige Kellnerin, ein herzensbrechender Literaturpapst ... Ob sie mit Baskenmütze oder rosa Leinenhütchen über den Strand laufen, in Leggings oder Jogginganzug durch die Dünen radeln, Verdächtige unter den Gästen und sogar unter den Langeoogern gibt es genug.

Inselkrimi im Prolibris Verlag

Antje Friedrichs, Die Langeoog-Lektion
240 Seiten, Paperback, Originalausgabe 2007
3. Auflage 2011, ISBN 978-3-935263-48-1 / 12,00 EUR

Die Flut schwemmt einen Toten auf die „Insel fürs Leben". Alles deutet auf ein Verbrechen hin.„Tjaden Sie machen das. Sie sind doch da zu Hause!", sagt Kriminalrat Gerken von der Kripo in Wittmund, und schon sitzt Hauptkommissar Onno Tjaden auf der Fähre, um die Polizeiwache auf seiner alten Heimatinsel zu unterstützen. Als endlich die Identität des Toten ermittelt werden kann, wird schnell klar, dass das Opfer viele Feinde unter den Feriengästen hatte. Bis zum Showdown, in dem Tjaden alle Verdächtigen versammelt, um die Lösung des spannenden Kriminalfalls zu präsentieren, begegnen dem Leser einige schillernde Personen - selbsternannte Ordnungshüter, verschrobene Künstlerinnen, Freizeitkapitäne, eine Rabenmutter und ein Marlboro-Mann. Damit erweist sich die Autorin und intime Langeoogkennerin Antje Friedrichs auch in ihrem dritten Inselkrimi als sehr genaue Beobachterin des bunten Treibens auf ihrer Lieblingsinsel.